# MARLOWE

## O CASO DA LOIRA MISTERIOSA

Título original:
*The Black-Eyed Blonde*



Autor:
John Banville

Tradução:
Lucília Filipe

Revisão:
Joana Baudouin

Capa:
© 2022 Parallel Films (Marlowe) Ltd. / Hills Productions A.I.E. / Davis Films

ISBN:
978-989-9124-70-7

Depósito Legal n.º 516741/23

Paginação:
João Jegundo

Impressão e acabamento:
Publito Artes Gráficas - Braga
para
Minotauro
junho de 2023



MINOTAURO, uma chancela de Edições Almedina, S.A.
Avenida Emídio Navarro, 81, 3D - 3000-151 Coimbra – Portugal

# MARLOWE

## O CASO DA LOIRA MISTERIOSA

JOHN **BANVILLE**

MINOTAURO

*Para Joseph Isaac e Ruby Ellen*

# 1

Era uma daquelas tardes de verão de terça-feira em que nos perguntamos se a Terra terá deixado de girar. O telefone, em cima da minha secretária, tinha o ar de algo que sabe que está a ser vigiado. Os carros passavam a conta-gotas lá em baixo, na rua, sob a janela poeirenta do meu escritório, e alguma boa gente da nossa bela cidade caminhava lentamente pelo passeio, a maior parte homens com chapéu e sem destino. Reparei numa mulher na esquina da Cahuenga com a Hollywood, à espera de que o semáforo mudasse. Pernas altas, um casaco justo de ombros enchumaçados e saia travada azul. Usava também chapéu, uma coisa minúscula que parecia um passarito que lhe pousara de lado no cabelo e ali ficara alegremente. Olhou novamente para a esquerda e para a direita — devia ter sido uma boa menina, quando criança — e atravessou então a rua soalheira, pisando graciosamente a sua própria sombra.

Nos últimos tempos não tinha tido muito que fazer. Durante uma semana trabalhei como guarda-costas de um tipo que viera de Nova Iorque de hidroavião. Tinha a queixada azul e usava uma pulseira de ouro e um anel no dedo mínimo com um rubi do tamanho de uma amora. Disse que era um homem de negócios e eu decidi acreditar nele. Estava preocupado, suava muito, mas não aconteceu nada e eu recebi o pagamento. Depois, Bernie Ohls, do gabinete do Xerife, pôs-me em contacto com uma velhinha simpática, cujo filho toxicodependente tinha surripiado a coleção de moedas raras do falecido marido. Tive de usar um pouco os músculos para reaver os bens, mas nada de grave. Havia no meio daquilo uma moeda com a cabeça de Alexandre, *o Grande,* e outra com Cleópatra de perfil, com aquele grande nariz. O que é que todos viam nela?

A campainha soou, a anunciar que a porta exterior se abrira, e ouvi os passos de uma mulher atravessarem a sala de espera e pararem por um momento à porta do meu escritório. O som de saltos altos num chão de madeira desencadeia sempre qualquer coisa em mim. Estava prestes a dizer-lhe para entrar, usando a minha voz grave do pode-confiar-em-mim-sou-um--detetive, quando entrou mesmo sem bater à porta.

Era mais alta do que me parecera quando a tinha visto da janela, alta e esbelta, de ombros largos e ancas bem feitas. Por outras palavras, o meu tipo. O chapéu que usava tinha um véu, uma elegante viseira de seda preta às pintas, que terminava na ponta do nariz — e que ponta de nariz, bonita, num nariz lindo, aristocrático, mas não demasiado estreito, nem demasiado comprido, nada que se parecesse com a enorme penca de Cleópatra. Usava luvas até ao cotovelo, de cor creme-claro, a condizer com o casaco e talhadas da pele de qualquer criatura rara que passara a sua breve vida a saltar delicadamente nos penhascos alpinos. Tinha um sorriso bom, amistoso de certo modo, e um pouco assimétrico, num jeito atraentemente sardónico. O cabelo era louro e os olhos negros, negros e profundos como um lago de montanha, as pálpebras perfeitamente terminadas em ponta nos cantos exteriores. Uma loura de olhos negros não é uma combinação que se veja muito frequentemente. Tentei não olhar para as pernas dela.

Obviamente, o meu anjo da guarda decidira que eu merecia um incentivo.

— Chamo-me Cavendish — disse-me.

Convidei-a a sentar-se. Se tivesse adivinhado que era a mim que vinha procurar, ter-me-ia penteado e aplicado um traço de *Bay Rum* atrás dos lóbulos das orelhas. Assim, teria de aceitar-me como estava. Não parecia desagradar-lhe muito o que estava a ver. Sentou-se na cadeira que lhe indiquei, na frente da minha secretária, e tirou as luvas dedo por dedo, observando-me com os olhos negros fitos em mim.

— O que posso fazer por si, Miss Cavendish? — perguntei.

— Mrs.

— Desculpe, Mrs. Cavendish.

— Um amigo falou-me de si.

— Ah, sim? Espero que tenha falado bem.

Ofereci-lhe um dos *Camel* que guardo numa caixa em cima da secretária para os clientes, mas ela abriu a mala de pele, de marca, tirou uma cigarreira de prata e abriu-a com um toque do polegar. *Sobranie Black Russian*... que mais poderia ser? Quando risquei um fósforo e lho estendi do outro lado da secretária, debruçou-se, inclinou a cabeça, de pestanas descidas, e encostou brevemente a ponta de um dedo às costas da minha mão. Admirei o verniz rosa nacarado, mas não disse nada. Recostou-se na cadeira, cruzou as pernas sob a saia azul justa e lançou-me outro olhar avaliador e frio. Estava a demorar-se a decidir o que ia fazer comigo.

— Quero que encontre uma pessoa — disse ela.

— Certo. E de quem se trata?

— Um homem chamado Peterson... Nico Peterson.

— Um amigo seu?

— Já foi meu amante.

Se esperava que eu engolisse os dentes com o choque, ficou desiludida.

— Já foi? — perguntei.

— Sim. Desapareceu de uma forma bastante misteriosa, sem sequer ter dito adeus.

— Quando foi isso?

— Há dois meses.

Porque esperara ela tanto tempo para me procurar? Decidi não perguntar, pelo menos, por agora. Tive uma sensação esquisita ao ser olhado por aqueles olhos frios, por trás da rede transparente do véu preto. Era como ser observado a partir de uma janela secreta; observado e avaliado.

— Diz que ele desapareceu. Da sua vida ou totalmente?

— As duas coisas, segundo parece.

Fiquei à espera, mas ela recostou-se apenas mais uns centímetros e sorriu novamente. Aquele sorriso era como alguma coisa a que ela tivesse chegado um fósforo há muito tempo e deixasse ir ardendo sem chama. Tinha um lábio superior maravilhoso, saliente, como o de um bebé, de aspeto suave e um pouco inchado, como se tivesse beijado muito recentemente, mas não bebés. Deve ter sentido o meu desconforto por causa do véu, estendeu a mão e afastou-o da cara. Sem ele, os olhos eram ainda mais impressionantes, um tom de preto lustroso de pele de foca, que deixou qualquer coisa presa na minha garganta.

— Fale-me então dele, do seu Mr. Peterson — pedi.

— Para o alto, como você. Moreno. Jeitoso, mas do tipo franzino. Usa um bigode ao estilo Don Ameche. Veste-se bem, ou costumava vestir-se, quando eu tinha uma palavra a dizer nessa matéria.

Tirara uma boquilha curta da mala e começou a enfiar nela o *Black Russian*. Hábeis, aqueles dedos; esguios, mas com força.

— O que é que ele faz? — perguntei.

Lançou-me um olhar com um brilho de aço.

— Como modo de vida, é o que quer dizer? — Pensou na resposta. — Encontra-se com pessoas — respondeu.

Desta vez fui eu a recostar-me.

— O que quer dizer com isso?

— Aquilo que digo. Praticamente todas as vezes que me encontrava com ele estava prestes a ir-se embora urgentemente. *Tenho de me encontrar com aquele tipo. Há um tipo com quem tenho de me encontrar*.

Era uma boa imitadora. Eu estava a começar a ter um retrato de Mr. Peterson. *Ele* não parecia ser o tipo *dela*.

— Com que então, um tipo ocupado?

— Parece-me que o seu negócio tinha poucos resultados. De qualquer modo, resultados que se vissem, ou que eu visse, aliás. Se lhe perguntar, ele vai dizer que é agente de estrelas. As pessoas com quem tinha de se encontrar estavam, geralmente, ligadas a um dos estúdios.

Era interessante a maneira como ia mudando os tempos verbais. De qualquer modo, tive a impressão de que, para ela, esse passarão do Peterson era já passado e bem passado. Então porque é que queria encontrá-lo?

— Ele está dentro do negócio do cinema? — perguntei.

— Não diria dentro. Anda como que a esgravatar na orla com as pontas dos dedos. Teve algum êxito com a Mandy Rogers.

— O nome devia dizer-me alguma coisa?

— Uma *starlet* ingénua, diria o Nico. Pense em Jean Harlow, sem talento.

— A Jean Harlow tinha talento?

Ela sorriu com a pergunta.

— Nico acredita piamente que todas essas patinhas são cisnes.

Tirei o cachimbo e enchi-o. Chamou-me a atenção o facto de o tabaco que estava a usar ter um *Cavendish* misturado. Decidi não partilhar com ela essa feliz coincidência, calculando que seria recebida com o sorriso entediado e o trejeito de desdém da boca.

— Já conhecia o seu Mr. Peterson há muito tempo?

— Não muito.

— Há quanto tempo é esse não muito?

Encolheu os ombros, o que significou um elevar parcial do ombro direito.

— Um ano? — disse, em tom de interrogação. — Deixe ver. Conhecemo-nos no verão, talvez em agosto.

— Onde foi isso? Onde se conheceram, quero dizer.

— No Cahuilla Club. Conhece? É em Palisades. Campos de polo, piscinas, muita gente alegre e radiosa. O tipo de lugar onde não deixariam um detetive particular como você pôr os pés para lá dos portões de controlo elétrico. — Ela não disse esta última parte, mas, mesmo assim, eu ouvi-a.

— O seu marido sabe dele? Sobre si e o Peterson?

— Não sei ao certo.

— Não sabe ou não quer dizer?

— Não sei — respondeu, a olhar para as luvas creme que tinha pousadas no colo. — Mr. Cavendish e eu temos... como direi? Um acordo.

— Que é?

— Não disfarce, Mr. Marlowe. Acho que sabe muito bem o tipo de acordo a que me refiro. O meu marido gosta dos póneis, do polo, das empregadas de mesa e dos *cocktails*, não necessariamente por esta ordem.

— E você?

— Eu gosto de muitas coisas. Sobretudo, de música. Mr. Cavendish tem duas reações à música, dependendo da disposição e do estado de sobriedade: ou o enjoa, ou o faz rir. E não tem um riso melodioso.

Levantei-me da secretária, levei o cachimbo, fui até à janela e fiquei a olhar lá para fora, para nada de especial. Do outro lado da rua, uma secretária de blusa de xadrez e com os auscultadores do dictafone postos estava inclinada sobre a máquina de escrever a dactilografar. Já passara por ela várias vezes na rua. Uma carita engraçada e um sorriso tímido. O tipo de rapariga que vive com a mãe e cozinha rolo de carne para o almoço de domingo. É uma cidade solitária, esta minha cidade.

— Quando foi a última vez que viu Mr. Peterson? — perguntei, sempre a olhar para *Miss Remington* a trabalhar. Houve um silêncio atrás de mim. Mrs. Cavendish, obviamente, não estava habituada a dirigir-se às costas de ninguém.

— Não ligue — disse-lhe. — Passo muito tempo a esta janela, a contemplar o mundo e as suas manifestações.

Voltei-me e sentei-me outra vez à secretária. Coloquei o cachimbo no cinzeiro, entrelacei as mãos e apoiei o queixo nos nós dos dedos para lhe mostrar o quanto era capaz de estar atento. Ela decidiu aceitar esta esforçada demonstração da minha plena e firme concentração.

— Já lhe disse quando o vi a última vez... há uns dois meses.

— Onde foi isso?

— Em Cahuilla, por acaso. Num domingo à tarde. O meu marido estava ocupado com um *chukka* especialmente trabalhoso. Isso é...

— Um período de jogo no polo. Eu sei.

Inclinou-se para a frente e deixou cair uns flocos de cinza do cigarro ao lado do fornilho do meu cachimbo. Do outro lado da secretária chegou-me um ligeiro aroma do seu perfume. Cheirava a *Chanel n.º 5,* mas, para mim todos os perfumes me cheiram a *Chanel n.º 5,* cheiravam-me, até então.

— Mr. Peterson deu alguma indicação de estar prestes a safar-se? — indaguei.

— Safar-se? É uma palavra estranha para ser usada.

— Pareceu-me menos dramática do que *desaparecer*, que foi a palavra que usou.

Ela sorriu e fez um aceno seco com a cabeça, concordando com a opinião.

— Estava bastante igual ao que era habitualmente — disse. — Talvez um pouco mais distraído, um pouco nervoso, até, embora talvez só me pareça assim em retrospetiva. — Gostava da maneira como ela falava. Fazia-me pensar nas paredes cobertas de hera dos colégios de prestígio, e em pormenores de um fundo fiduciário redigido num pergaminho, em caligrafia inglesa. — Não deu qualquer sinal marcante de que estava prestes a... — sorriu novamente — safar-se.

Pensei um momento e deixei que ela me observasse a pensar.

— Diga-me, quando é que se apercebeu de que ele tinha desaparecido? Digamos, quando é que concluiu que ele... — foi a minha vez de sorrir — desaparecera?

— Telefonei-lhe uma quantidade de vezes e não obtive resposta. Fui depois a casa dele. A entrega do leite não fora cancelada e os jornais amontoavam-se no alpendre. Não era dele, deixar as coisas assim. Sob certos aspetos, era cuidadoso.

— Foi à polícia?

Ela esbugalhou os olhos.

— À polícia? — perguntou, e pensei que ia rir-se. — Isso não faria, de modo algum. Nico era muito relutante à polícia e não me teria agradecido por tê-la posto atrás dele.

— Relutante, como? Tinha coisas a esconder?

— Não temos todos, Mr. Marlowe? — Voltou a abrir aquelas maravilhosas pálpebras.

— Depende.

— De quê?

— De muitas coisas.

A conversa assim não levava a nada, andava à volta, em círculos cada vez maiores.

— Deixe-me perguntar-lhe, Mrs. Cavendish. O que *acha* que aconteceu a Mr. Peterson?

Mais uma vez um ínfimo encolher de ombros.

— Não sei o que pensar. Por isso é que vim procurá-lo.

Concordei com um aceno de cabeça — sensatamente, espero —, depois peguei no cachimbo, fiz algumas manobras com ele, como bater para tirar o resto do tabaco, e outras. O cachimbo é um objeto que dá muito jeito quando queremos parecer meditativos e sensatos.

— Posso perguntar porque é que esperou tanto tempo, antes de me procurar?

— Foi muito tempo? Continuei a pensar que ia ter notícias dele, que o telefone iria tocar um dia, que estaria a ligar do México ou de outro lado qualquer.

— Porque é que havia de estar no México?

— Em França, então, ou na Côte d'Azur. Ou noutro lado mais exótico, Moscovo, talvez, ou Xangai, não sei. — Chegou-se um pouco mais para a frente na cadeira, dando um sinal quase impercetível de impaciência. — Vai aceitar o caso, Mr. Marlowe?

— Farei o que puder — respondi. — Mas, por agora, não lhe chamemos caso.

— Quais são as suas condições?

— As habituais.

— Não posso dizer que saiba o que é provavelmente o habitual.

Não pensei que soubesse.

— Um depósito de cem dólares e vinte e cinco por dia, mais despesas, enquanto durarem as investigações.

— E quanto tempo levam as suas investigações?

— Isso também depende.

Ficou calada por um momento, os olhos a assumirem novamente aquela expressão de avaliação, fazendo-me remexer discretamente na cadeira.

— Não perguntou nada sobre mim — disse ela.

— Estava a preparar o caminho para lá chegar.

— Bom, deixe-me poupar-lhe esse trabalho. O meu nome de solteira é Langrishe. Já ouviu falar da Langrishe Fragrances, Inc.?

— Claro. A empresa de perfumes — respondi.

— Dorothea Langrishe é minha mãe. Era viúva, quando veio da Irlanda e me trouxe com ela. Fundou a empresa aqui em Los Angeles. Se ouviu falar dela, então sabe como tem sido bem-sucedida. Trabalho para ela, ou com ela, como prefere dizer. O resultado é que sou bastante rica. Quero que me encontre Nico Peterson. Ele é um pobre-diabo, mas pertence-me. Pago-lhe o que pedir.

Pensei dar mais uma pancadinha no cachimbo, mas achei que uma segunda vez seria um bocado óbvio. Em vez disso, lancei-lhe um olhar direto, procurando tornar os meus olhos inexpressivos.

— Tal como eu disse, Mrs. Cavendish, são cem à cabeça e vinte e cinco por dia, mais despesas. E tranquilize-se, trabalho cada caso como se fosse especial.

Ela sorriu, franzindo os lábios.

— Pensei que, para já, não ia chamar-lhe caso.

Deixei passar esta. Abri uma gaveta, tirei um contrato-tipo e, com a ponta do dedo, empurrei-o para ela, sobre o tampo da secretária.

— Leve-o consigo e se concordar com os termos assine-o e devolva-mo. Entretanto, dê-me a morada e o telefone de Mr. Peterson. E também qualquer outra coisa que lhe pareça poder ser-me útil.

Olhou fixamente por um momento para o contrato, como se estivesse a decidir se devia levá-lo ou atirar-mo à cara. Por fim, pegou-lhe, dobrou-o cuidadosamente e meteu-o na mala.

— Ele tem uma casa em West Hollywood, perto de Bay City Boulevard — respondeu. Abriu a mala novamente e tirou de lá um pequeno bloco com capa de pele e uma lapiseira fininha de ouro. Escreveu rapidamente no bloco, depois arrancou a página e estendeu-ma. — Napier Street — disse. — Abra bem os olhos, senão não vai encontrá-la. Nico prefere locais recatados.

— Por ser muito tímido — comentei.

Pôs-se de pé, mas eu permaneci sentado. Voltei a sentir o perfume dela.

Afinal não era *Chanel,* mas sim *Langrishe,* cujo nome ou número eu iria dedicar-me a descobrir.

— Vou precisar também de um contacto seu — disse-lhe.

Apontou para o pedaço de papel que eu tinha na mão.

— Pus o meu número de telefone aí. Telefone-me sempre que precisar.

Li a morada: 444, Ocean Heights. Se estivesse sozinho teria assobiado. Só a nata é que podia viver ali, em ruas particulares, perto das ondas.

— Não sei o seu nome. Refiro-me ao seu nome próprio.

Por qualquer razão, a pergunta trouxe-lhe um rubor à face e baixou os olhos, depois levantou-os e disse:

— Clare. Sem *i.* Deram-me o nome da nossa terra natal, na Irlanda. — Fez uma leve careta, a fingir tristeza. — A minha mãe é uma sentimental no que se refere ao nosso velho país.

Meti a folha do bloco na carteira, levantei-me e saí de trás da secretária. Por mais altos que sejamos, há mulheres que nos fazem sentir sempre mais pequenos do que elas. Estava a olhar de cima para Clare Cavendish, mas parecia-me que estava a olhar para cima. Estendeu-me a mão e eu apertei-a. O primeiro toque entre duas pessoas, por mais breve que seja, é qualquer coisa.

Acompanhei-a ao elevador, de onde me lançou um último olhar rápido e foi-se embora.

De regresso ao escritório, ocupei o meu posto à janela. *Miss Remington* continuava a martelar na máquina. Era uma rapariga diligente. Desejei que levantasse os olhos e me visse, mas em vão. De qualquer modo, o que faria eu? Acenava-lhe como um idiota?

Pensei em Clare Cavendish. Alguma coisa não encaixava. Como detetive particular não sou completamente desconhecido, mas porque havia uma filha de Dorothea Langrishe, de Ocean Heights, que conhecia muitos outros locais chiques, de me ter escolhido para procurar o homem dela que desaparecera? E, para começar, como é que se envolvera com Nico Peterson, que, a acreditar na descrição que fizera dele, não passaria de um vigarista bem vestido? Perguntas longas e intrincadas, em que era difícil concentrar-me ao recordar os olhos cândidos de Clare Cavendish e a luz de divertimento e astúcia que brilhava neles.

Quando me virei, vi a boquilha dela no canto da minha secretária, onde a deixara. O ébano tinha o mesmo negro brilhante dos seus olhos. Também se tinha esquecido de pagar o meu adiantamento. Não dei importância ao esquecimento.

## 2

Ela tinha razão: Napier Street não dava nas vistas, mas vi-a a tempo e virei, saindo do *boulevard*. A estrada era numa ligeira subida, em direção às montanhas que se avistavam ao longe, no meio de uma neblina azulada como fumo. Avancei a baixa velocidade, contando os números das casas. A casa de Peterson assemelhava-se um pouco ao que seria uma casa de chá japonesa. Tinha apenas um andar e fora construída em pinho vermelho-escuro, com um alpendre a toda a volta e telhado de telha, com quatro águas pouco inclinadas que se uniam com um cata-vento no meio. As janelas eram estreitas e as persianas estavam corridas. Tudo me dizia que ninguém ali vivia há muito tempo, embora os jornais tivessem deixado de se empilhar. Estacionei e subi os três degraus de madeira do alpendre. Com o sol a dar-lhes, as paredes emanavam um cheiro oleoso a creosoto. Carreguei na campainha, mas não soou dentro de casa, por isso, experimentei a aldraba. Uma casa vazia tem uma forma peculiar de engolir os sons, como um desfiladeiro seco suga a água. Encostei um olho ao painel de vidro da porta, a tentar ver através da cortina de renda por trás dele. Não consegui distinguir grande coisa, apenas uma sala comum, com coisas vulgares.

Uma voz soou atrás de mim:

— Ele não está em casa, amigo.

Virei-me. Era um tipo velho, com um fato-macaco de um azul desbotado e uma camisa sem colarinho. A sua cabeça tinha a forma de uma casca de amendoim: um grande crânio, um grande queixo, e entre ambos umas faces escavadas e uma boca desdentada, que pendia ligeiramente aberta; no maxilar havia uma barba prateada de uma semana, cujas pontas brilhavam à luz do Sol. Uma espécie de Gaby Hayes deteriorado. Um olho estava fechado e com o outro olho vesgo olhava-me, movendo lentamente de um lado para o outro a queixada pendente como uma vaca a ruminar.

— Procuro Mr. Peterson — disse eu.

Ele virou a cara para o lado e cuspiu secamente.

— E eu disse-lhe que ele não está em casa.

Desci os degraus. Vi-o vacilar um pouco, perguntando-se quem era eu e a que ponto podia representar problemas. Puxei dos cigarros e ofereci-lhe um. Tirou-o avidamente e colou-o ao lábio inferior. Acendi um fósforo na unha do polegar e estendi-lhe a chama.

Um grilo saltou das ervas secas ao nosso lado, como um palhaço disparado da boca de um canhão. O sol era forte, soprava uma brisa seca e quente e eu estava satisfeito por ter o meu chapéu. O velhote estava de cabeça descoberta, mas parecia não notar o calor. Puxou uma grande fumaça, reteve-a, e expeliu algumas baforadas cinzentas.

Atirei o fósforo usado para a erva.

— Não devia fazer isso — disse o velhote. — Se começar um fogo aqui, todo o West Hollywood fica reduzido a cinzas.

— Conhece Mr. Peterson? — perguntei.

— Claro. — Apontou para trás dele, para uma cabana em ruínas no outro extremo da rua. — Aquela é a minha casa. Às vezes ele vinha passar um bocado do dia comigo e dava-me tabaco.

— Há quanto tempo é que ele se foi embora?

— Deixe ver. — Pensou no assunto, olhando-me outra vez com o olho vesgo. — Acho que a última vez que o vi foi há seis ou sete semanas.

— Calculo que não tenha dito para onde ia.

Encolheu os ombros.

— Nem o vi ir-se embora. Só uns dias depois reparei que se tinha ido embora.

— Como?

Olhou para mim e abanou a cabeça, como se tivesse água no ouvido.

— Como o quê?

— Como é que sabe que ele se foi embora?

— Vi que não estava, e pronto. — Fez uma pausa. — Você é chui?

— Mais ou menos.

— O que é que isso quer dizer?

— Detetive particular.

Ele soltou uma risada, revolvendo a expetoração.

— Um detetive particular não é mais ou menos um chui, a não ser em sonhos, talvez.

Suspirei. Quando ouvem dizer particular, acham que nos podem contar qualquer coisa. E acho que podem mesmo. O velho estava a sorrir para mim, presunçoso como uma galinha que tivesse acabado de pôr um ovo.

Olhei para um lado e para outro da rua. Joe's Diner. Lavandaria Kwik Kleen. Uma oficina de bate-chapas, onde um mecânico estava a atamancar as entranhas de um *Chevrolet* com muito mau aspeto. Imaginei a Clare Cavendish a descer de algum modelo baixo e desportivo e a franzir o nariz a tudo isto.

— Que tipo de pessoas é que ele trazia aqui? — perguntei.

— Pessoas?

— Amigos. Amigos dos copos. Parceiros do mundo do cinema.

— Do cinema?

Ele começava a parecer-me o Little Sir Echo.[1]

— E amigas? — perguntei. — Tinha algumas?

A pergunta causou uma forte gargalhada. Não era uma coisa agradável de ouvir.

— *Algumas?* — grasnou. — Oiça, cavalheiro, este tipo tinha mais gajas do que aquelas de que conseguia dar conta. Quase todas as noites chegava a casa com uma diferente.

— Você devia andar de olho nele e nas suas entradas e saídas.

— Via-o e pronto — disse num tom lamuriento, na defensiva. — Costumavam acordar-me com o rebuliço que faziam. Uma delas, uma noite, deixou cair uma garrafa de qualquer coisa no passeio, champanhe, acho que era isso. Parecia uma bomba a explodir. A gaja só ria.

— Os vizinhos não se queixavam dessas cenas?

Ele lançou-me um olhar de pena e perguntou com desprezo:

— Que vizinhos?

Acenei com a cabeça. O sol não estava a ficar mais fraco. Tirei um lenço e limpei a parte de trás do pescoço. Aqui, há

[1] Canção de Bing Crosby (década de 1950) sobre o eco. [N. da T.]

dias no auge do verão em que o sol nos castiga como um gorila a descascar uma banana.

— Bom, de qualquer maneira, obrigado — disse-lhe e passei por ele. O ar ondulava por cima do tejadilho do meu carro e eu pensava como o volante deveria queimar ao toque. Às vezes digo para comigo mesmo que hei de mudar-me para Inglaterra, onde dizem que é fresco mesmo nos dias mais quentes de verão.

— Você não é o primeiro a perguntar por ele — disse o velho atrás de mim.

— Ah, sim? — Voltei-me.

— Apareceram aqui dois *cucarachos* a semana passada.

— Mexicanos?

— Foi o que eu disse. Dois. Estavam todos aperaltados, mas um *cucaracho* de fato e gravata fina continua a ser um *cucaracho*, não é?

O sol tinha estado a dar-me nas costas e agora batia-me de frente. Sentia o meu lábio superior a ficar húmido.

— Falou com eles? — perguntei-lhe.

— Ná. Eles vieram num tipo de carro que eu nunca tinha visto, deve ter sido feito na terra deles. Alto e largo como uma cama de casa de passe e um tejadilho de lona com buracos.

— Quando foi isso?

— Há dois ou três dias. Andaram por aí a cheirar, a espreitar pelas janelas como você fez, depois meteram-se outra vez no carro e pisgaram-se. — Outra cuspidela seca. — Não gosto de *cucarachos*.

— Não me diga.

Deitou-me um olhar seguro e depois fungou.

Virei-me novamente e comecei a encaminhar-me para o carro a escaldar.

— Acha que ele vai voltar? — perguntou ainda, e eu parei outra vez. Senti-me como o convidado do casamento a tentar desenvencilhar-se do Velho Marinheiro.[2]

— Duvido — respondi.

Ele fungou outra vez.

— Bom, acho que a falta dele não é muito sentida. Ainda assim, eu gostava dele. — Tinha acabado de fumar o cigarro e lançou a beata para a erva.

— Não devia fazer isso — disse-lhe, e entrei no carro.

Quando os meus dedos tocaram no volante, fiquei surpreendido por não estar a ferver.

---

[2] Referência ao longo poema *Rima do Velho Marinheiro,* de Samuel Taylor Coleridge, no qual um convidado de um casamento é intercetado pelo velho marinheiro que, regressado do mar, lhe conta toda a sua longa história. [N. da R.]

# 3

Em vez de voltar ao escritório, virei a esquina para o Barney's Beanery à procura de alguma coisa fresca para enfiar garganta abaixo. O Barney's era, de certo modo, ostensivamente boémio demais para o meu gosto, com pessoas a mais a deambular por ali com a palavra *artista* a cobri-las de alto a baixo. Pendurado por trás do bar lá estava ainda o velho letreiro já gasto onde se lia «*Bixas* — Fiquem lá Fora». Uma coisa que reparei no tipo de pessoal do Barney's: não é grande coisa a escrever. O Barney devia estar a pensar noutra palavra com um *x*, como *rixas*. Mas o empregado do bar era um tipo sério que, em mais ocasiões do que eu gostaria de recordar, tinha tido a paciência de escutar as minhas lamentações de final da noite. Chamava-se Travis, mas eu não sabia se aquele era o seu nome próprio ou apelido. Era um tipo grande, com antebraços peludos e uma tatuagem no bíceps esquerdo, uma âncora azul com rosas vermelhas entrelaçadas. Mas eu desconfiava que nunca tinha sido marinheiro. Era muito popular entre as «*bixas*», que, apesar do aviso, não paravam de lá entrar — talvez mesmo devido ao letreiro. Costumava contar uma história engraçada com o Errol Flynn, qualquer coisa que, certa noite, fizera ali no bar com uma cobra amestrada que trazia numa caixa de bambu, mas não me lembro da conclusão da história.

Subi para um banco alto e pedi uma cerveja mexicana. Em cima do balcão havia uma tigela com ovos cozidos. Tirei um e comi-o com muito sal. O sal e a secura da gema de ovo deixaram-me a língua a parecer um pedaço de giz, por isso pedi outra dose de *Tecate.*

Era um fim de tarde calmo e havia poucos clientes no local. Travis, que não era do tipo muito efusivo, saudara-me quando entrei com o mais discreto aceno de cabeça. Pensei se saberia o meu nome. Provavelmente, não. Sabia o que era o meu trabalho, disso tinha a certeza, embora não me lembrasse de ele alguma vez o ter referido. Quando o local não estava muito cheio, tinha o hábito de ficar com as mãos abertas em cima do balcão e com a grande cabeça quadrada curvada a olhar para a rua pela porta aberta, com um olhar distante, como se estivesse a recordar um amor antigo perdido ou uma luta antiga ganha. Não dizia grande coisa. Ou era estúpido ou muito esperto, nunca consegui concluir qual das duas hipóteses era a certa. Fosse o que fosse, eu gostava dele.

Perguntei-lhe se conhecia Peterson. Não me parecia que o Barney's fosse o tipo de local para Peterson frequentar, mas achei que, mesmo assim, valia a pena tentar.

— Vive em Napier. Ou vivia, até há pouco — acrescentei.

Travis regressou lentamente de qualquer recanto da alameda da memória por onde tinha andado a vaguear.

— Nico Peterson? Claro que o conheço. Costumava cá vir, às vezes, à tarde, beber uma cerveja e comer um ovo, como você.

Era a segunda vez que me associavam a Peterson — Clare Cavendish dissera que ele era da minha altura — e, por mais fraco que fosse o elo, não me agradava.

— É um tipo de que género? — perguntei.

Travis fletiu os ombros musculados, encolhendo-os. Vestia uma *sweatshirt* preta e justa, de onde saía o pescoço grosso, como se fosse uma boca de incêndio.

— Do género *playboy*. Pelo menos queria parecer assim. Um homem de mulheres, com aquele bigode e o cabelo com brilhantina, penteado com uma bela onda. E também divertido... conseguia sempre fazê-las rir.

— Trazia aqui as miúdas?

Travis apercebeu-se do ceticismo na minha voz. De facto, o Barney's dificilmente seria um local para cortejar senhoras elegantes.

— De vez em quando — respondeu, com um meio sorriso sarcástico.

— Uma delas, alta, loura, olhos negros e uma boca especialmente inesquecível?

Travis lançou-me outra vez um olhar cauteloso.

— Isso podia ser qualquer delas.

— Esta tem bom ar. Fala bem e é muito elegante... demasiado elegante para Peterson, talvez.

— Desculpe. Se elas são tão bonitas como diz que essa é, eu não olho muito de perto. Distrai-me.

Travis era um verdadeiro profissional. Mas lembrei-me de que talvez houvesse uma razão para ele não reparar em mulheres. Talvez também ele não gostasse muito do cartaz que estava atrás do balcão.

— Quando foi a última vez que ele cá esteve?

— Já há um tempo que não o vejo.

— Um tempo é...?

— Uns dois meses. Porquê, desapareceu?

— Parece ter ido para qualquer lado.

No olhar de Travis surgiu um brilho de ligeira satisfação.

— Agora isso é crime?

Observei o meu copo de cerveja, rodando-o sobre a base.

— Anda alguém à procura dele.

— A senhora com a boca inesquecível?

Acenei a cabeça. Como disse, gosto do Travis. Apesar do seu tamanho, havia nele algo limpo e hábil, algo escorreito e aprumado. Afinal, talvez tivesse sido mesmo marinheiro. Mas nunca senti que pudesse perguntar.

— Fui a casa dele. Não havia lá nada — disse-lhe.

Um cliente fez sinal do fundo do balcão e Travis foi até lá para o servir. Fiquei sentado a pensar nisto e naquilo. Por exemplo, porque é que o primeiro golo de cerveja é sempre muito melhor do que o segundo? O tipo de especulação filosófica a que eu era dado, daí a minha reputação de detetive pensador. Pensei também um pouco em Clare Cavendish, mas, como Travis disse, achei-a causa de distração e voltei à questão da cerveja. Talvez a temperatura fosse a resposta. Não quer dizer que o segundo golo esteja muito mais quente do que o primeiro, mas que a boca, depois de ter recebido o primeiro bochecho mais fresco, já sabia o que esperar da segunda vez e adaptava-se devidamente, por isso, o elemento surpresa estava ausente, com uma consequente redução do princípio do prazer. Hum. Parecia uma explicação razoável, mas seria suficientemente compreensível para satisfazer um picuinhas como eu? Travis voltou e consegui interromper o pensamento.

— Acabo de me aperceber de que você não foi o único a perguntar pelo nosso amigo Peterson.

— Oh?

— Há uma ou duas semanas, dois mexicanos estiveram aqui a querer saber se eu o conhecia.

Os mesmos dois, com certeza, com o carro com buracos no tejadilho.

— Que tipo de mexicanos? — perguntei.

Travis lançou-me um sorriso do género melancólico.

— Simplesmente mexicanos. Pareciam homens de negócios.

Homens de negócios. Certo. Como o meu homem de Nova Iorque com o anel no dedo mínimo.

— Disseram que andavam à procura dele?

— Ná. Só perguntaram se era aqui cliente, quando é que tinha cá estado a última vez. Não consegui dizer-lhes mais nada do que lhe disse a si. E isso não melhorou a disposição deles.

— Era um duo para o sinistro, não era?

— Mexicanos, sabe?

— Sim... não são as pessoas mais fáceis de investigar. Ficaram por aqui muito tempo?

Ele apontou para o meu copo.

— Um deles bebeu cerveja e o outro um copo de água. Tive a impressão de que eram homens com uma missão.

— Sim? Que tipo de missão?

Travis observou o teto por um momento.

— Não sei. Mas tinham aquele ar sério que lhes fazia brilhar os olhos... sabe o que quero dizer?

Não sabia, mas, de qualquer maneira, acenei afirmativamente.

— Acha que a missão que tinham podia ter consequências graves para o nosso Mr. Peterson?

— Acho — respondeu Travis. — Um deles não parava de brincar com o cabo de madrepérola de uma pistola de seis tiros, enquanto o outro palitava os dentes com uma navalha.

Não imaginava que Travis fosse do tipo irónico.

— No entanto, é estranho — comentei. — Peterson não me parece o género de indivíduo envolvido com homens de negócios mexicanos.

— Há muitas oportunidades do outro lado da fronteira.

— Tem razão, há mesmo.

Travis pegou no meu copo vazio.

— Quer outra?

— Não, obrigado. Não quero perder a cabeça.

Paguei, desci do banco e saí para a noite. Estava um pouco mais fresco, agora, mas o ar sabia a escape de carro e a poeira do dia tinha-me deixado um depósito granuloso entre os dentes. Dera o meu cartão a Travis e pedira-lhe que me desse um telefonema, se tivesse algumas notícias de Peterson. Não ia ficar à espera ao lado do telefone, mas, pelo menos, agora Travis sabia o meu nome.

Dirigi-me a casa. As luzes das casas distribuídas pela colina acima começavam a acender-se, fazendo parecer que era mais tarde do que realmente era. Uma Lua em quarto crescente pairava baixo, no horizonte, envolvida por um banco de neblina azul-clara.

Ainda tinha a casa em Laurel Canyon. A dona dela fora a Idaho fazer uma visita prolongada à filha viúva e decidira ficar por lá, talvez por causa das batatas. Tinha-me escrito a dizer que eu podia ficar com a casa enquanto quisesse. Fez com que me sentisse muito acomodado na Yucca Avenue, no meu poleiro na encosta com os eucaliptos do outro lado da rua. Não sabia o que sentia quanto a isso. Quereria mesmo passar o resto da vida numa casa alugada, onde as únicas coisas a que podia chamar minhas eram a cafeteira de estimação e um jogo de xadrez de marfim envelhecido? Havia uma mulher que queria casar comigo e tirar-me de tudo isto, uma bela mulher, como Clare Cavendish, e rica como ela. Mas eu estava inclinado a andar de perna solta e desimpedido, ainda que não parecesse ser exatamente assim. Yucca Avenue não é propriamente Paris, que era onde a pobre menina rica estava a curar o coração magoado, a última vez que soube dela.

A casa tinha quase o tamanho certo para mim, mas, em certas noites, como esta, parecia a casa do Coelho Branco. Fiz uma grande cafeteira de café forte, bebi uma chávena e andei a rondar a sala durante algum tempo, tentando não fazer carambola nas paredes. Depois bebi outra chávena e fumei outro cigarro, ignorando a noite azul-escura que se aproximava da janela. Pensei preparar uma das menos terríveis aberturas de Alekhine e ver até onde podia chegar com ela, mas não tive coragem. Não sou um fanático do xadrez, mas gosto do jogo, da fria concentração e da elegância de pensamento que exige.

A história do Peterson pesava-me na mente, ou, pelo menos, a parte da história que envolvia Clare Cavendish. Continuava convencido de que havia qualquer coisa de esquisito no facto de me ter procurado. Não sabia dizer porquê, mas tinha a nítida sensação de que estava a ser tramado. Uma bela mulher como aquela não atravessa a rua e pede para lhe encontrar o namorado que desapareceu. As coisas não se passam assim. Mas então como é que se passam? Tanto quanto sabia, devia haver escritórios como o meu por todo o país, onde todos os dias entravam mulheres bonitas que pediam a pobres-diabos como eu para fazerem exatamente isso. Contudo, eu não acreditava. Para começar, o país não podia gabar-se de ter muitas mulheres parecidas com Clare Cavendish. Duvidava mesmo, aliás, de que houvesse mais uma, sequer, como ela. E, se realmente era daquele nível, como é que se envolvera com um pelintra como o Peterson? E se estava envolvida com ele, porque é que não se sentia minimamente envergonhada de procurar cair nas boas graças — ia dizer «nos braços», mas detive-me a tempo — de um detetive particular e implorar-lhe que encontrasse o pássaro que batera asa? Certo, na verdade, não implorara.

Decidi que, de manhã, iria tentar investigar a história de Mrs. Clare Cavendish *née* Langrishe. Por agora, tinha de contentar-me em fazer um telefonema ao Sargento Joe Green na Central de Homicídios. Joe tivera uma vez, por pouco tempo, a ideia de me acusar de cumplicidade num homicídio premeditado, e isso é o tipo de coisa que cria um elo entre duas pessoas. Não diria que Joe é um amigo, mas mais um conhecido a ver com cautela.

Quando Joe atendeu, disse-lhe que estava surpreendido por ele trabalhar até tão tarde, mas limitou-se a respirar sonoramente para o auscultador e a perguntar o que é que eu queria. Dei-lhe o nome de Nico Peterson, o número e a morada. Nenhum deles lhe era familiar.

— Quem é ele? — perguntou em tom azedo. — Algum *playboy* envolvido num dos teus casos de divórcio?

— Já sabe que não trato de divórcios, Sargento — respondi, mantendo um tom suave e calmo. Joe tinha um feitio imprevisível. — É apenas um tipo que estou a tentar encontrar.

— Tens a morada dele, não tens? Porque é que não vais bater-lhe à porta?

— Já fiz isso. Não está ninguém em casa. E já não está lá ninguém há algum tempo.

Joe respirou outra vez. Estive quase a dizer-lhe que não devia fumar tanto, mas pensei melhor.

— O que é que ele é a ti? — perguntou.

— Uma amiga dele gostava de saber para onde voou.

Ele produziu um som que era meio ronco, meio gargalhada.

— Isso parece-me história de divórcio.

*Tens uma mente obcecada, Joe Green*, disse, mas só para comigo. Para ele repeti que não trato de divórcios e que isto nada tinha que ver com um divórcio.

— Ela só quer saber onde é que ele está. Chama-lhe sentimental — expliquei.

— Quem é ela. A senhora?

— Sabes que não vou dizer-te isso, Joe. Não há nenhum crime envolvido. É um assunto particular.

Ouvi-o riscar um fósforo, puxar uma fumaça e soprá-la.

— Vou dar uma olhadela aos ficheiros — disse, por fim. Estava a ficar aborrecido. Nem a história de uma mulher e do seu janota desaparecido captou por muito tempo o seu interesse entediado. Joe era um bom polícia, mas estava na profissão há muito e o seu leque de interesses não era muito alargado. Disse que ia ligar-me. Agradeci e desliguei.

Telefonou-me na manhã seguinte às oito, enquanto eu estava a fritar umas belas fatias de *bacon* canadiano, para comer com a minha torrada e os ovos. Ia dizer-lhe outra vez que estava impressionado com os horários dele, mas interrompeu-me. Enquanto ele falava, fiquei encostado ao fogão, com o auscultador do telefone de parede na mão, a observar um passarinho castanho a esvoaçar nos ramos do arbusto de magnólia, lá fora, por cima do tanque. Há momentos assim, quando tudo parece ficar imóvel, como se alguém acabasse de tirar uma fotografia.

— Quanto ao tipo por que estavas a perguntar — disse Joe —, espero que a namorada dele fique bem de preto. — Pigarreou sonoramente — Morreu. Morreu em... — ouvi-o folhear papéis — 19 de abril, em Palisades, perto daquele clube que há lá, como é que se chama? Atropelamento e fuga. Ele está em Woodlawn. Até tenho o número da campa, se ela quiser lá ir visitá-lo.

# 4

Não sei porque lhe chamam Ocean Heights, visto que a única coisa alta que ali há são os custos de manutenção. A casa não era assim tão grande, se considerarmos o palácio de Buckingham uma moradia modesta. Chamava-se Langrishe Lodge, e não podia imaginar nada menos parecido com uma cabana. Era feita de muita pedra cor-de-rosa e branca e tinha torreões e torres, uma bandeira orgulhosamente hasteada num mastro no telhado e umas cem janelas. Achei-a muito feia, mas não sei dar opinião sobre arquitetura. Mais para o lado, havia grandes árvores, uma variedade de carvalhos, pareceu-me. O caminho curto levava diretamente a uma rotunda de gravilha, em frente da casa, onde podia fazer-se uma corrida de carroças. Pensei que estava no negócio errado, se um monumento destes era o que se conseguia a fazer as mulheres cheirarem bem.

Enquanto avançava pelo caminho da entrada pensava no que Clare Cavendish dissera sobre gostar de música. Não tinha investigado mais, não lhe perguntara que tipo de música preferia, ela não se disponibilizara para mo dizer, e isso, de certo modo, era significativo. Quer dizer, era significativo termos abandonado o assunto. Não era a coisa mais íntima que ela poderia ter-me dito, não era como dizer-me a sua medida de sapato ou o que usava ou não à noite, para dormir. De qualquer modo, tinha peso, o peso de algo precioso, uma pérola ou um diamante, que ela passara da sua mão para a minha. E o facto de o ter aceitado dela, sem comentário, e de ela ter ficado satisfeita por eu não ter dito nada, significava que era algo mantido em segredo entre nós, um símbolo, uma promessa para o futuro. Mas depois concluí que isto era, provavelmente, um disparate, apenas uma aspiração da minha parte.

Depois de estacionar o *Oldsmobile* na gravilha, reparei num jovem de ar desportivo que caminhava pelo relvado na minha direção. Vinha a baloiçar um taco de golfe e a arrancar os malmequeres com ele. Usava sapatos de golfe de dois tons, e uma camisa de seda branca, com colarinhos moles. O cabelo preto era também mole, com uma melena a cair-lhe sobre a testa, que ele tinha de afastar constantemente dos olhos com um piparote nervoso da mão pálida e esguia. Tinha um tipo de andar flexível, balançando um pouco como se houvesse uma fraqueza algures na zona dos joelhos. Ao aproximar-me, verifiquei, impressionado, que tinha os olhos negros amendoados de Clare Cavendish. Eram demasiado belos para ele. Verifiquei também não ser tão jovem como parecia à distância. Acho que andaria perto dos trinta anos, embora com a luz a dar-lhe por trás pudesse passar por dezanove. Parou na minha frente e olhou-me de alto a baixo com um ligeiro sorriso trocista.

— É o novo motorista? — perguntou.

— Pareço um motorista?

— Não sei. Qual é o aspeto dos motoristas?

— Calças justas, boné com uma pala brilhante e o olhar insolente do proletariado.

— Bom, você não tem calças justas, nem boné.

Reparei que dele emanava um cheiro a água-de-colónia cara, a cabedal e qualquer coisa mais, possivelmente àquele papel de seda perfumado em que embrulham os ovos *Fabergé*. Ou talvez gostasse, por graça, de usar um pouco da colónia da mãe. Era, realmente, um rapaz invulgar.

— Estou aqui para falar com Mrs. Cavendish.

— Ai está? Então deve ser um dos seus pretendentes.

— O que é que eles...?

— Tipos duros, de olhos azuis. Mas, pensando melhor, você também não é desse tipo. — Olhou por cima de mim para o *Oldsmobile*. — Eles aparecem em *coupés* vermelhos — pronunciou à francesa — ou num estranho *Silver Wraith*. Então quem é você?

Levei algum tempo a acender um cigarro. Por alguma razão, isso pareceu diverti-lo e soltou novamente a risadinha malévola. Pareceu forçada. Queria parecer à força um tipo duro.

— Deve ser irmão de Mrs. Cavendish — disse eu.

— Devo? — Lançou-me um olhar teatral de olhos esbugalhados.

— Deve pertencer à família, pelo menos. É um animalzinho de estimação ou uma ovelha negra?

Levantou desdenhosamente o nariz para o ar, uns centímetros.

— O meu nome é Edwards. Everett Edwards. Por acaso, Everett Edwards Terceiro.

— Quer dizer que já houve dois como você?

Inclinou-se um pouco e, com um encolher de ombros infantil, disse, mordendo o lábio:

— É um nome estúpido, não é?

Encolhi também os ombros à minha maneira.

— Não escolhemos o nome que nos põem.

— E a si, como lhe chamam?

— Marlowe.

— Marlowe? Como o dramaturgo. — Assumiu uma pose histriónica, inclinando-se para o lado oposto ao da anca e apontando para o céu, com uma mão trémula. — «Vede, vede, onde corre o sangue de Cristo no firmamento!»[3] — gritou, fazendo tremer o lábio inferior. Tive de sorrir.

— Diz-me onde posso encontrar a sua irmã?

Ele baixou o braço e endireitou-se, voltando à posição relaxada anterior.

— Está algures por aí. Experimente a estufa. É do outro lado, por ali. — Apontou.

Não conseguia apagar do olhar aquela expressão amuada. Não passava de um miúdo crescido, mimado e entediado.

— Obrigado, Everett Terceiro — disse-lhe.

Quando me afastava, gritou, atrás de mim:

— Se está a vender seguros, perde o seu tempo. — Soltou novamente o risinho abafado. Esperava, para bem dele, que conseguisse livrar-se daquilo... talvez quando chegasse à casa dos cinquenta e começasse a usar fatos de três peças e a exibir um monóculo.

Avancei fazendo ranger a gravilha e encaminhei-me para onde ele apontara, ao longo da parte lateral da casa. O jardim estendia-se para o lado esquerdo e parecia um parque público, mas mais bem tratado. O cheiro adocicado das rosas chegou-me trazido pela brisa, juntamente com o cheiro de erva cortada e

---

[3] Citação da obra *Doutor Fausto*, de Christopher Marlowe. [N. da T.]

um sopro salgado do oceano ali perto. Pensei como seria viver num lugar daqueles. Olhei pelas janelas, enquanto passava por elas. As salas, tanto quanto pude ver, eram grandes, pomposas e impecavelmente mobiladas. E se quiséssemos instalar-nos pesadamente em frente da televisão com um balde de pipocas a assistir a um jogo de futebol? Talvez tivessem na cave instalações específicas para isso, salas de bilhar, de brincadeiras para as crianças, esconderijos e sei lá que mais. Suspeitava de que em Langrishe Lodge a vida real tinha lugar algures, mas não ali.

A estufa era uma construção elaborada de vidro curvo e estrutura de aço, que atingia uma altura de dois ou três andares. Tinha lá dentro palmeiras gigantescas, cujas palmas pesadas se comprimiam contra os vidros, como que a implorar que as deixassem sair. Duas portas de correr estavam completamente abertas e, na abertura, um cortinado de tecido branco ondulava languidamente com o ar, que se movia suavemente. O verão nestes sítios não é tão duro e castigador como na cidade. Esta gente tem a sua estação especial. Passei a soleira da porta, afastando o cortinado. Lá dentro o ar era pesado e denso e tinha o cheiro de um homem gordo depois de um longo banho quente.

A princípio não localizei Clare Cavendish. Parcialmente escondida por uma faixa de folhas de palmeira baixas, estava sentada numa elegante cadeira pequena de ferro forjado, a escrever num diário ou num bloco de capa de pele. Reparei que escrevia com uma caneta de tinta permanente. Estava vestida para jogar ténis, com uma camiseta de algodão de manga curta, uma saia de pregas branca curtinha, peúgas e sapatos cremes de atacador. Tinha o cabelo preso dos lados com gancho. Nunca lhe tinha visto as orelhas. Eram orelhas muito bonitas, o que é uma coisa rara, já que na minha opinião as orelhas têm um aspeto apenas um pouco menos esquisito do que os pés.

Ouviu-me aproximar e, quando levantou os olhos, vi um olhar que não consegui entender plenamente. Surpresa, claro, porque não tinha telefonado a avisar que vinha, mas também algo mais. Seria pânico, um súbito desânimo, talvez, ou não me reconhecera imediatamente?

— Bom dia — disse eu, num tom tão jovial quanto pude.

Fechou o livro rapidamente e, mais lentamente, enfiou a tampa na caneta e pousou-a na mesa, com uma lentidão deliberada, como um homem de Estado que tivesse acabado de assinar um tratado de paz ou uma declaração de guerra.

— Mr. Marlowe. Assustou-me — disse.

— Desculpe. Devia ter telefonado.

Levantou-se e recuou um passo, como se quisesse pôr a mesa entre nós. As faces estavam um pouco coradas, como tinham ficado na véspera quando lhe perguntara o primeiro nome. As pessoas que coram com facilidade sofrem com isso e são suscetíveis de se denunciar ao mínimo susto. Mais uma vez, foi-me difícil não lhe olhar para as pernas, embora ainda conseguisse ver que eram magras, bem feitas, cor de mel. Em cima da mesa estava um jarro de cristal com uma bebida cor de tabaco. Ela tocou com a ponta do dedo na asa.

— Chá gelado? — perguntou. — Posso mandar vir um copo.

— Não, obrigado.

— Oferecia-lhe uma coisa mais forte, mas parece-me um pouco cedo...

Baixou os olhos e mordeu o lábio, precisamente da mesma maneira que Everett Terceiro fizera.

— Fez algum progresso nas suas investigações?

— Mrs. Cavendish, acho que talvez devesse sentar-se.

Ela abanou levemente a cabeça e esboçou um sorriso.

— Eu não... — começou ela. Estava a olhar por cima do meu ombro. — Oh, estás aí, querido — disse com a voz um tom acima e com uma ênfase forçada.

Virei-me. Estava um homem à entrada da porta, puxando o cortinado para o lado com a mão no ar e, por um momento, pensei que ele, tal como Everett Terceiro, podia estar prestes a debitar uma citação de alguma peça de teatro antiga. Mas deixou cair o cortinado e avançou a sorrir, a sorrir de nada em especial. Era um tipo bem constituído, mas não alto, de pernas ligeiramente arqueadas, ombros largos e mãos grandes e quadradas. Vestia calças de montar, justas, de cor creme, uma camisa tão branca que brilhava e uma gravata de seda amarela. Outro tipo desportivo. Começava a parecer que ali não faziam mais nada senão jogar.

— Calor. Um calor danado — disse ele. Até ali mal tinha olhado na minha direção. Clare Cavendish começou a estender o braço para o jarro de chá gelado, mas o homem chegou lá primeiro, pegou no copo, encheu-o até meio e esvaziou-o num trago, inclinando a cabeça para trás. O cabelo era fino e liso, cor de carvalho claro. Scott Fitzgerald ter-lhe-ia encontrado um lugar nos seus romances agridoces. Pensando bem, parecia-se um pouco com o próprio Fitzgerald: elegante, pueril, com qualquer coisa de fatalmente débil.

Clare Cavendish observava-o. Mordeu novamente o lábio. Aquela boca era realmente uma coisa bela.

— É Mr. Marlowe — disse. O homem teve um sobressalto, fingindo surpresa, e olhou de um lado para o outro, com o copo vazio na mão. Por fim, fixou-me e franziu ligeiramente a testa, como se não tivesse reparado em mim antes, como se eu não me distinguisse das folhas de palmeira e do vidro brilhante que nos rodeava.

— Mr. Marlowe — continuou Clare Cavendish —, este é o meu marido, Richard Cavendish.

Ele olhou para mim com um misto de indiferença e desdém.

— Marlowe — disse, revirando o nome e analisando-o, como se fosse uma moeda de escasso valor. O sorriso dele tornou-se ainda mais brilhante. — Porque não pousa o chapéu?

Esquecera-me de que o tinha na mão. Olhei em volta. Mrs. Cavendish avançou, tirou-me o chapéu da mão e pousou-o em cima da mesa ao lado do jarro de vidro. Dentro do triângulo formado pelos três, o ar parecia estalar sem som, como se uma corrente de eletricidade estática o atravessasse de um lado ao outro. Contudo, Cavendish parecia totalmente à vontade. Virou-se para a mulher:

— Ofereceste uma bebida ao homem?

Antes que ela pudesse responder, eu disse:

— Ofereceu, e eu declinei.

— Ah, declinou? — Cavendish soltou uma risadinha. — Estás a ouvir isto, querida? O cavalheiro declinou. — Deitou mais chá no copo e bebeu-o, a seguir pousou o copo e fez uma careta. Reparei que ele era quatro ou seis centímetros mais baixo do que a esposa. — Que tipo de negócio é o seu, Mr. Marlowe? — perguntou.

Desta vez, Clare antecipou-se.

— Mr. Marlowe encontra coisas — explicou.

Cavendish baixou a cabeça e lançou à mulher um olhar furtivo, de baixo para cima, enfiando a língua na bochecha com toda a força. Depois voltou a olhar para mim.

— Que tipo de coisas encontra, Mr. Marlowe? — perguntou.

— Pérolas — apressou-se a esposa a dizer, querendo mais uma vez cortar-me a palavra, embora eu ainda não tivesse pensado numa resposta. — Perdi aquele colar que me deste... ou melhor, não sei onde o pus.

Cavendish ficou a pensar naquilo, agora a olhar para o chão, a sorrir pensativamente.

— O que é que ele vai fazer? — perguntou, dirigindo-se à esposa, sem olhar para ela. — Rastejar pelo chão do quarto, espreitar debaixo da cama, enfiar o dedo nos buracos dos ratos?

— Dick, isso, realmente, não é importante — disse a mulher, e havia um tom implorativo na sua voz.

Ele lançou-lhe um olhar exagerado.

— Não é importante? Se eu não fosse um cavalheiro, como Mr. Marlowe, sentir-me-ia tentado a dizer-te quanto tinha custado aquela bugiganga. — Voltou-se para mim e a voz tornou-se arrastada. — Se o fizesse, ela dir-lhe-ia que o dinheiro com que o comprei era dela. — Voltou a olhar para a mulher. — Não dirias, querida?

Não havia nada a dizer àquilo. Ela limitou-se a olhar para ele, baixou um pouco a cabeça, a ponta do lábio suave e carnudo superior salientou-se, e por um momento vi qual teria sido o aspeto dela quando era muito jovem.

— É uma questão de reconstituir os passos da sua mulher — respondi no tom pesado que aprendera a imitar, depois de tantos anos passados em contacto com polícias. — Verificar os locais por onde passou nos últimos dias, as lojas onde esteve, os restaurantes que frequentou. — Sentia os olhos de Clare postos em mim, mas mantive os meus em Cavendish, que olhava para o outro lado através da porta aberta, acenando lentamente a cabeça.

— Sim. Certo — disse. Voltou a olhar à volta pestanejando distraidamente, tocou com a ponta do dedo no rebordo do copo vazio que estava em cima da mesa, e saiu calmamente, assobiando para si próprio.

Depois de ele nos ter deixado, a mulher e eu ficámos ali de pé, por um momento. Ouvia a respiração dela. Imaginei os pulmões a encherem-se e a esvaziarem-se, o seu rosado suave, na frágil grade de osso branco e brilhante. Era o tipo de mulher que despertava num homem pensamentos deste género.

— Obrigada — disse por fim, no mais ínfimo murmúrio.

— Não tem de quê.

Pousou levemente a mão direita nas costas da cadeira de ferro forjado, como se estivesse a sentir-se um pouco fraca. Não estava a olhar para mim.

— Diga-me o que descobriu.

Precisava de um cigarro, mas não me pareceu que devesse acendê-lo naquele imponente edifício de vidro. Era como fumar numa catedral. A necessidade que senti recordou-me o que trouxera comigo. Tirei do bolso a boquilha de ébano e pousei-a na mesa, ao lado do meu chapéu.

— Deixou-a no meu escritório — informei-a.

— Oh, claro. Não a uso muito, só por uma questão de efeito. Estava nervosa quando fui procurá-lo.

— Bem, podia ter-me enganado.

— Era a mim que precisava de enganar. — Olhava-me intensamente. — Diga-me o que descobriu, Mr. Marlowe — pediu novamente.

— Não existe uma maneira fácil de lhe dizer o que descobri. — Olhei para o chapéu em cima da mesa. — Nico Peterson morreu.

— Eu sei.

— Morreu há dois meses num atropelamento e fuga — parei e olhei para ela. — O que é que disse?

— Disse que sei. — Sorriu-me, inclinando a cabeça para um lado, naquele gesto sardónico que fizera no dia anterior, quando se sentara no meu escritório com as luvas dobradas e atravessadas no colo e a boquilha de ébano que segurava de lado, sem o marido ali para a enervar. — Talvez devesse sentar-se, Mr. Marlowe.

— Não percebo.

— É claro que não percebe, é natural que não perceba. — Virou-se de lado e pôs a mão no copo de que o marido tinha bebido, empurrou-o uns centímetros para um lado e depois voltou a pô-lo onde estava, sobre a rodela de humidade que ficara. — Desculpe, devia ter-lhe dito.

Tirei os cigarros. O ar ali deixara de parecer santificado.
— Se já sabia que ele estava morto, porque foi procurar-me?

Voltou-se e olhou para mim em silêncio, por um momento, a pensar no que devia dizer e como devia dizê-lo.

— A questão, Mr. Marlowe, é que o vi no outro dia na rua. Não pareceu absolutamente nada morto.

# 5

A ideia de campo agradava-me. Ou seja, gostava da ideia de saber que havia campo: as árvores, a relva, os pássaros no arvoredo, tudo. Às vezes, até gostava de olhar para o campo, da autoestrada, por exemplo, através do para-brisas. O que não me agradava muito era estar lá fora, nele, desprotegido. Havia alguma coisa em relação à sensação do sol a bater-me na parte de trás do pescoço que me deixava incomodado. Não ficava quente, ficava preocupado e de certo modo contraído. Tinha também a sensação de ser observado por demasiados olhos treinados, fixados em mim, a fixarem-me por entre a folhagem, entre as sebes, nas aberturas das tocas. Quando era miúdo não me interessava muito pela natureza. Foi nas ruas que vivi as deambulações da juventude e experimentei as minhas epifanias juvenis. Acho que não reconheceria um narciso, se o visse. Por isso, quando Clare Cavendish sugeriu um passeio no jardim, tive de fazer um esforço para não mostrar como a perspetiva me entusiasmava pouco. Mas é claro que disse que sim. Se me tivesse convidado para uma caminhada nos Himalaias, teria calçado umas botas de montanha e segui-la-ia sem hesitar.

Depois de ela tirar a cavilha e me atirar a granada de ter visto o supostamente morto Peterson, fora mudar de roupa, deixando-me, de pé, junto de uma daquelas paredes de vidro curvas, a olhar para os pequenos tufos brancos de nuvens que avançavam, vindos do oceano. Quando pediu licença para se ausentar, pousou por instantes três dedos no meu pulso, onde ainda agora os sinto. Se antes já pensara que havia alguma coisa duvidosa em toda esta história, agora tinha um peixe graúdo com que me debater.

Ao fim de cerca de quinze minutos e depois de mais dois cigarros, ela surgiu com um fato de saia-casaco de linho branco, com ombros enchumaçados, e uma saia pela barriga da perna. Podia ter sido irlandesa, mas tinha todo o porte e graciosidade natural de uma rosa inglesa. Trazia sapatos rasos, o que me tornava mais alto uns dois centímetros do que ela, mas mesmo assim continuava com a sensação de olhar para ela de baixo para cima. Não usava qualquer joia, nem sequer uma aliança.

Surgiu silenciosamente por trás de mim e disse:

— Provavelmente, não lhe apetece caminhar, pois não? Mas eu preciso de ir lá para fora. A minha mente funciona melhor ao ar livre.

Podia ter-lhe perguntado porque é que precisava de ter o mecanismo de pensamento a funcionar o melhor possível, mas não perguntei.

Sobre os terrenos da Langrishe Lodge havia a dizer que faltou pouco para terem sido um deserto e, contudo, estavam agora cobertos de verdura, ou do que teria sido verdura, se o verão não tivesse tornado a maior parte da vegetação castanha. Começámos a caminhar por uma vereda de gravilha que partia da casa num ângulo reto e se dirigia, a direito, como um troço de linha de caminho de ferro, a um grupo de árvores que eu tinha visto da estrada e, mais ao longe, a alguns lampejos de anil que eu sabia serem do oceano.

— Muito bem, Mrs. Cavendish. Vamos lá ouvir — disse eu.

Pus uma entoação mais áspera do que queria, e ela lançou-me um rápido olhar de soslaio e as faces ganharam aquela cor a que já estava a habituar-me. Franzi a testa e aclarei a voz. Sentia-me como um miúdo no seu primeiro encontro e tudo o que fazia parecia-me um passo em falso.

E já tinha dado uma dúzia de passos, antes de ela começar a falar.

— Não é estranho a forma como conseguimos reconhecer instantaneamente as pessoas, estejamos onde estivermos ou sejam quais forem as circunstâncias? Caminhamos pela Union Station entre uma multidão à hora de ponta e temos um vislumbre de um rosto a uns noventa metros de distância, ou nem sequer um rosto, apenas a forma de ombros de alguém, uma simples inclinação de cabeça, e sabemos imediatamente de quem se trata, mesmo que seja uma pessoa que não vemos há anos. Como é isso possível? — perguntou.

— Evolução, creio — respondi.

— Evolução?

— A necessidade de distinguir o amigo do inimigo, mesmo nas profundezas da floresta. Somos todos nós instinto, Mrs. Cavendish. Pensamos que somos sofisticados, mas não somos. Somos primitivos.

Ela soltou uma leve gargalhada.

— Bom, pode ser que a evolução faça alguma coisa de nós, um dia.

— Talvez, mas a senhora e eu não estaremos cá para ver.

Por um momento, a luz do Sol pareceu toldar-se e continuámos a caminhar, num silêncio sombrio.

— Belos carvalhos — disse eu, apontando com a cabeça para uma álea de árvores à nossa frente.

— Faias.

— Oh, faias, então.

— Enviadas da Irlanda, quer acredite quer não, há vinte anos. Quando se trata de nostalgia, a minha mãe não se poupa a despesas. Nessa altura eram árvores novas e olhe para elas agora.

— Sim, olhe para elas agora. — Precisava de outro cigarro, mas mais uma vez o ambiente franziu o sobrolho perante este pensamento. — Onde é que viu Nico Peterson?

Ela não respondeu logo. Enquanto caminhava, olhava para as pontas dos delicados sapatos.

— Em São Francisco — respondeu. — Eu estava lá em negócios... pela empresa, sabe. Foi na Market Street, ia de táxi e ele ali estava, a caminhar no passeio, com aquele seu ar apressado... — Soltou novamente uma leve gargalhada. — Apressado para se encontrar com alguém, com certeza.

— Quando foi isso?

— Deixe-me ver... — Pensou. — Na sexta-feira da semana passada.

— Antes de me ter procurado, portanto.

— Claro.

— Tem a certeza de que era ele?

— Oh, sim, tenho a certeza.

— Não tentou falar com ele?

— Desapareceu antes que eu conseguisse pensar no que fazer. Acho que podia ter dito ao motorista que voltasse para trás, mas a rua estava apinhada, já sabe como é São Francisco, e pensei que não havia grande esperança de o apanhar. Além disso, fiquei como que entorpecida, fiquei paralisada.

— Do choque?

— Não, da surpresa. Nada que o Nico fizesse poderia chocar-me, garanto.

— Mesmo o seu regresso de entre os mortos?

— Sim, mesmo o seu regresso de entre os mortos.

À distância, do outro lado do relvado, surgiu um cavaleiro, a galope. Correu durante uma parte do caminho, depois abrandou e desapareceu sob as árvores.

— Aquele era Dick, a montar o *Spitfire*, o seu preferido — explicou ela.

— Quantos cavalos tem? — perguntei.

— Não sei ao certo. Eles mantêm-no ocupado. — Olhei de soslaio para ela e a sua boca contraiu-se nos cantos. — Ele faz o que pode, sabe? — disse num tom de franqueza entediada. — Não é fácil estar casado com o dinheiro, embora toda a gente pense o contrário, evidentemente.

— Ele *sabia* de si e do Peterson?

— Já lhe disse que não sei. O Dick guarda as coisas para si. Raramente sei o que está a pensar ou o que sabe.

Chegáramos às árvores. A vereda desviava-se para a esquerda, mas, em vez de segui-la, Clare pegou-me no cotovelo e conduziu-me a direito, para um pequeno bosque, acho que pode chamar-se assim. Foi preciso um lugar como Langrishe Lodge para me fazer pesquisar no meu vocabulário as palavras certas para as coisas. O solo por baixo dos pés era seco e poeirento. Por cima de nós, as árvores faziam um som que era um murmúrio ressequido, julgava eu, a pensarem na sua terra natal, onde se diz que o ar é sempre húmido e a chuva cai com a leveza de algo que se recorda.

— Fale-me de si e de Peterson — pedi.

Ela ia observando o solo irregular, pisando-o com cuidado.

— Há tão pouco a dizer. A verdade é que quase já o esquecera, ou melhor, quase deixara de me lembrar dele, de sentir a sua falta. Não havia grande coisa entre nós, quando ele era vivo... ou seja, quando estávamos juntos.

— Onde é que se conheceram?

— Já lhe disse, no Cahuilla Club. Voltei a vê-lo, umas semanas depois, em Acapulco. Foi quando... — de novo o sangue lhe aflorou levemente ao rosto. — Bom, já sabe.

Não sabia, mas podia imaginar.

— Porquê Acapulco?

— Porque não? É um daqueles lugares onde as pessoas vão. É o tipo de local para Nico.

— Para si, não?

Ela encolheu os ombros.

— Pouco lugares são o meu tipo de lugar, Mr. Marlowe. Aborreço-me facilmente.

— Mesmo assim, ainda lá vamos. — Tentei afastar da minha voz um certo azedume, mas não consegui.

— Não deve desprezar-me, sabe — disse ela, tentando usar um tom jovial.

Por um momento senti-me ligeiramente estonteado, como acontece quando somos jovens e uma rapariga diz algo que nos faz pensar que ela está interessada em nós. Imaginei-a lá, no México, na praia, com um fato de banho de uma só peça, recostada numa cadeira de repouso, debaixo de um chapéu de sol, com um livro, enquanto Peterson, ao passar, parava e fingia ficar surpreendido por vê-la e se oferecia para lhe ir buscar uma coisa alta e fresca ao tipo do *sombrero* que vendia bebidas num quiosque, sob as palmeiras, por trás da praia. E naquele preciso momento, quando saíamos do outro lado das árvores, como se os meus pensamentos o tivessem invocado, lá estava o oceano, com longas ondas preguiçosas a desenrolarem-se na praia, os maçaricos a correr e, ao longe, uma chaminé arrastando atrás de si um penacho imóvel de vapor branco. Clare Cavendish suspirou e, parecendo mal se aperceber de que o fazia, enfiou o braço dela no meu.

— Oh, meu Deus, como adoro este sítio! — disse com um súbito soluço ardente na voz.

Saindo das árvores, desembocámos na praia. A areia estava endurecida e não era difícil caminhar sobre ela. Sabia que estava completamente deslocado ali, de fato escuro e chapéu. Clare fez-me parar e agarrou-se ao meu antebraço com uma mão, enquanto se inclinava para descalçar os sapatos. Pensei no que aconteceria se ela se desequilibrasse e caísse sobre mim, e eu tivesse de a erguer na curva do meu braço. Era o tipo de pensamento tolo que ocorria a um homem em circunstâncias como aquela. Continuámos a caminhar. Voltou a dar-me o braço. Na outra mão levava os sapatos, a baloiçar na ponta de dois dedos. Só faltava a música, um sussurro de violinos e um tipo com uma vogal no fim do nome a cantar uma canção romântica sobre o mar, a areia, o vento de verão e *tu*...

— Quem é que lhe falou de mim? — perguntei. Não estava assim tão interessado, mas queria, por um momento, falar de outra coisa que não fosse Nico Peterson.

— Uma amiga.

— Sim, já me disse... mas que amiga?

Ela mordeu novamente o lábio.

— Alguém que, na verdade, conhece muito bem.

— Sim?

— Linda Loring.

Aquilo foi um murro nas costelas.

— Conhece Linda Loring? — perguntei, não querendo parecer demasiado surpreendido... tentando não parecer mesmo nada surpreendido. — Conhece-a como, de onde a conhece?

— Oh, daqui e dali. O mundo é pequeno, Mr. Marlowe.

— Refere-se ao mundo dos ricos?

Estava a corar novamente? Estava mesmo.

— Sim. Acho que é isso. — Calou-se. — Não posso evitar o facto de ter algum dinheiro, percebe?

— Não me cabe criticar ninguém de nada — apressei-me a dizer.

Ainda estava a pensar em Linda Loring. Uma borboleta do tamanho de uma galinha batia as asas algures na região do meu diafragma.

— Pensei que a Linda estava em Paris — disse.

— E está. Falei com ela ao telefone. Ligamos uma à outra, de vez em quando.

— Para se informarem dos mexericos na alta-roda internacional — creio.

Sorriu e apertou-me o braço contra o lado do seu corpo, num gesto de reprovação.

— Mais ou menos.

Chegámos a uma espécie de abrigo, como um telheiro de paragem de autocarro, no limite da areia mole, onde a praia se juntava às dunas baixas. Dentro dele havia um banco feito de tábuas toscamente cortadas, bem desgastadas pelo vento salgado.

— Vamos sentar-nos um momento — disse Clare.

Estava-se ali bem, à sombra, com uma brisa agradável, que vinha da água.

— Esta deve ser uma praia privada — sugeri.

— Pois é. Como é que sabe?

Sabia, porque se fosse pública, um abrigo como aquele estaria tão imundo e cheio de detritos que nem poderíamos sonhar em sentarmo-nos ali. Disse para comigo que Clare Cavendish era uma daquelas pessoas a quem o mundo poupava a sua fealdade.

— Então contou a Linda o desaparecimento de Nico e a sua ressurreição?

— Não lhe contei tanto quanto a si.

— Não me contou muito.

— Contei-lhe que Nico e eu éramos amantes.

— Acha que uma rapariga como Linda não teria adivinhado isso? Vá lá, Mrs. Cavendish.

— Gostava que me tratasse por Clare.

— Desculpe, mas acho que não posso.

— Porquê?

Desembaracei o meu braço do dela e pus-me de pé.

— Porque é minha cliente, Mrs. Cavendish. Tudo isto — fiz um gesto de mão que varreu o abrigo, a praia, aqueles passarinhos atarefados lá em baixo, à beira-mar, onde os seixos entrechocavam no marulhar da água, como se estivessem em fervura —, tudo isto é muito agradável, muito bonito e acolhedor. Mas a verdade é que veio procurar-me com a história do seu namorado desaparecido e a sua ansiedade por encontrá-lo.

Depois concluiu-se que Mr. Peterson realizara o maior truque de desaparecimento, que a senhora, por razões suas, não me contou. Depois apresenta-me ao seu marido e insinua como ele a faz infeliz...

— Eu...

— Deixe-me terminar, Mrs. Cavendish, depois pode dizer o que quiser. Venho até à sua bela casa...

— Não o convidei para cá vir. Podia ter-me telefonado e pedido para eu voltar ao seu escritório.

— Isso é verdade, é bem verdade. Mas aqui estou eu, o portador de más notícias, notícias que iriam ser um choque para si, pensava eu, para acabar por descobrir que a senhora afinal já sabia o que eu tinha para lhe dizer. Depois leva-me a passear no seu belo jardim, dá-me o braço, conduz-me à sua praia privada e diz-me conhecer a minha amiga, Mrs. Loring, e que foi ela que lhe recomendou os meus serviços, embora sem lhe ter dito porque precisava deles...

— Eu disse-lhe!

— Disse-lhe em parte. — Tentou falar novamente, mas eu levantei a mão em frente da boca dela. Estava agarrada ao assento dos dois lados e a olhar para mim com uma expressão de desespero, em que eu não sabia se devia acreditar. — O que me interessa é saber o que quer exatamente de mim. O que acha que posso fazer por si... e porque é que acha que tem de fingir que está prestes a apaixonar-se por mim para conseguir que o faça? Eu sou um profissional contratado por si, Mrs. Cavendish. Vem ao meu escritório, conta-me os seus problemas, paga-me alguma coisa, e eu vou para a rua tentar resolvê-los. É assim que funciona. Não é complicado. Não é *E Tudo o Vento Levou*, nem você é Scarlett O'Hara e eu não sou (como é que ele se chama?) o Butler, claro.

— Rhett — disse ela.

— O quê?

Ela perdera o olhar frontal, desviara os olhos dos meus, e olhava a praia, na direção das ondas. Tinha um jeito de afastar as coisas que não lhe agradavam ou de que não queria tratar, que me deixava sempre suspenso. É um tipo de habilidade que só uma vida cheia de dinheiro ensina.

— Rhett Butler é a personagem a que se referia. E, por coincidência, é também o nome do cão do meu irmão.

— Refere-se a Everett Terceiro?

Ela confirmou com um aceno de cabeça.

— Sim, chamamos-lhe Rett, sem *h*. — Sorriu para si própria. — Não imagino ninguém menos parecido com Clark Gable. — Olhou então para mim outra vez, com uma expressão confusa. — Como é que o conhece? — perguntou. — Como é que conhece Everett?

— Não conheço. Ele andava a deambular pelo relvado quando cheguei. Trocámos alguns insultos amigáveis e encaminhou-me na sua direção.

— Ah, entendo. — Acenou afirmativamente, ainda a franzir a testa. Desviou novamente o olhar na direção do oceano. — Costumava trazê-lo aqui para brincar, quando era pequeno. Passávamos tardes inteiras a chapinhar nas ondas e a construir castelos na areia.

— Ele disse-me que o nome dele era Edwards, não Langrishe.

— Sim, temos pais diferentes. A minha mãe voltou a casar quando aqui chegou, vinda da Irlanda. — Puxou os cantos da boca para baixo, num sorriso sarcástico. — O casamento não foi um êxito. Mr. Edwards revelou-se aquilo a que os escritores chamam «caçador de fortunas».

— Não apenas os escritores.

Ela inclinou a cabeça com um ligeiro aceno irónico e a sorrir.

— De qualquer modo, Mr. Edwards acabou por partir, cansado, creio, do esforço de fingir ser o que não era.

— E era o quê? Além de caçador de fortunas, quero dizer.

— Justo e honesto é que ele não era. O que ele era, bom, não creio que alguém soubesse o que ele era, incluindo ele próprio.

— E foi-se embora.

— Foi-se embora. Foi então que a minha mãe me levou para a empresa, apesar de eu ser jovem. Revelei-me talentosa para vender perfumes, para surpresa de todos, especialmente minha.

Suspirei e sentei-me ao lado dela.

— Importa-se que fume? — perguntei.

— À vontade, se faz favor.

Tirei a cigarreira de prata com o monograma. Nunca descobri de quem era o monograma. Tinha comprado a cigarreira numa loja de penhores. Abri-a e ofereci-lhe um cigarro. Ela abanou a cabeça. Acendi o cigarro. É agradável fumar junto ao mar. O ar salgado dá um toque fresco ao tabaco. Naquele dia, por qualquer razão, lembrei-me de quando era jovem, o que é estranho, porque não crescera perto do oceano.

Mais uma vez, misteriosamente, ela parecia ler os meus pensamentos.

— De onde é, Mr. Marlowe? Onde nasceu?

— Em Santa Rosa. Uma cidadezinha no meio de nada, a norte de São Francisco. Porque pergunta?

— Oh, não sei. De certo modo é sempre importante saber de onde alguém é, não acha?

Encostei-me à madeira áspera da parede do abrigo e pousei o cotovelo do braço com que estava a fumar na palma da minha mão esquerda.

— Mrs. Cavendish, a senhora confunde-me.

— Acha? — Pareceu divertida. — Porquê?

— Já lhe disse. Sou contratado para ajudar, mas fala comigo como se eu fosse uma pessoa que conheceu toda a vida ou alguém que gostaria de conhecer para sempre. Porque será?

Ela pensou no que eu disse durante uns momentos, de olhos baixos, e a seguir olhou para mim, por baixo das pestanas.

— Suponho que é porque não se parece nada com o que eu esperava.

— O que é que esperava?

— Alguém duro e cáustico, como o Nico. Mas não é nada assim.

— Como é que sabe? Posso estar apenas a fingir para si, a fazer-me passar por um cordeirinho, quando, afinal, sou um lobo.

Ela abanou a cabeça e fechou os olhos por um momento.

— Não sou assim tão má a avaliar os homens, apesar de parecer o contrário.

Que eu reparasse, não se movera, mas o seu rosto estava mais próximo do meu do que antes. Não parecia restar outra alternativa senão beijá-la. Não resistiu, mas também não retribuiu. Limitou-se a ficar sentada a aceitar e, quando me afastei, sorriu ligeiramente e pareceu pensativa. Subitamente apercebia-me do som das ondas, do ruído dos seixos a rolar e dos gritos das gaivotas.

— Desculpe — disse-lhe. — Não devia ter feito isto.

— Porquê? — A voz era baixa, quase um murmúrio.

Pus-me de pé e atirei o cigarro para a areia, pisando-o com o calcanhar.

— Acho que devemos regressar — sugeri.

Ao regressarmos por entre as árvores, ela voltou a dar-me o braço. Parecia muito à vontade e eu perguntei-me se aquele beijo tinha mesmo acontecido. Chegámos ao relvado e na nossa frente lá estava a casa em toda a sua sinistra grandiosidade.

— Horrível, não é? — perguntou Clare, lendo-me outra vez o pensamento. — É a casa da minha mãe, sabe, não é a minha, nem do Richard. É mais uma razão para o mau humor de Richard.

— Por ter de viver com a sogra?

— Não pode ser uma coisa agradável para um homem. Pelo menos, para um homem como Richard.

Parei e fi-la parar. Tinha areia nos sapatos e grãos de sal nos olhos.

— Mrs. Cavendish, porque está a contar-me estas coisas? Porque é que está a tratar-me como se fôssemos íntimos?

— Porque é que deixei que me beijasse, é isso? — Os seus olhos brilharam. Ria-se de mim, embora não de uma forma indelicada.

— Pronto. Porque me deixou beijá-la?

— Acho que queria ver como era.

— E como foi?

Ela pensou por um momento.

— Bom. Gostei. Gostaria que repetisse, um dia.

— Acho que podemos tratar disso.

Continuámos a caminhar, ela com o braço no meu. Cantarolava para si. Parecia feliz. *Esta não é a mulher que entrou ontem no meu escritório e me examinou friamente por trás do véu que usava, medindo-me de alto a baixo. Esta é outra pessoa*, pensei.

— Foi construída por uma pessoa do cinema. — Referia-se novamente à casa. — Irving Thalberg, Louis B. Mayer... um desses magnatas, esqueci-me qual deles. Mandou vir a pedra de Itália, algures dos Apeninos. É bom que os Italianos não tenham podido ver o que fizeram com ela.

— Porque é que vive aqui? — perguntei. — Disse-me que era rica, podia mudar-se para outro local.

Olhei-a de soslaio. Uma breve sombra instalara-se na sua testa lisa.

— Não sei — respondeu. Ficou em silêncio enquanto demos mais alguns passos e depois voltou a falar. — Talvez não suporte a ideia de ficar sozinha com o meu marido. Ele não é uma companhia especialmente boa.

Não me cabia comentar aquilo e não o fiz.

Aproximávamo-nos da estufa. Perguntou-me se queria entrar.

— Talvez queira beber alguma coisa agora?

— Não me parece. Sou um homem de trabalho, com uma tarefa a realizar. Há mais alguma coisa que queira dizer-me sobre Nico Peterson, antes de eu pôr o meu faro de sabujo no rasto dele?

— Não me lembro de nada. — Tirou um fragmento de folha da manga do casaco de linho. — Gostava apenas que o localizasse. Não quero que ele volte. Para começar, nem sei se alguma vez o quis.

— Então porque ficou com ele?

Ela fez uma careta de palhaço triste. Gostei da forma como o fez, troçando de si própria.

— Acho que ele representava o perigo — disse ela. — Como eu lhe disse, aborreço-me facilmente. Ele fez-me sentir viva, durante um tempo, de uma forma ligeiramente suja. — Lançou-me um olhar franco. — Consegue entender isto?

— Eu entendo.

— Mas não aprova. — Riu-se.

— Não tenho de aprovar ou não aprovar, Mrs. Cavendish.

— Clare — corrigiu, naquele murmúrio suspirado. E eu ali fiquei, sentindo-me impassível e de cara dura, como um índio de uma loja de charutos. Ela esboçou um triste encolher de ombros, depois enfiou as mãos nos bolsos do casaco e deixou descair os ombros. — Gostaria que descobrisse onde está o Nico, o que está a fazer e porque é que fingiu estar morto. — Estendeu o olhar pelo relvado suave, até às árvores. Por trás dela surgia uma versão fantasmagórica de nós dois, refletidos no vidro da estufa. — É estranho pensar nele como estando agora algures, a fazer qualquer coisa. Já me habituara a pensar que tinha morrido e acho difícil agora adaptar-me à ideia de que está vivo.

— Vou fazer o que puder. Não devia ser difícil localizá-lo. Não parece um profissional e duvido que tenha apagado o seu rasto assim tão bem, especialmente porque não deve estar à espera de que andem à procura dele, já que está, supostamente, morto.

— O que vai fazer? Como vai tratar do assunto?

— Vou dar uma vista de olhos ao relatório do médico legista. Depois vou falar com algumas pessoas.

— Que tipo de pessoas? A polícia?

— Os polícias geralmente não são muito colaborantes com os que não são dos deles. Mas conheço um ou dois tipos no comando.

— Não gostaria de pensar que toda a gente fica a saber disto tudo, porque sou eu que ando à procura dele.

— Quer dizer que não quer que a sua mãe saiba.

O rosto dela endureceu, o que não era nada fácil para aquela cara.

— Estou mais a pensar na empresa. Qualquer tipo de escândalo seria muito prejudicial para nós... para a Langrishe Fragrances. Espero que entenda.

— Sim, compreendo, claro, Mrs. Cavendish.

De algures ali perto veio um grito, uma coisa sinistra e penetrante. Olhei para Clare.

— Um pavão — disse ela. Claro, tinha de ser um pavão. — Chamamos-lhe *Liberace.*

— Ele faz muitas vezes isto? Grita assim?

— Só quando está aborrecido.

Voltei-me para ir embora, mas depois detive-me. Que linda ela era, ali ao sol, com o linho fresco e branco, com todo aquele vidro brilhante e a pedra cor-de-rosa rebuçado. Ainda sentia a suavidade da boca dela na minha.

— Diga-me lá como é que soube da morte de Peterson?

— Oh, eu estava lá quando aconteceu — disse num tom perfeitamente natural.

# 6

Estava quase no portão, quando encontrei Richard Cavendish a passear um belo garanhão castanho. Parei o carro e baixei o vidro.

— Olá, amigo — disse Cavendish. — Já vai deixar-nos? — Não parecia um homem que tivesse andado a cavalgar intensamente na última hora. O seu cabelo castanho avermelhado não estava despenteado e as calças de montar estavam tão impecáveis como quando ele entrara pela primeira vez na estufa. Nem sequer transpirava, pelo menos, que se visse. O cavalo é que parecia exausto. Não parava de revirar os olhos, de abanar a cabeça e de puxar as rédeas, que repousavam nas mãos do dono tão levemente como a corda de saltar de uma criança. Criaturas excitáveis, os cavalos.

Cavendish inclinou-se para a janela, encostou um antebraço à moldura da porta e exibiu um sorriso rasgado, mostrando duas fiadas de dentes pequenos e certos. Foi um dos sorrisos mais vazios que alguma vez alguém me lançou.

— Com que então, pérolas?

— Foi o que a senhora disse.

— Foi o que ela disse, sim, eu ouvi. — O cavalo estava agora a esfregar-lhe o focinho no ombro, mas ele não ligava. — Não são tão valiosas como ela pensa. No entanto, penso que lhes tinha estimação. Sabe como são as mulheres.

— Não sei se sei, no que se refere a pérolas.

Ainda estava a sorrir. Não acreditara, nem por um segundo, na história do colar perdido. Eu conhecia Cavendish, era de um tipo com que estava familiarizado: o elegante jogador de polo conquistador, que casa com uma rapariga rica e depois começa a fazer da vida dela um inferno, a choramingar acerca do mau bocado que está a passar a gastar o dinheiro dela e como isso o fere no seu orgulho.

— Belo cavalo — disse eu, e, como se me tivesse ouvido, o animal rodou um olho na minha direção.

Cavendish acenou a cabeça afirmativamente.

— *Spitfire* — disse. — Dezassete palmos, forte como um tanque.

Afunilei os lábios como se fosse assobiar, mas não o fiz.

— Impressionante. Joga polo com ele?

Soltou uma gargalhadinha.

— O polo é jogado em cima de póneis — esclareceu. — Imagina o que é tentar atingir uma bola no solo em cima do dorso deste bicho? — Esfregou o queixo com o indicador. — Não joga, calculo.

— O que é que está a dizer? Na minha terra, o taco de polo nunca nos sai da mão.

Observou-me, deixando o seu sorriso desfazer-se por fases e lentamente.

— Você é um brincalhão, não é, Marlowe?

— Sou? O que é que eu disse?

Continuou a olhar para mim durante algum tempo. Quando semicerrou os olhos, de cada lado deles abriu-se um leque de rugas finas. Depois endireitou-se, bateu com a palma da mão na ombreira da porta e deu um passo para trás.

— Boa sorte com as pérolas. Espero que as encontre.

O cavalo sacudiu a cabeça e ondulou os lábios naquela maneira esquisita deles. O som que produziu assemelhava-se muito a um riso sarcástico.

Meti a mudança e soltei a embraiagem.

— Vamos à caça — disse, e arranquei.

Meia hora depois estava em Boyle Heights, a estacionar junto do Gabinete do Médico Legista do Condado de Los Angeles. Pensei quantas vezes teria trepado aqueles degraus. O edifício era uma peça arrojada de arquitetura Arte Nova e parecia mais um *gin palace*[4] do que um edifício público. Contudo, lá dentro estava fresco e tranquilamente silencioso. Quase o único som que se ouvia era o matraquear dos saltos altos de uma funcionária que não se via e caminhava pelo corredor num dos andares, algures por cima de mim.

O balcão de atendimento era gerido, se isso se pode dizer, por uma animada morena pequenina com uma camisola justa impossível de ignorar. Passei-lhe a minha licença de detetive pela frente, como um ilusionista a mostrar a carta de jogar que está prestes a manipular. A maior parte das vezes nem se dão ao trabalho de olhar e partem do princípio de que sou da polícia, o que para mim é bom. Disse que ia levar uma hora a trazer o dossiê sobre Nico Peterson. Respondi que dentro de uma hora

---

[4] Bares ingleses em estilo vitoriano. [N. da T.]

estaria a regar os meus catos. Lançou-me um sorriso indefinível e disse-me que ia ver se o processo podia ser acelerado.

Durante algum tempo passeei pelo corredor, fumei um cigarro e fiquei à janela com as mãos nos bolsos, a observar o trânsito em Mission Road. Ser detetive particular é ter uma vida empolgante.

A rapariga da camisola era tão boa quanto a sua palavra e dentro de quinze minutos voltou com um dossiê. Levei-o para um banco junto da janela e folheei os papéis. Não esperava que me dissessem muito e não estava enganado, mas temos de começar por algum lado. O falecido fora atropelado por um veículo, condutor desconhecido, em Latimer Road, Pacific Palisades, no Condado de Los Angeles, aproximadamente entre as vinte e três horas e a meia-noite da noite de 19 de abril. Sofrera numerosos ferimentos com nomes compridos, incluindo uma «fratura cominutiva do lado direito do crânio» e múltiplas lacerações da face. A causa da morte era o nosso bem conhecido «traumatismo por ação contundente» — os patologistas adoram o traumatismo por ação contundente. Só de ouvi-lo esfregam as mãos. Havia uma fotografia tirada no local do acidente. O sangue parece muito brilhante e escuro à luz das lâmpadas de *flash*. O Condutor Desconhecido fizera um grande trabalho no Nico Peterson. Parecia um naco de carne bovina, envolvido num fato de pele de tubarão. Ouvi-me soltar um suspiro. Morte, não fiques orgulhosa, disse o poeta, mas não vejo porque é que a Ceifeira não havia de ter uma certa sensação de dever cumprido, tendo em conta o seu trabalho apurado e o incomparável registo de êxitos.

Devolvi o dossiê à senhora pequenina e agradeci-lhe delicadamente, embora o que recebesse em troca fosse um sorriso distraído. Tinha outras coisas em que pensar. Passou-me pela cabeça perguntar-lhe se tinha planos para o almoço, mas, mal a ideia me ocorreu, descartei-a. Os pensamentos sobre Clare Cavendish não iam ser neutralizados tão facilmente.

Já na rua, entrei numa cabine e liguei a Joe Green, da Central de Homicídios. Ele atendeu ao primeiro toque.

— Joe? — perguntei. — Nunca te dão folga?

Soltou o seu suspiro roufenho. Joe faz-me lembrar um dos maiores mamíferos aquáticos — um golfinho, talvez, ou um velho leão-marinho. Ao fim de vinte anos na polícia, a lidar diariamente com criminosos, traficantes de droga, violadores de crianças e tudo o que se queira, ele tornara-se um aglomerado de cansaço, melancolia e, ocasionalmente, raiva súbita. Perguntei se podia oferecer-lhe uma cerveja. Senti-o ficar desconfiado.

— Porquê? — rosnou

— Não sei, Joe — respondi. À porta da cabine esperava-me uma jovem de calças justas e *top* escarlate, de ar furioso e com uma criança num carrinho, que me olhava fixamente para que terminasse a minha chamada e lhe deixasse o telefone. — Porque é verão e é hora de almoço e está um calor do diabo. Além disso, quero falar-te de uma coisa.

— Mais sobre o cadáver de Peterson?

— Isso mesmo.

Esperou um momento e depois disse:

— Sim, porque não? Vai ter comigo ao Lanigan's.

Quando abri a porta da cabina, o ar interior chocou com o ar exterior com um estampido sem som. Ao sair, a jovem mãe praguejou, empurrou-me para o lado e agarrou o auscultador.

— Não tem de quê — disse eu.

Estava demasiado ocupada a ligar para voltar a praguejar comigo.

O Lanigan's era um dos bares locais, pretensamente irlandês, com trevos pintados no espelho do balcão e fotografias de John Wayne e Maureen O'Hara em *technicolor* vivo, emolduradas nas paredes. No meio de uma prateleira de garrafas havia uma de uísque *Bushmills* com uma boina escocesa. Escócia, Irlanda... o que interessa? Mas o empregado ao balcão parecia ser produto genuíno, baixo, retorcido, com uma cabeça como uma batata enorme e um cabelo que outrora fora ruivo.

— O que é que querem, rapazes? — perguntou.

Joe Green usava um fato amarrotado de linho cinzento que em dias passados fora, provavelmente, branco. Quando tirou o chapéu de palha, o seu rebordo deixou um sulco lívido a atravessar-lhe a testa. Puxou um lenço vermelho do bolso de cima do casaco e limpou a testa. Esta testa prolongava-se agora até tão acima no crânio que muito em breve ele seria oficialmente careca.

Sentámo-nos, abatidos, em frente das nossas cervejas, com os cotovelos no balcão.

— Meu Deus, como eu detesto o verão nesta cidade!

— Pois, é mau — concordei.

— Sabes o que me irrita? — baixou a voz. — Sabes como os *boxers* se enrolam nas virilhas, quentes e húmidos, como a porcaria de uma cataplasma?

— Talvez estejas a usar o tipo errado. Pergunta a Mrs. Green. As esposas sabem dessas coisas.

Lançou-me um olhar de lado.

— Ah, sim? — Tinha os olhos de um sabujo, de pálpebras frouxas, tristonhos e com um olhar enganadoramente estúpido.

— É o que me dizem, Joe. É o que me dizem — disse eu.

Bebemos as nossas cervejas em silêncio por um momento, evitando olharmo-nos nos olhos, no espelho à nossa frente. Pat, o empregado do balcão, estava a assobiar a melodia *Mother Machree* — estava mesmo, mal podia acreditar. Talvez fosse pago para fazê-lo, para trazer a verdadeira canção do Velho País à Cidade dos Anjos.

— O que é que desenterraste sobre esse passarão do Peterson? — perguntou Joe.

— Não muito. Dei uma espreitadela ao relatório do médico legista. Mr. P. levou uma grande passa naquela noite. Não conseguiste uma pista sobre quem o deitou abaixo?

Joe riu-se. O seu riso soou como um desentupidor a ser retirado de uma sanita.

— O que te parece? — perguntou.

— A Latimer Road não devia estar congestionada a essa hora.

— Era uma noite de sábado — disse Joe. — Eles entram e saem daquele clube como ratazanas da porta dos fundos de um restaurante.

— O Cahuilla?

— Sim, acho que é esse o nome. Podia ter sido esborrachado por qualquer um das centenas de carros. E é claro que ninguém viu nada. Já lá foste?

— O Cahuilla Club não é o meu local preferido, Joe.

— Calculo que não. — Deu uma gargalhada. Desta vez foi um desentupidor mais pequeno a sair de uma sanita mais pequena. — A gaja misteriosa para quem estás a trabalhar... vai lá?

— Provavelmente. — Cerrei os dentes e rangi-os. É um mau hábito que tenho, quando estou a ganhar coragem para fazer alguma coisa que não devia fazer. Mas há um momento em que temos de estar ao nível de um polícia, se queremos que ele nos seja útil. Pelo menos, a certo nível. — Ela pensa que ele ainda está vivo.

— Quem? O Peterson?

— Sim. Ela pensa que ele não morreu, que não foi ele que ficou esmagado em Latimer Road, naquela noite.

Isso fê-lo sentar-se. Rodou a grande cabeça cor-de-rosa e olhou para mim.

— Meu Deus, o que é que lhe deu essa ideia?

— Viu-o no outro dia. É o que diz.

— Ela *viu*-o? Onde?

— Em São Francisco. Ia num táxi, em Market Street, e ele ali estava, vivo e são.

— Falou com ele?

— Iam em direções opostas. Quando se refez da surpresa, já ia longe.

— Meu Deus! — repetiu Joe, num tom divertido de surpresa. Os polícias gostam quando as coisas começam a agitar-se na sua cabeça; isso apimenta-lhes um pouco o dia de trabalho monótono.

— Sabes o que isso significa — disse eu.

— O que é que significa?

— Podes ter um homicídio nas mãos.

— Achas?

O empregado da *Mrs. Machree* estava junto da caixa registadora a explorar um ouvido com um pau de fósforo e um ar pensativo. Fiz-lhe sinal para mais dois copos.

— Pensa nisso — disse a Joe. — Se o Peterson não morreu, quem morreu? E foi mesmo um acidente?

Joe pensou nisso por um momento, prestando uma atenção especial ao lado oculto e sujo.

— Achas que o Peterson preparou tudo para poder desaparecer?

— Não sei o que achar — disse eu.

As nossas cervejas frescas chegaram. Joe ainda estava a pensar maduramente.

— O que queres que eu faça?

— Também não sei.

— Não posso ficar sem fazer nada, pois não?

— Podias mandar exumar o cadáver.

— Desenterrá-lo? — Abanou a cabeça. — Foi cremado.

Não tinha pensado nisso, mas devia ter sido, é claro.

— Quem identificou o Peterson? — perguntei.

— Não sei. Posso investigar. — Pegou no copo e depois voltou a pousá-lo. — Céus, Marlowe! — exclamou, mais tristonho do que irritado. — Sempre que falo contigo só me meto em problemas.

— «Problema» é o meu apelido.

— Ho, ho.

Afastei o meu copo de cerveja uns centímetros para o lado e depois voltei a pô-lo onde estava, ficando assente no seu círculo de espuma. Pensei em Clare Cavendish, que fizera o mesmo, umas duas horas antes. Quando uma mulher nos entra na cabeça, não há nada que não a faça lembrar.

— Olha, Joe, desculpa — disse-lhe. — Talvez nada disto seja verdade. Talvez a minha cliente tenha apenas imaginado que viu o Peterson. Talvez fosse um engano causado pela luz ou talvez ela tivesse bebido um *Martini* a mais.

— Vais dizer-me quem é ela?

— Já sabes que não.

— Se acabarmos por concluir que ela tem razão e que esse tipo não morreu, tens de dizer quem ela é.

— Talvez. Mas, por agora, não há caso e não tenho de dizer-te nada.

Joe recostou-se na cadeira alta e lançou-me um olhar demorado.

— Olha, Marlowe, foste tu que *me* telefonaste, lembras-te? Eu estava a ter uma bela manhã calma, não tinha nada em cima da secretária senão os casos de uma miúda de escola, desaparecida há três dias, um assalto à mão armada numa estação de serviço e um duplo homicídio em Bay City. Ia ser um dia facílimo. Agora tenho de me preocupar com a possibilidade de esse tal Peterson ter conseguido que um pobre-diabo fosse atropelado para ele poder pirar-se.

— Podes esquecer que te disse alguma coisa. Como eu digo, pode ser que nem seja nada.

— Sim... tal como aquela miúda do liceu pode ter ido visitar a avó em Poughkeepsie, e pode ter sido por acaso que aqueles dois macacos em Bay City levaram um tiro na tola cada um. Claro. O mundo está cheio de coisas que só superficialmente parecem graves.

Deslizou da cadeira alta e tirou o chapéu de palha de cima do balcão, onde estava pousado. O rosto de Joe fica da cor de fígado quando está irritado.

— Vou fazer mais umas investigações sobre a morte do Peterson ou de quem quer que seja esse que morreu, e depois digo-te. Entretanto, vai lá, pega na mão da tua cliente e diz-lhe que não se preocupe com o seu namorado Lázaro, e que, se ele estiver vivo, irás apanhá-lo ou não te chamas Doghouse Reilly.[5]

Virou-se e afastou-se, batendo com o chapéu na coxa. *Isto correu bem, Marlowe*, disse para comigo. Bom trabalho. O empregado veio ter comigo e perguntou delicadamente se estava tudo bem. Oh, claro, disse-lhe, estava tudo bem.

Voltei para o escritório, comprei um cachorro num quiosque na esquina da Vine e comi-o à secretária com uma garrafa de gasosa. Depois fiquei sentado durante muito tempo, com os pés no ar e o chapéu na parte de trás da cabeça, a fumar. Alguém que olhasse para mim acharia que eu estava em grandes pensamentos, mas não estava. Na verdade, estava a tentar não pensar. Não sabia a que ponto tinha estragado tudo, por ter falado com Joe Green, sobretudo não queria saber. Tinha traído a confiança que Clare Cavendish tinha em mim, ao dizer ao Joe que ela descobrira Peterson quando se julgava que ele estava morto? Era difícil ver as coisas de outra maneira. Contudo, por vezes, quando não se está a chegar a lado nenhum, é preciso dar uma sacudidela ao ninho de vespas. Mas será que não devia ter esperado, não deveria ter seguido mais o rasto de Peterson antes de ter metido o Joe ao barulho?

Levei uma mão à testa e soltei um pequeno ronco. A seguir abri a gaveta da minha secretária onde devo guardar dossiês, tirei a garrafa do escritório e servi-me de uma dose forte num copo de papel. Quando sabemos que fizemos asneira, não resta senão atacar alguns milhões de células cerebrais.

---

[5] Numa das obras de Raymond Chandler, Philip Marlowe, quando lhe perguntam o nome, diz ser Doghouse Reilly. [N. da T.]

Estava a ponderar outra dose da garrafa, quando o telefone tocou. Como é que, ao fim de todos estes anos, o raio desta máquina ainda me faz sobressaltar? Esperava que fosse Joe e tinha razão.

— Aquele morto tinha a carteira de Peterson no bolso — disse ele. — Além disso, foi identificado no local pelo gerente daquele... como é que disseste que se chamava aquele clube?

— O Cahuilla.

— Não sei porque é que estou sempre a esquecer-me. O gerente é um Floyd Hanson.

— O que é que sabes dele?

— Se queres dizer se temos alguma coisa sobre ele, não temos. O Cahuilla é um local pretensioso e não ia contratar um tipo com cadastro para o gerir. Sabes, o xerife é membro dele, bem como dois juízes e metade dos manda-chuvas dos negócios da cidade. Se meteres a ponta do dedo ali, és capaz de ver o dedo arrancado à dentada.

— Há alguma coisa no processo sobre distúrbios lá, na noite em que o Peterson, ou lá quem ele era, foi atropelado?

— Não. Porquê? — Senti Joe ficar novamente desconfiado.

— Ouvi dizer que naquela noite o Peterson se enfrascou e arranjou confusão no bar — respondi. — A coisa tornou-se tão complicada que o expulsaram. A seguir, alguém o encontrou na beira da estrada, mortinho da silva.

— Esse alguém foi uma das raparigas do bengaleiro que ia para casa com o namorado. Este tinha ido buscá-la no final do turno.

— Há alguma coisa com esses? — perguntei.

— *Ná.* Dois miúdos. Voltaram atrás, trouxeram o Hanson, o gerente. Ele telefonou-nos.

Pensei naquilo durante um momento.

— Está? — perguntou Joe.

— Estou. Estou a pensar.

— Estás a pensar que estás a perder tempo com isto, não é?

— Vou telefonar à minha cliente.

— Faz isso. — Estava a soltar uma risada, quando desligámos.

Tomei mais um pequeno copo da minha garrafa de estimação, mas não escorregou bem. Estava demasiado calor para uísque. Peguei no chapéu, saí do escritório, desci no elevador e saí para a rua. O objetivo era esclarecer as ideias, mas como é que se consegue isso, quando o ar está quente como dentro de um forno e sabe a limalha de ferro? Caminhei muito pelo passeio, mantendo-me à sombra, e depois regressei. O uísque começava a fazer-me sentir a cabeça como se estivesse cheia de massa de vidraceiro. Voltei ao escritório, acendi um cigarro e fiquei ali sentado a olhar para o telefone. Depois liguei outra vez a Joe Green e disse-lhe que tinha falado com a minha cliente e que lhe dissera que se tinha enganado quanto a ter visto o Peterson.

Joe riu-se.

— Isso é coisa de galinhas. Elas metem uma ideia nas cabecinhas bonitas, fazem-nos andar às voltas durante um tempo e depois vêm com um «oh, sou tonta, Mr. Marwo, devo ter-me enganado».

— Sim, acho que é isso mesmo — confirmei.

Estava mesmo a ver que o Joe não acreditava numa palavra do que eu dissera. Não me importei. Só queria encerrar o processo do Nico Peterson e voltar a pô-lo na prateleira poeirenta de onde o retirara.

— Mas ela pagou-te? — perguntou.

— Claro — menti.

— Então ficaram todos felizes.

— Não sei se é essa a palavra, Joe.

Ele riu outra vez.

— Não te metas em confusões, Marlowe — disse ele, e desligou. Joe é um tipo às direitas, apesar do mau feitio.

# 7

Eu podia ter ficado por ali. Podia ter feito o que disse ao Joe que fiz: ter telefonado a Clare Cavendish a dizer que ela devia ter-se enganado, que não podia ter sido Nico Peterson o tipo que vira em São Francisco naquele dia. Mas porque é que isso havia de convencê-la? Não tinha nada de novo para lhe dizer. Ela já sabia que o homem morto em Latimer Road usava as roupas de Peterson e tinha a carteira de Peterson no bolso. Também sabia, como me dissera antes de nos separarmos na sombra frondosa em Langrishe Lodge, que o tal Floyd Hanson identificara o corpo. Tinha estado no Cahuilla naquela noite, vira o Peterson, bêbado e barulhento, a ser escoltado para fora das instalações por um grupo de capangas do Hanson, e lá continuava uma hora depois quando a rapariga do bengaleiro e o namorado entraram e contaram a toda a gente que tinham dado com o Peterson morto na beira da estrada. Até tinha saído do carro e visto o corpo ser carregado para a carrinha da morgue. E, apesar de ter visto isso tudo, continuou com a certeza de ser Peterson o tipo que vira em Market Street, dois meses depois de, supostamente, ter morrido. O que poderia eu dizer-lhe para a fazer mudar de ideias?

Mas eu continuava com a sensação de haver qualquer coisa errada naquilo tudo. Suspeitar torna-se um hábito como tantos outros.

Não fiz praticamente nada no resto do dia, mas a história do Peterson não me saiu da cabeça. Na manhã seguinte fui para o escritório e fiz alguns telefonemas, a tentar obter informações sobre os Langrishe e os Cavendish. Não descobri grande coisa. O mais interessante que apurei sobre eles foi que, apesar de todo o dinheiro que tinham, não escondiam esqueletos no armário, pelo menos nenhum que alguém tivesse ouvido chocalhar. Mas não podia ser assim tão simples, pois não?

Desci no elevador e atravessei a rua em direção ao local onde estacionara o *Oldsmobile*. Deixara-o à sombra, mas o Sol enganara-me e virara a esquina do edifício da Companhia de Seguros Permanent. Batia agora em cheio no para-brisas e, obviamente, no volante. Abri as quatro janelas e arranquei rapidamente para conseguir que alguma brisa entrasse, mas não ajudou. O que teria acontecido, pensei, se por alguma razão tivessem sido os Peregrinos Ingleses, em vez dos Espanhóis, a desembarcar primeiro naquela costa? Acho que teriam rezado a pedir chuva e temperaturas baixas e o Senhor tê-los-ia ouvido.

Palisades era mais fresco, porque o mar estava próximo. Tive de perguntar duas vezes, antes de conseguir encontrar o Cahuilla Club. A entrada ficava ao fundo de um caminho arborizado, no final de um muro alto com flores de buganvília a transbordar por cima dele. Os portões não eram eletrificados, ao contrário do que eu esperava. Eram altos, ornamentados e dourados. E estavam abertos, mas, depois deles, uma trave de madeira às riscas bloqueava o caminho. O porteiro saiu da pequena guarita e lançou-me um olhar pouco amistoso. Era um tipo jovem, com uma farda bege sofisticada e um boné com uma trança na pala. Tinha uma cabeça de alfinete em cima de um pescoço alto e uma maçã-de-adão que andava para cima e para baixo como uma bola de pingue-pongue quando ele engolia. Disse-lhe que estava ali para falar com o gerente.

— Tem reunião marcada? — Respondi que não e ele contorceu os lábios, numa expressão cómica, e perguntou-me o nome. Mostrei-lhe o cartão. Franziu a testa e olhou para ele durante muito tempo, como se a informação que continha estivesse escrita em hieróglifos. Voltou a fazer o mesmo com a boca (era uma espécie de piada muda), entrou na guarita e falou rapidamente ao telefone, a ler o meu cartão, depois voltou, carregou num botão e a barreira levantou.

— Vá pela esquerda, onde diz «Receção». Mr. Hanson estará à sua espera — disse-me.

O caminho serpenteava a par de um muro comprido e alto com grandes ramadas de buganvília. As flores exibiam ali uma diversidade de tons: cor-de-rosa, carmesim e um delicado lilás-claro. Havia outras plantas a crescer: gardénias e madressilvas, o estranho jacarandá e as laranjeiras enchiam o ar com o seu aroma agridoce.

A receção era uma cabana de toros, com uma série de pequenas janelas tortas e um tapete vermelho em frente da porta. Entrei. O ar tinha um toque a pinho. Ouvia-se uma música suave de flauta através dos altifalantes escondidos no teto. Não havia ninguém à secretária, um objeto grande e austero com imensas gavetas com pegas de latão e um retângulo de cabedal verde colocado no tampo, o tipo de coisa sobre a qual um chefe índio poderia ter assinado a entrega das terras da tribo.

Havia por ali vários objetos da América ancestral: um toucado índio em tamanho natural numa estante especial, um escarrador antigo de prata e uma sela ornamentada, noutra estante. Nas paredes estavam expostos arcos e setas de vários modelos e dimensões, um par de pistolas de coronha de marfim e fotografias emolduradas de heróis de ar nobre, com as suas *squaws* de olhos sonhadores, da autoria de Edward Curtis. Estava eu a observar de perto um desses estudos — tendas indígenas, uma fogueira, um círculo de mulheres com bebés às costas — quando ouvi uma passada suave atrás de mim.

— Mr. Marlowe?

Floyd Hanson era alto e magro, com uma cabeça comprida e estreita e cabelo liso com brilhantina, penteado para trás com um atraente toque de cinzento nas têmporas. Vestia umas calças clássicas, brancas, de cintura subida, com um vinco em que quase podíamos cortar um dedo, sapatos de pala com borlas, camisa branca de colarinho casual e um pulôver sem mangas com um desenho de grandes losangos cinzentos. Ficou ali parado, com a mão esquerda no bolso das calças, a olhar-me com ar inquiridor, como se houvesse alguma coisa de ligeiramente cómico na minha pessoa da qual não se ria por ser demasiado educado. Suspeitei de que não era pessoal, de que esta era a forma como olhava para a maior parte das coisas que caíam sob o seu cuidadoso escrutínio.

— Sou eu. Philip Marlowe — disse-lhe.

— O que posso fazer por si, Mr. Marlowe? Marvin, o nosso porteiro, disse-me que o senhor é detetive particular. É verdade?

— Sim, é. Trabalhei, há muito tempo, no gabinete do representante do Ministério Público. Agora trabalho por minha conta.

Ele esperou mais um momento, a olhar-me calmamente, e depois estendeu-me a mão para eu apertar. Era como se me fosse dado um animal frio e escorregadio para segurar por um momento. O mais impressionante nele era a sua capacidade de manter a imobilidade. Quando não estava a mexer-se ou a falar, parecia haver algo dentro dele que se desligava automaticamente, como que para poupar energia. Tinha a sensação de que nada que o mundo pudesse apresentar iria surpreendê-lo ou impressioná-lo. Enquanto estava a olhar para mim, tive dificuldade em não me sentir incomodado.

— Tem que ver com um acidente que aconteceu aqui há uns meses — disse eu. — Um acidente fatal.

— Oh? — Ficou à espera.

— Um tipo chamado Peterson foi atropelado por um condutor que se pôs em fuga.

Acenou afirmativamente a cabeça.

— É verdade. Nico Peterson.

— Ele era membro do clube?

A pergunta despertou-lhe um sorriso frio.

— Não, Mr. Peterson não era membro.

— Mas conhecia-o... Ou seja, o suficiente para o identificar.

— Vinha cá frequentemente com amigos. Mr. Peterson era um tipo sociável.

— Deve ter sido um choque para si, vê-lo ali na estrada, assim, todo amachucado.

— Pois foi. — O olhar dele parecia percorrer o meu rosto. Quase conseguia senti-lo, como o toque de um cego a explorar com os dedos os traços, a fixar-me mentalmente. Comecei a dizer qualquer coisa, mas interrompeu-me.

— Vamos dar um passeio, Mr. Marlowe — sugeriu. — Está uma manhã agradável.

Avançou até à porta, afastou-se para um lado, dando-me passagem, com a palma da mão virada para cima. Enquanto passava por ele, achei que o surpreendi a dirigir-me outro leve sorriso divertido e trocista.

Tinha razão, quanto à manhã. O céu era uma abóbada de azul-claro com um tom a mudar para púrpura no zénite. O ar estava carregado de um misto de fragrâncias de árvores, arbustos e flores em botão. Um tordo, algures, desfiava o seu reportório e, entre a ramagem, ouvia-se o silvo murmurado das bocas de rega por aspersão em funcionamento. Los Angeles tem os seus momentos, se formos suficientemente ricos e privilegiados para estarmos nos locais onde eles acontecem.

A partir do edifício do clube caminhámos por uma vereda suave e curva que passava por mais ramadas de buganvília pendente. Aqui, a profusão de cores era deslumbrante e, embora não parecessem ter grande aroma, o ar estava pesado com a presença húmida das flores.

— Estas flores parecem ser a assinatura do local.

Hanson dispensou a este momento uma ou duas considerações ponderadas.

— Sim, creio que se pode dizer isso. É uma planta muito comum, como calculo que sabe. É, de facto, a flor oficial de São Clemente e também de Laguna Niguel.

— Não me diga.

Vi-o decidido a ignorar o sarcasmo.

— A buganvília tem uma história interessante. Será que a conhece?

— Se a soube, já me esqueci.

— É nativa da América do Sul. Foi descrita pela primeira vez por um tal Philibert Commerçon, um botânico que acompanhou o Almirante Louis-Antoine de Bougainville numa viagem de exploração à volta do mundo. Porém, pensa-se que o primeiro europeu a vê-la foi a amante de Commerçon, Jeanne Baret. Ele tinha-a levado clandestinamente a bordo, vestida de homem.

— Julgava que essas coisas só aconteciam em romances de aventuras.

— Não. Era muito comum naquela época, quando marinheiros e passageiros podiam ter de ficar longe de casa durante muitos anos.

— Então essa Jeanne... como disse que era o apelido?

— Baret. Com um *t*.

— Certo. — Não podia aspirar a igualar a sua pronúncia francesa, por isso nem tentei. — Essa rapariga descobriu a planta e o seu namorado registou-a. No entanto, o nome dela deve-se ao do Almirante. Não parece nada justo.

— Acho que tem razão. O mundo tende, geralmente, a ser um pouco para o injusto, não acha?

Não comentei. O sotaque afetado dele, falsamente britânico, começava a irritar-me.

Chegámos a uma clareira sombreada por eucaliptos. Por acaso, eu sabia umas coisas sobre eucaliptos — angiospérmica não classificada, da espécie da murta, nativa da Austrália —, mas achei que não valia a pena exibir os meus conhecimentos perante este cliente pretensioso. Provavelmente ele iria apenas esboçar outro dos seus sorrisinhos torcidos e desinteressados. Apontou para lá das árvores.

— Os campos de polo são acolá. Daqui não se veem. — Tentei parecer impressionado.

— Quanto a Peterson, pode contar-me algo sobre o que se passou naquela noite? — perguntei.

Ele continuou a caminhar a meu lado, sem dizer nada, nem sequer dar mostras de que tinha ouvido a pergunta, e a olhar para o chão à sua frente, da mesma maneira que Clare Cavendish fizera quando caminhávamos os dois pelo relvado de Langrishe Lodge. O silêncio dele deixou-me sem saber se devia repetir a pergunta e, provavelmente, fazer figura de parvo. Há pessoas que conseguem isso, deixar-nos nervosos apenas mantendo-se em silêncio.

Por fim, falou.

— Não tenho a certeza do que quer de mim, Mr. Marlowe. — Parou e virou-se para mim. — Aliás, pergunto-me qual é, exatamente, o seu interesse neste caso infeliz.

Parei também e desenhei um sulco na terra do caminho com a ponta do sapato. Hanson e eu estávamos agora frente a frente, mas não em jeito de confronto. Ele não parecia ser do tipo de confrontar; e, por acaso, eu também não sou, a menos que seja forçado.

— Digamos que existem partes interessadas que me pediram que investigasse.

— A polícia fê-lo muito pormenorizadamente.

— Sim, eu sei. O problema, Mr. Hanson, é que as pessoas têm geralmente uma ideia errada da polícia. Vão ao cinema e veem esses polícias de chapéu achatado e arma na mão a perseguirem incansavelmente os maus. Mas a verdade é que a polícia quer uma vida calma, como a maior parte de nós. O seu objetivo é, sobretudo, esclarecer as coisas e defini-las, fazer um relatório limpo e arquivá-lo ao lado de montes e montes de relatórios limpos, e esquecer o assunto. Os maus sabem isso e tomam as devidas providências.

Hanson olhou para mim, acenando ligeiramente a cabeça, como se estivesse de acordo com os meus pensamentos.

— E, neste caso, quem seriam os maus? — perguntou.

— Bom, para começar, o condutor do automóvel.

— Só para começar?

— Não sei. Há aspetos na morte de Nico Peterson que levantam certas questões.

— Que questões?

Virei-me e continuei a caminhar. Porém, após alguns passos, apercebi-me de que ele não me seguira, por isso, parei e olhei para trás. Estava parado no caminho, com as mãos nos bolsos das calças, de olhos franzidos, a olhar fixamente para a fila de eucaliptos. Eu começava a ver que ele era um homem que pensava muito. Caminhei outra vez até ele.

— Identificou o corpo — disse-lhe.

— Não propriamente. Pelo menos, não oficialmente. Acho que foi a irmã dele que o fez, no dia seguinte, na morgue.

— Mas você estava no local. Chamou a polícia.

— Sim, é verdade. Vi o corpo. Não foi uma visão agradável.

Continuámos então a caminhar juntos. Naquele momento, o Sol tinha afastado todos os vestígios da neblina matinal, a luz era forte e o ar tão límpido que sons distantes o atravessavam tão suavemente como dardos. Algures ali perto conseguia ouvir o deslizar e o raspar de uma pá de jardineiro a cavar no que parecia ser terra seca. Impressionou-me a sorte de Hanson por ter um trabalho que o colocava todos os dias naquele ambiente, entre árvores, plantas floridas, relva regada, sob um céu tão azul, limpo e brilhante como os olhos de um bebé. Sim, havia pessoas que tinham toda a sorte e havia as outras, as restantes. Não é que eu conseguisse trabalhar ali: era demasiada natureza pura por todo o lado.

— Houve mais alguém que chegou primeiro ao corpo, não é verdade?

— Sim, uma jovem chamada Mary Stover. Era uma empregada do bengaleiro aqui do clube. O namorado tinha vindo buscá-la no fim do turno e ia levá-la a casa de carro. Tinham acabado de virar em Latimer Road quando viram o corpo de Mr. Peterson. Voltaram atrás e informaram-me do seu sinistro achado.

Estranho, como é fácil que até pessoas tão sofisticadas como Hanson caiam no jargão dos romances policiais. O «seu sinistro achado». Francamente.

— Posso falar com Miss Stover? — perguntei.

Ele franziu a testa.

— Não estou certo. Ela casou com o tal jovem pouco depois e mudaram-se para a Costa Leste. Não para Nova Iorque. Para Boston, talvez? Não me lembro.

— Qual é o nome de casada dela?

— Ah, aí apanhou-me. Só vi o rapaz uma vez. As apresentações foram casuais, naquelas circunstâncias.

Agora foi a minha vez de pensar maduramente. Ele observava-me com um vislumbre de divertimento. Parecia que o nosso encontro lhe proporcionava uma amena distração.

— Bom, acho que não vai ser difícil localizá-la — disse eu.

Percebi que ele sabia que isto era só conversa e sabia que eu sabia isso também.

Continuámos a caminhar. Ao fazermos uma curva do caminho, demos com um negro idoso a revirar a terra num canteiro de rosas. Fora a pá dele que eu ouvira a trabalhar, um minuto antes. Vestia um fato-macaco desbotado e o cabelo era um barrete justo de caracóis cerrados grisalhos. Lançou-nos um olhar rápido e furtivo, com o branco dos olhos bem visível, e pensei, subitamente, no cavalo nervoso de Richard Cavendish a olhar para mim, através da janela do meu carro.

— Bom dia, Jacob — disse Hanson em voz alta. O velho não respondeu, limitou-se a lançar-lhe outro olhar nervoso e continuou o seu trabalho. Depois de passarmos, Hanson disse em voz baixa:

— O Jacob não é muito falador. Apareceu um dia ao portão, assustado e cheio de fome. Nunca conseguimos que nos dissesse de onde viera ou o que lhe acontecera. Mr. Canning ordenou que o trouxessem para dentro, lhe dessem guarida e qualquer coisa para fazer.

— Mr. Canning? Quem é? — perguntei.

— Oh, não sabe? Julguei que, como é investigador, tivesse investigado todas as coisas deste género. Wilber Canning é o fundador do nosso clube. Wilber, com *e*. Na verdade, o nome dele é Wilberforce. Os pais deram-lhe o nome por causa de William Wilberforce, o grande parlamentar inglês e líder do movimento abolicionista.

— Sim — respondi num tom tão seco quanto consegui ostentar —, acho que ouvi falar dele.

— Tenho a certeza que sim.

— Refiro-me a William Wilberforce.

— Mr. Canning é um dedicado benemérito, tal como os pais. O pai fundou o clube. O nosso objetivo é ajudar, tanto quanto podemos, os membros menos afortunados da sociedade. A política de emprego dos mais velhos, de Mr. Canning, que ainda hoje se mantém, estabelecia que houvesse um certo número de lugares reservados para... bem, para aqueles que precisam de ajuda e proteção. Já conheceu Jacob e Marvin, o nosso porteiro. Se estiver por aqui tempo suficiente, irá cruzar-se com outros indivíduos carenciados que aqui encontraram guarida. O Cahuilla Club tem uma excelente reputação entre a comunidade migrante.

— Isso é muito impressionante, Mr. Hanson. Faz parecer este local algo entre um lar e um centro de recuperação. Não era essa a impressão que tinha dele. Mas não tenho dúvidas de que pessoas como Nico Peterson apreciam o espírito filantrópico do local.

Hanson fez um sorriso condescendente.

— Nem toda a gente subscreve os princípios beneméritos de Mr. Canning, evidentemente. Além disso, como eu disse, Mr. Peterson não era membro do clube.

Sem me ter apercebido, tínhamos andado em círculos e estávamos agora de regresso ao edifício do clube. Não estávamos, porém, na porta principal, aquela por onde eu entrara, mas algures na parte lateral do edifício. Hanson abriu a porta, que tinha um painel de vidro a toda a altura, e entrámos numa sala larga e baixa com poltronas de *chintz* espalhadas por ali e mesinhas baixas com montes de revistas empilhadas ordenadamente como telhas, e uma lareira de pedra quase tão espaçosa como a sala da minha casa em Yucca Avenue. Uma lareira como aquela seria muito útil em Pacific Palisades. Havia um leve cheiro a cigarros já fumados e a *brandy* velho de boa qualidade. Estava mesmo a ver Wilberforce Canning e os seus conterrâneos reunidos aqui à noite, depois do jantar, a discutirem o lamentável declínio da moral pública e a planearem boas ações. Na minha imaginação, vestiam casacas, calças até ao joelho e cabeleiras empoadas. Às vezes gosto de fantasiar, não consigo evitá-lo.

— Sente-se, Mr. Marlowe — disse Hanson. — Deseja um chá? Geralmente tomo uma chávena a esta hora.

— Com certeza, um chá é ótimo — respondi.

— Índia ou China?

— Índia, acho.

— Darjeeling, está bem?

Naquele momento, não ficaria surpreendido se um tipo cheiroso de calções brancos e *blazer* entrasse pela porta a baloiçar-se, a perguntar, com pronúncia ceceada, se alguém queria jogar ténis.

— Darjeeling é perfeito — respondi.

Carregou num botão de campainha ao lado da lareira — como se estivesse em cena — enquanto eu me sentava numa das poltronas. Era tão funda que os joelhos quase me acertaram um direto no queixo. Hanson acendeu um cigarro com um isqueiro de prata e depois postou-se, com um cotovelo na mísula da lareira e os tornozelos cruzados, a olhar para mim, muito mais em baixo do que ele.

— Mr. Marlowe, alguém o contratou para cá vir? — perguntou.

— Alguém, como?

Pareceu franzir o cenho, provavelmente devido à minha gramática. Antes que conseguisse responder, abriu-se uma porta e uma personagem antiga, de colete às riscas, introduziu-se na sala. Parecia tão exangue que era difícil acreditar que estava vivo. Era baixo e gorducho, tinha faces cinzentas, lábios cinzentos, e uma cabeça cinzenta e calva sobre a qual estavam cuidadosamente colados uns fios de cabelo grisalho oleoso.

— Chamou, senhor? — perguntou numa voz tremida. O seu sotaque britânico era mesmo autêntico. O Cahuilla Club estava a revelar-se um local especial, um museu indiano com um toque da Velha e Alegre Inglaterra à mistura.

— Um bule de chá, Bartlett — disse Hanson em voz bem alta, porque o velhote era surdo, obviamente. — O habitual. — Virou-se para mim. — Natas? Açúcar? Ou prefere limão?

— Só chá está bem — respondi.

Bartlett acenou afirmativamente, engoliu, lançou-me um olhar molhado e saiu arrastando os pés.

— O que é que estávamos a dizer? — perguntou Hanson.

— Queria saber se alguém me tinha contratado para vir aqui falar consigo. Perguntei-lhe quem achava que podia ser esse alguém.

— Sim, foi isso — disse ele e bateu com a ponta do cigarro no rebordo do cinzeiro de vidro, ao lado do cotovelo, em cima da mísula da lareira. — O que queria dizer era que não consigo imaginar quem estará suficientemente interessado no caso de Mr. Peterson, e no seu triste fim, para se dar ao trabalho de contratar um detetive particular para voltar a abri-lo. Sobretudo, visto que, como disse, a polícia já passou tudo a pente fino.

Dei uma gargalhada. Sou bom a dar gargalhadas, quando tento.

— Os pentes que a polícia usa têm geralmente falta de dentes e ficam presos em coisas que não se querem investigadas muito rigorosamente.

— De qualquer modo, não consigo perceber porque está aqui.

— Sabe, Mr. Hanson — disse eu, remexendo-me nas profundezas da cadeira, num esforço para me colocar numa situação mais parecida com uma posição digna —, a morte violenta deixa sempre pontas soltas. É uma coisa em que tenho reparado.

Ele observava-me novamente naquela imobilidade semelhante à do lagarto.

— Que tipo de pontas soltas?

— Refere-se ao caso do Peterson? Como disse, há aspetos na sua morte que levantam certas questões.

— E eu perguntei que tipo de questões.

Não há nada como a implacabilidade silenciosa; a barulhenta não resulta tão bem.

— Bom, por exemplo, a questão da identidade de Mr. Peterson.

— A identidade dele. — Não era uma pergunta. A voz tornara-se tão suave como a brisa sobre um campo de batalha, depois de um confronto especialmente sangrento. — Que questão sobre a sua identidade poderia existir? Eu vi-o ali na estrada, naquela noite. Não havia dúvida de quem ele era. Mais ainda, a irmã viu o cadáver no dia seguinte e não manifestou quaisquer dúvidas.

— Eu sei, mas a questão é... e aqui vamos ao cerne da questão... que alguém o viu recentemente na rua e não estava nada morto.

Há silêncios e silêncios. Alguns conseguimos ler e outros não. Não sabia se Hanson ficara surpreendido pelo que eu acabara de dizer, se estava espantado com isso ou se não estava a dizer nada para poder pensar. Observava-o — um falcão não o faria com mais precisão — mas, mesmo assim, não consegui discernir.

— Vamos lá esclarecer — começou a dizer, mas, nessa altura, a porta abriu-se novamente e Bartlett, o mordomo, entrou de costas com uma inclinação simiesca, transportando um tabuleiro largo sobre o qual vinham chávenas, pires, um bule de prata e pequenas leiteiras de prata, guardanapos de linho e nem sei que mais. Avançou e pousou o tabuleiro numa das mesas pequenas, fungou e saiu a arrastar os pés. Hanson inclinou-se, deitou o chá em duas chávenas através de um passador, e entregou-me uma. Equilibrei-a no braço da poltrona.

Tive a ilusão de ver-me a derrubá-la acidentalmente com o cotovelo e a entornar o líquido escaldante em cima do colo. Em pequeno, devia ter tido uma tia daquelas vestidas de veludo, de luneta e bigode, que me ensinasse como comportar-me em situações sociais como esta.

Via o Hanson a preparar-se para afirmar novamente, naquele seu modo estudado e cansado, que se tinha esquecido do que estávamos a falar.

— Queria esclarecer uma coisa — disse eu, incentivando-o. Ele tomara novamente posição junto à lareira e estava a mexer lentamente o chá com uma colher de prata, mexendo, mexendo.

— Sim — concordou, e depois calou-se... pensou mais. — Diz que alguém viu recentemente Mr. Peterson na rua.

— Exatamente.

— Ou seja, afirmou tê-lo visto.

— A pessoa estava muito segura.

— E essa pessoa é...

— Alguém que conhecia Mr. Peterson. Que o conhecia bem.

Ao ouvir isto, o olhar dele ganhou uma argúcia maliciosa e eu perguntei-me se não teria dito demasiado.

— Alguém que o conhecia bem — repetiu. — Alguém do sexo feminino?

— Porque pergunta?

— As mulheres têm, geralmente, mais tendência do que os homens para esse tipo de coisa.

— Que tipo de coisa?

— Ver um morto a passear na rua. Imaginar que viram.

— Digamos que esta pessoa estava associada a Mr. Peterson e fiquemos por aí — sugeri.

— E foi essa pessoa que o contratou para vir aqui fazer investigações?

— Não disse isso. Não digo isso.

— Isso quer dizer que está a operar com base num relato em segunda mão? Por ouvir dizer?

— Foi dito e eu ouvi.

— E acreditou nisso?

— Acreditar não faz parte do meu programa. Não tomo posição. Limito-me a investigar.

— Certo. — Prolongou a palavra, dando-lhe uma terminação de suspiro. Sorriu. — Não tocou no seu chá, Mr. Marlowe.

Bebi um golo por delicadeza. Já estava quase frio. Não me lembrava da última vez que bebera chá.

Uma sombra moveu-se no painel de vidro da porta por onde tínhamos entrado e, ao erguer o olhar, vi o que me pareceu ser um rapaz, magro e de rosto afilado, a espreitar-nos. Ao ver que eu o vira, moveu-se rapidamente e foi-se embora. Voltei-me para Hanson. Ele não parecia ter visto a silhueta na porta.

— A quem telefonou naquela noite, depois de ter visto o corpo? — perguntei.

— À polícia.

— Sim, mas a que polícia? À esquadra central ou ao gabinete do xerife?

Coçou a orelha.

— Acho que não sei. Liguei à telefonista e pedi a polícia. Veio um carro-patrulha e um polícia de moto. Acho que eram de Bay City.

— Não se lembra de nenhum dos nomes?

— Acho que não. Havia dois agentes à paisana e o motociclista fardado. Devem ter-me dito os nomes, creio, mas, se os deram, esqueci-me. Não estava num estado de espírito para registar essas coisas com muita clareza. Não via um morto desde que estive na tropa, em França.

— Esteve na guerra?

Ele confirmou com um aceno de cabeça.

— Nas Ardenas... Batalha do Bulge.

Isso provocou um silêncio e quase pareceu que um sopro de ar gelado da montanha atravessava a sala. Cheguei-me para a frente na poltrona e aclarei a garganta.

— Não quero tomar-lhe muito mais tempo, Mr. Hanson, mas posso perguntar-lhe outra vez se tem a certeza, a certeza absoluta, de que o homem que viu morto naquela noite era Nico Peterson?

— Que outra pessoa podia ser?

— Não faço ideia. Mas pode dizer que tem a certeza?

Ele olhou-me com aqueles olhos escuros e frios.

— Sim, Mr. Marlowe, tenho a certeza. Não sei quem é que a pessoa que o contratou viu na rua depois, mas não era Nico Peterson.

Levantei com cuidado a chávena e o pires do braço da poltrona e voltei a pô-los no tabuleiro, depois levantei-me e as minhas rótulas rangeram. Estar sentado naquela poltrona fora como estar acocorado numa banheira muito pequena e funda.

— Obrigado por me ter recebido — disse-lhe.

— O que vai fazer a seguir? — perguntou. Parecia sinceramente curioso.

— Não sei. Podia tentar encontrar essa rapariga do bengaleiro... Stover, não é?

— Mary Stover, sim. Francamente, acho que estaria a perder tempo.

— Provavelmente tem razão.

Ele pousou também a chávena no tabuleiro e avançámos juntos para a porta por onde o mordomo saíra. Hanson afastou-se novamente e conduziu-me para a saída. Caminhámos por um corredor com luzes nas paredes em suportes de ferro forjado e uma alcatifa cinzenta tão espessa que podia jurar que sentia o pelo a fazer-me cócegas nos tornozelos. Passámos por outra sala de fumo, onde havia mais artefactos indianos nas paredes e mais imagens de Curtis. A seguir, entrámos noutro corredor, onde o ar era quente e pesado e cheirava a unguento.

— A piscina é por ali e a seguir é o ginásio — informou Hanson, indicando uma porta lisa branca.

Enquanto passávamos por ela, a porta abriu-se e saiu uma mulher de roupão branco de turco aveludado. Calçava sapatos de borracha para praia e tinha uma grande toalha enrolada na cabeça como um turbante. Registei um rosto largo e uns olhos verdes. Senti que Hanson, ao meu lado, hesitou um instante, mas depois apressou o passo, tocando-me com a mão no cotovelo e fazendo-me avançar com ele.

Desta vez, uma jovem com óculos de aros azuis estava sentada na receção. Cumprimentou o patrão com um sorriso afetado. Ignorou-me.

— Houve algumas chamadas para si, Mr. Hanson — disse ela. — Tenho uma em espera, de um Mr. Henry Jeffries.

— Diga-lhe que lhe ligo depois, Phyllis — respondeu Hanson, concedendo-lhe um dos seus sorrisinhos tensos. Virou-se para mim, estendendo-me novamente a mão.

— Adeus, Mr. Marlowe. Foi interessante falar consigo.

— Obrigado pelo tempo que me dispensou.

Fomos até à porta e saímos para o quadrado de tapete vermelho.

— Desejo-lhe sorte nas suas investigações, embora não me pareça que o levem a algum lado.

— Parece que sim. — Olhei em redor as árvores, o relvado brilhante, os tufos de flores multicores. — Belo sítio para trabalhar.

— Pois é.

— Talvez apareça cá uma noite para um jogo de bilhar, ou *snooker*, acho que é como dizem, e talvez provar o *brandy* da casa.

Ele não conseguiu resistir a um leve sorriso afetado.

— Conhece alguns dos membros?

— Na verdade, conheço, mais ou menos.

— Eles que o tragam cá. Será muito bem-vindo.

*O diabo é que serei*, pensei, mas sorri bastante simpaticamente, levei um dedo à aba do chapéu e afastei-me.

Estava confuso. O que é que se passara, exatamente, na última hora? A visita guiada ao terreno, a história da buganvília, a palestra sobre a filantropia, a cerimónia do chá, o que fora tudo aquilo? Porque é que Hanson dera tanto tempo de atenção a um detetive a fazer perguntas curiosas sobre uma morte não muito significativa, numa estrada ali próximo? Seria ele apenas um tipo sem muito que fazer, a passar parte de uma manhã de ócio a receber um representante de um mundo sórdido que existia para lá dos portões dourados do Cahuilla Club? Não sei porquê, não estava convencido de que fosse esse o caso. E, se não fosse, o que é que ele sabia que decidira não me dizer?

Deixara o *Oldsmobile* estacionado debaixo de uma árvore, mas é claro que o Sol se movera novamente, como insiste em fazer, e a parte da frente do carro estava tranquilamente a assar. Abri todas as portas, desloquei-o para a sombra e fumei um cigarro, enquanto esperava que o ar lá dentro refrescasse um pouco.

Enquanto ali estava, comecei a ter a sensação de estar a ser observado. Era como a sensação que temos quando estamos deitados numa praia quente e a brisa fresca passa sobre as nossas omoplatas nuas. Olhei em redor, mas não consegui ver ninguém. Então, atrás de mim, ouvi um passo rápido, foi por ser tão rápido que me fez sobressaltar. Voltei-me e ali estava diante de mim o tipo baixote que, pouco antes, estivera a olhar para Hanson e para mim através da porta de vidro. Via agora que não era um rapaz. Na verdade, calculei que estaria na casa dos cinquenta. Vestia uma farda de caqui de calça e camisa de manga curta. Tinha uma cara pequena e enrugada, mãos como garras e uns olhos tão claros que pareciam não ter cor. Manteve o rosto meio virado e olhou-me de lado. Parecia muito tenso, como um animal selvagem e tímido, uma raposa ou uma lebre que se aproximou de mim por curiosidade e estava prestes a fugir ao mínimo movimento que eu esboçasse.

— Bom dia, peregrino — disse-lhe em tom amistoso.

Ao ouvir isto, acenou a cabeça para si próprio, com um sorrisinho ladino, como se o que eu dissera fosse exatamente o que ele esperava que eu dissesse, como forma de enganá-lo, de lhe dar uma falsa sensação de segurança.

— Eu conheço-o — disse numa voz rouca, quase num murmúrio.

— Conhece?

— Claro que o conheço. Vi-o com o Gancho.

— Aí é que se engana. Não conheço nenhum Gancho.

Ele sorriu outra vez, franzindo os lábios unidos.

— Claro que conhece.

Abanei a cabeça, pensando que ele era outro dos perdidos e achados de Mr. Canning. Deitei o cigarro nas folhas secas aos meus pés e pisei-o, depois fechei as três portas do carro e entrei pela quarta. Sentando-me ao volante a escaldar, baixei a janela.

— Tenho de ir andando. Prazer em conhecê-lo — disse-lhe.

Mantendo-se ainda de costas meio voltadas para mim, aproximou-se furtivamente do carro e disse:

— Tem de ter cuidado com aquele Gancho. Cuidado para ele não o recrutar para o serviço.

Meti a chave na ignição e carreguei no arranque. Há algo de grandioso e empolgante no gorgolejar de um grande motor *V-8* a preguiçar; faz-me sempre lembrar uma daquelas imponentes damas da sociedade de Nova Iorque da viragem do século, com as saias armadas, chapéus e colos macios, claros e salientes. Quando acelerei, transformou-se em Ted Roosevelt, todo ele barulho e bazófia.

— *Hasta la vista, muchacho* — disse eu, fazendo um aceno curto ao baixote. Mas ele pôs a mão na moldura da janela e não queria largar-me.

— Ele é o Capitão Gancho e nós somos os Rapazes Perdidos. — Olhei para ele, o rosto estava a menos de quinze centímetros do meu, e subitamente riu-se. Foi um dos risos mais estranhos que já ouvira, um queixume estridente, desesperado e louco.

— Está bem, não está? — disse ele. — Ele, o Gancho... Nós, os Rapazes. He, he, he!

Então afastou-se a arrastar os pés, a rir para si mesmo e a abanar a cabeça. Fiquei a olhá-lo por um momento, a seguir carreguei no acelerador e avancei para o portão. Marvin fez-me a continência e levantou a barreira, repuxando o rosto todo para cima de um lado, naquela sua maneira cómica. Avancei, virei à direita e acelerei, sentindo-me aliviado, como um homem são a fugir de um manicómio.

# 8

Quando regressei ao escritório no Edifício Cahuenga, havia uma mensagem à espera no meu serviço telefónico. A operadora que ma transmitiu é a que tem um tom de voz nasalado. Faz-me sempre parecer que tenho uma vespa presa no ouvido.

— Ligou uma Mrs. Anguish — disse.

— Uma Mrs. quê? Anguish?

— Foi o que ela disse. Eu anotei. Disse para se encontrar com ela no Ritz-Beverly, ao meio-dia.

— Não conheço ninguém chamado Anguish. Que raio de nome é esse?

— Escrevi-o, tenho-o aqui no meu bloco. Mrs. Dorothea Anguish, no Hotel Ritz-Beverly, às doze horas.

Acendeu-se uma luz, que devia ter-se acendido logo. A minha cabeça ainda estava no Cahuilla Club.

— *Langrishe* — disse eu. — Dorothea *Langrishe.*

— Foi o que eu disse.

— Certo. — Suspirei e pousei o auscultador. — Obrigado, Hilda — rosnei. Não é o nome da telefonista, mas foi o que lhe chamei depois de ter desligado. Ela soa-me a Hilda, não me perguntem porquê.

O Ritz-Beverly era uma espelunca muito *in* que se tinha em grande conta. O porteiro vestia um fraque e usava chapéu de coco; tinha ar de torcer o nariz a uma gorjeta inferior a dez dólares. O átrio de mármore preto tinha metade do tamanho de um campo de futebol e no meio havia uma jarra de cristal lapidado, com jarros gigantescos, em cima de uma grande mesa redonda. O cheiro pesado das flores fazia-me cócegas nas narinas e dava-me vontade de espirrar.

Mrs. Langrishe pedira-me que me encontrasse com ela na Sala Egípcia. Era um bar com mobiliário de bambu, estátuas de imitação de Nefertiti que erguiam archotes, e candeeiros de mesa com *abat-jours* feitos de um material que podia ser papiro, mas, obviamente, era apenas papel. Uma pintura do mapa do Nilo ocupava uma parede toda. O rio tinha barcos árabes e crocodilos na água e sobre ele voavam aves brancas (creio que se chamam íbis), enquanto nas margens havia, evidentemente, pirâmides pintadas e uma Esfinge com ar sonolento. Tudo isto era impressionante pelo exagero, mas, mesmo assim, era um bar.

Tinha em mente a imagem de Clare Cavendish e esperava que a mãe fosse o original da filha. Céus, como estava enganado! Ouvi-a, antes de a ver. Tinha a voz de um estivador irlandês, roufenha, alta e grosseira. Estava sentada a uma pequena mesa dourada, sob uma grande palmeira envasada, a dizer a um empregado como fazer chá.

— Primeiro que tudo, tem de ferver a água, sabe fazer isso? Depois escalda o bule, dá-lhe um bom escaldão, repare, e deita uma colher cheia para cada chávena e uma para o bule. Depois deixa-o três minutos a abrir. Pense nos ovos quentes, três minutos, nem mais, nem menos. Então está pronto a servir.

Pronto, percebeu? Porque esta coisa que me trouxe — apontou para o bule — é água da torneira e sabe a ela.

O empregado, de tipo latino e lustroso, ficara pálido sob o leve bronzeado.

— Sim, minha senhora — disse numa voz atemorizada, e apressou-se a afastar-se, levando o ofensivo chá e o respetivo bule com o braço estendido. Se fosse menos profissional teria limpado a testa.

— Mrs. Langrishe? — perguntei.

Era muito pequenina e muito gorda. Dir-se-ia que debaixo da roupa estava sentada dentro de um barril com buracos por onde metia os braços e as pernas para ficarem de fora. O seu rosto era redondo e rosado, e usava uma peruca ruiva, penteada em ondas curtas e flexíveis. A única coisa de Clare que havia nela e que reconheci eram os olhos. Aquelas íris negras e brilhantes eram de família. Estava apertada num fato de saia-casaco de cetim cor-de-rosa, tinha uns sapatos brancos desengonçados e um chapéu que devia ter sido confecionado, num dia não, pela mesma chapeleira que fizera aquela coisita pequena que Clare usava a primeira vez que a vi. Olhou para mim e arqueou uma sobrancelha pintada.

— Você é o Marlowe?

— Exatamente — respondi.

Apontou para uma cadeira ao seu lado.

— Então, sente-se aqui. Quero olhar bem para si.

Sentei-me. Ela observou minuciosamente a minha cara. Posso dizer sobre ela que cheirava bem, como era de esperar, sempre que se mexia. O fato, que era feito de uma coisa que acho que se chama tafetá, fazia uns estalidos, e uma onda de perfume emanava das suas dobras.

— Está a fazer um trabalho para a minha filha, não está? — perguntou.

Tirei a cigarreira e os cigarros e acendi um. Não, não me esqueci de lhe oferecer, mas ela recusou com um aceno de mão.

— Mrs. Langrishe, como é que soube de mim? — perguntei.

Soltou uma risada.

— Como é que o descobri, quer dizer? Ah, isso tem que se lhe diga, não é? — O empregado voltou com o bule e encheu nervosamente a chávena dela. — Olhe agora para isto — disse ela ao empregado. — Assim é que devia ser, suficientemente forte para pôr um rato a correr.

Ele sorriu, aliviado.

— Obrigado, minha senhora — disse ele. Olhou-me de relance e retirou-se.

Mrs. Langrishe deitou leite no chá e juntou quatro torrões de açúcar.

— Em casa não me deixam fazer isto — disse tristemente, pousando a tenaz. Franziu o sobrolho. — Médicos... pff!

Eu não disse nada. Não pensava que houvesse alguma coisa que alguém conseguisse não deixar esta senhora fazer.

— Quer uma chávena? — perguntou. Recusei, delicadamente. Duas doses de chá num dia era mais do que eu conseguia enfrentar. Ela bebeu da chávena, mantendo o pires debaixo do queixo. Tive a impressão de que dava um beijo sonoro com os lábios. — Ouvi falar num colar perdido. É isso? — perguntou.

— Clare... Mrs. Cavendish disse-lhe isso?

— Não.

Então tinha de ter sido o marido. Recostei-me na cadeira a fumar o meu cigarro e a dar ar de que estava descontraído. As pessoas pensam, geralmente, que o detetive particular é estúpido. Acho que pensam que éramos demasiado estúpidos para singrarmos na polícia, para sermos detetives a sério. Em certos casos não se enganam, e às vezes dá jeito fazer de parvo. Deixa as pessoas descontraídas, e as pessoas descontraídas tornam-se descuidadas. Mas, via, esse não iria ser o caso de Mrs. Dorothea Langrishe. Ela podia ter o aspeto da Lavadeira Inglesa e ter voz de marinheiro, mas era tão fina como o alfinete do seu chapéu.

Pousou a chávena e o pires e percorreu a sala com um olhar contundente.

— Olhe para este local. Pelo aspeto, podia ser um bordel do Cairo — acrescentou alegremente. Pegou na ementa, que fora feita para parecer um pergaminho antigo, com imitação de hieróglifos nas margens, aproximou-a do nariz e entortou os olhos ao tentar ler. — Ah, não consigo ler, esqueci-me dos óculos. Tome. — Enfiou-me a ementa nas mãos. — Diga-me, têm bolos?

— Têm todo o tipo de bolos. Que tipo de bolo gostaria? — perguntei.

— Têm bolo de chocolate? Eu gosto de chocolate. — Levantou uma mão gorda, acenou, e o empregado aproximou-se. — Diga-lhe — pediu-me.

— A senhora quer experimentar uma fatia da Delícia *Fondant* de Três Cacaus.

— Muito bem. — Afastou-se novamente, sem me perguntar se eu queria alguma coisa. Deve ter percebido que eu era um empregado, tal como ele.

— Não foi nada por causa das pérolas que a Clare o contratou, pois não? — perguntou Mrs. Langrishe. Estava a escavar na bolsa e tirou, por fim, uma lente com cabo de osso.

— A minha filha não é o tipo de pessoa que perde coisas, especialmente coisas como colares de pérolas.

Olhei para uma das estátuas de escravas. Os olhos, fortemente sublinhados de preto, tinham o formato de lágrima e eram especialmente longos, chegando a metade dos lados da cabeça, com o capacete de cabelo dourado. Os escultores são assim; o seu objetivo é agradar, agradar aos homens da sala.

— Quero perguntar-lhe novamente, Mrs. Langrishe, como é que soube de mim? — perguntei.

— Ah, não canse a cabeça com isso — disse-me ela. — Você não é o único a ser capaz de fazer investigações, sabe.

Eu não me ia deixar desviar.

— Mr. Cavendish disse-lhe que estive em vossa casa?

A fatia de Delícia *Fondant* de Três Cacaus chegou. Mrs. Langrishe, com os olhos transformados em duas frestas gulosas, examinou-a à lupa, atenta como o próprio Sherlock. — Richard não é mau tipo — disse ela, como se eu tivesse criticado o genro. — Preguiçoso, é certo. — Comeu uma garfada do bolo. — Oh, isto é mesmo bom. Humm.

Pensei no que diriam os médicos se a vissem devorar aquela delícia tóxica.

— De qualquer modo, vai dizer-me porque me convidou a vir aqui?

— Já disse... Queria olhar para si.

— Desculpe, Mrs. Langrishe, mas, agora que já olhou, acho que...

— Oh, pare — disse ela calmamente. — Saia lá do seu pedestal. Tenho a certeza de que a minha filha está a pagar-lhe bem. — Podia ter-lhe dito que, até ao momento, a filha dela não me tinha dado um cêntimo. — Por isso, pode gastar uns minutos com a pobre e velha mãe dela.

*Paciência, Marlowe*, disse para comigo, *paciência*.

— Não posso falar consigo sobre os assuntos da sua filha. Isso é entre ela e eu.

— Claro que é. Eu disse que não era? — Tinha um vestígio de creme no queixo. — Mas ela é minha filha e não posso deixar de pensar porque terá precisado de contratar um detetive particular.

— Ela disse-lhe...

— Eu sei, eu sei. O precioso colar de pérolas que perdeu. — Virou-se para mim. Tentei não olhar para o borrão branco que tinha no queixo. — Que tipo de parva acha que sou, Mr. Marlowe? — perguntou, quase simpaticamente, com uma espécie de sorriso. — Nada tem que ver com pérolas. Ela está metida num sarilho qualquer, não está? É chantagem?

— Só posso repetir, Mrs. Langrishe — respondi em tom cansado —, que não estou em posição de poder discutir os assuntos da sua filha consigo.

Continuava a observar-me e agora acenou afirmativamente com a cabeça.

— Eu sei — disse. — Ouvi quando disse a primeira vez.

Pousou o garfo, soltou um suspiro de saciedade e limpou a boca com o guardanapo. Eu estava a alimentar a ideia de pedir uma bebida, alguma coisa com sabor amargo e um raminho verde, mas decidi desistir. Estava a imaginar Mrs. Langrishe a fixar um olhar sardónico no copo.

— Sabe alguma coisa de perfumes, Mr. Marlowe? — perguntou.

— Sei quando os cheiro.

— Claro, claro. Mas não sabe nada sobre a sua fabricação? Não? Achei que não. — Recostou-se na cadeira e pareceu remexer-se dentro do fato cor-de-rosa. Senti que vinha aí um discurso e instalei-me o melhor que pude, no que pensei parecer uma atitude recetiva. O que é que eu estava a fazer ali? Se calhar, para meu bem, sou demasiado cavalheiro.

— A maior parte das pessoas no mundo dos perfumes — disse Mrs. Langrishe — baseia os seus perfumes em essência de rosas. O meu segredo é que eu uso aquilo que se chama absoluto de rosa, que se obtém, não por destilação, mas pelo método de solventes. É um produto muito superior. Sabe de onde vem?

Abanei a cabeça. Era a única coisa que devia fazer: escutar, acenar a cabeça ou abaná-la, estar atento.

— Bulgária! — grasnou, no tom de um jogador de póquer a bater na mesa um *straight flush*. — Exatamente, Bulgária. Fazem a colheita de manhã, antes do nascer do Sol, que é quando as flores estão no auge da sua fragrância. São precisos, pelo menos, cento e quinze quilos de pétalas para produzir vinte e nove gramas de absoluto de rosa, por isso, pode calcular o preço. Cento e quinze quilos para vinte e nove gramas, pense nisto! — O olhar dela tornou-se sonhador. — Eu construí a minha fortuna sobre uma flor. Acredita nisto? A rosa-de--damasco, *Rosa damascena*. É uma coisa bonita, Mr. Marlowe, uma das dádivas de Deus derramada sobre nós gratuitamente, apenas pela sua enorme bondade. — Suspirou novamente, satisfeita. Era rica, estava feliz e cheia de Delícia *Fondant* de Três Cacaus. Invejei-a um pouco. Então o seu olhar escureceu.

— Diga-me para que é que a minha filha o contratou, Mr. Marlowe, sim? Faz-me isso?

— Não, Mrs. Langrishe, não faço. Não posso.

— Suponho que não aceita dinheiro. Sou muito rica, sabe?

— Sei. A sua filha disse-me.

— Podia dizer o seu preço. — Limitei-me a olhar para ela. — Meu Deus, Mr. Marlowe, você é um homem furiosamente teimoso.

— Não sou. Sou apenas um empregado comum, a tentar ganhar uns cobres e manter-se honesto. Existem milhares como eu, Mrs. Langrishe, milhões. Desempenhamos as nossas tarefas maçadoras, vamos para casa ao fim da tarde cansados e não cheiramos a rosas.

Durante uns momentos ela não disse nada, limitou-se a ficar ali sentada a olhar para mim com um meio sorriso. Senti-me satisfeito por ver que tinha limpado o creme do queixo. Aquela bolha de gordura de vaca não a favorecera nada.

— Ouviu falar da Guerra Civil irlandesa? — perguntou-me.

Durante um segundo fiquei confuso.

— Conheci um tipo que combateu numa guerra na Irlanda. Acho que era a Guerra da Independência.

— Isso foi antes. Geralmente as guerras de independência ocorrem antes de uma guerra civil. É assim que as coisas se passam. Como se chamava o seu amigo?

— Rusty Reagan. Na verdade, não era um amigo... nunca o conheci. Foi morto por uma rapariga. É uma longa história, e não muito edificante.

Não estava a ouvir. Pela sua expressão, podia ver que estava longe, algures no passado distante.

— O meu marido foi morto na guerra. Estava com os homens de Michael Collins. Sabe quem foi Michael Collins?

— Guerrilheiro? Exército Republicano Irlandês?

— Esse mesmo. Assassinaram-no também.

Pegou na chávena vazia, olhou para dentro dela e voltou a pousá-la.

— O que aconteceu ao seu marido? — perguntei.

— Foram buscá-lo a meio da noite. Não sabia para onde iam levá-lo. Só o encontraram no dia seguinte. Levaram-no para uma praia em Fanore, um local ermo naquele tempo, e enterraram-no na areia até ao pescoço, bem longe. Deixaram-no ali, virado para o mar, a ver a maré subir. Em Fanore a maré leva muito tempo a encher. Foi descoberto quando a maré baixou novamente. Não me deixaram ver o corpo. Acho que os peixes já o tinham atacado. Chamava-se Aubrey, Aubrey Langrishe. Era um nome estranho para um irlandês. Não houve muitos protestantes que lutassem na Guerra Civil, sabe. Não, não muitos.

Deixei passar um momento e depois disse:

— Lamento, Mrs. Langrishe.

Ela voltou-se para mim.

— O quê? — Acho que se esquecera de que eu estava ali.

— O mundo é um lugar cruel. — As pessoas estão sempre a contar-me coisas terríveis que lhes aconteceram e aos seus entes queridos. Senti pena daquela senhora idosa, mas uma pessoa cansa-se de se mostrar sempre compreensiva.

— Eu estava grávida de sete meses quando ele morreu — disse melancolicamente. — Por isso, a Clare nunca conheceu o pai. Acho que isso a afetou. Ela finge que não, mas sei que sim. — Estendeu a mão e pousou-a na minha. Senti um choque ao ser tocado assim, mas tentei não o mostrar. A pele da palma da mão dela era quente e áspera, parecia papiro ou aquilo que eu imaginava ser o toque do papiro.

— Devia ter cuidado, Mr. Marlowe. Não me parece que saiba com o que está a lidar.

Não sabia ao que se referia, se a ela, à filha, ou a outra pessoa.

— Vou ter cuidado — disse-lhe.

Ela não ligou.

— As pessoas podem ser magoadas — disse ela, num tom de urgência. — Gravemente magoadas. — Largou a minha mão. — Sabe ao que me refiro?

— Não tenho qualquer intenção de magoar a sua filha, Mrs. Langrishe — respondi.

Ela olhou-me nos olhos de uma forma que não consegui decifrar. Tive a sensação de que estava a troçar um pouco de mim, mas que, ao mesmo tempo, queria que eu entendesse do que estava a avisar-me. Era uma senhora idosa dura, possivelmente implacável, porventura pagava mal aos seus trabalhadores e, provavelmente, podia mandar-me matar, se quisesse. Mesmo assim, havia qualquer coisa nela de que eu não conseguia deixar de gostar. Tinha força moral. Não era uma designação que eu sentisse vontade de usar frequentemente, mas, neste caso, parecia-me adequada.

Levantou-se, remexeu no casaco para tirar de lá um cinto. Levantei-me também e tirei a minha carteira.

— Deixe estar. Eu tenho conta aqui. Aliás, você não tomou nada. Calculo que gostava de ter tomado uma bebida. — Soltou uma gargalhada. — Espero que não estivesse na expectativa de que lhe perguntasse. Comigo não vale a pena ser tímido, Mr. Marlowe. Cada um por si, é o que eu digo.

Sorri-lhe.

— Adeus, Mrs. Langrishe.

— Oh, a propósito, enquanto aqui está, talvez possa ajudar-me. Estou a precisar de um motorista. O último era um rufia e tive de me livrar dele. Conhece alguém que servisse?

— Assim, de repente, não, mas, se me lembrar de alguém, faço-lhe saber.

Olhou-me com um olhar especulativo, como se estivesse a ver-me fardado e de boné de pala.

— Paciência — disse. Calçou um par de luvas brancas de algodão, do tipo das que se compram no Woolworth's. — O meu nome é realmente Edwards, sabe? Casei outra vez, aqui. Mais tarde, Mr. Edwards deixou-me. Eu prefiro Langrishe. Tem um certo toque, não acha?

— Sim. Pois tem.

— Também não sou Dorothea. O meu nome de batismo é Dorothy e sempre me chamaram Dottie. Não ficava muito bem num frasco de perfume, pois não... Dottie Edwards?

Tive de me rir.

— Acho que não.

Levantou os olhos para mim, a sorrir, dobrou o indicador e deu-me uma pancada com o nó do dedo no externo, por cima da gravata.

— Lembre-se do que lhe disse, Marlowe. As pessoas podem ser magoadas, a menos que se mantenham muito atentas.

Disse isto, girou e afastou-se a bambolear-se.

# 9

Fui até ao Bull and Bear para trincar qualquer coisa. Ver a Tia Langrishe encher-se de bolo de chocolate fizera-me fome e, de qualquer modo, era hora de almoço. Enquanto avançava calmamente pela Strip, a conduzir com um dedo no volante, pensei novamente em telefonar a Clare Cavendish e dizer-lhe que queria desistir. Não me devolvera o contrato assinado e nenhum vil metal mudara de mãos, por isso, estava livre para lhe dizer adeus. Mas não é fácil deixar uma mulher daquelas, a não ser quando se é obrigado, e mesmo assim também não é fácil. Lembrei-me dela sentada no meu escritório com o chapéu e o véu, a fumar o *Black Russian* naquela boquilha de ébano, e senti que não conseguia fazê-lo, não conseguia quebrar o elo com ela, ainda não.

Não sei dizer o que é pior, se os bares que fingem ser irlandeses, com os seus trevos de plástico e os cacetes irlandeses, ou as espeluncas de estilo *cockney*, como o Bull. Podia descrevê-lo, mas não tenho coragem. Pensem em alvos de dardos, alavancas de madeira para tirar cerveja e uma fotografia colorida a cor-de-rosa, emoldurada, da jovem Rainha Isabel — a atual — a cavalo.

Sentei-me à mesa a um canto e pedi uma sanduíche de carne assada e uma caneca de cerveja preta. Serviam-na quente, tal como fazem em Lambeth Road; quanto à sanduíche, não há dúvida de que ficamos com uma perspetiva prosaica das coisas, enquanto mastigamos uma laje de carne demasiado passada, tão dura como a língua de um inglês. Quando saísse dali onde iria eu procurar Nico Peterson? Se estivesse mesmo vivo, devia haver alguém que sabia onde ele andava e em que estava metido. Mas quem? Então, lembrei-me de Clare Cavendish ter referido uma atriz de cinema com quem, ou para quem, Peterson tinha trabalhado. Como é que se chamava? Mandy qualquer coisa... Mandy Rogers, sim, uma Jean Harlow de segunda categoria. Era capaz de valer a pena falar com ela. Bebi um golo da cerveja. Tinha cor de graxa e sabia a espuma de sabão. Pensei como é que a Grã-Bretanha conseguira ser rainha dos mares, dando disto a beber aos marinheiros.

Levantei-me da mesa, fui até à cabina telefónica e liguei a um amigo, Hal Wiseman. Hal estava na mesma atividade que eu, só que fazia parte do pessoal efetivo dos Excelsior Studios. Tinha lá um cargo todo pomposo — chefe dos serviços de segurança, ou coisa parecida — e levava uma vida tranquila, como não havia de levar? Passava o tempo a tomar conta de *starlets* e a manter os atores mais jovens na linha ou, pelo menos, não muito trapaceiros e não muito extraviados. De vez em quando, tinha de usar os contactos dele no gabinete do xerife para safar uma das estrelas dos Excelsior de uma acusação de droga ou para livrar um executivo da empresa de uma acusação de condução sob o efeito do álcool ou de violência conjugal. Ele dizia que não era uma vida má. Enquanto esperava que me atendesse, entretive-me a remexer com a língua numa fibra que tinha entre os molares superiores. A carne assada da Velha Inglaterra é, realmente, teimosa.

Ele atendeu, finalmente.

— Está, Hal.

Reconheceu imediatamente a minha voz.

— Olá, Phil, como vai isso?

— Ótimo.

— Estás num *cocktail* ou coisa do género? Estou a ouvir som de paródia em fundo.

— Estou no Bull and Bear a almoçar. Aqui não há foliões, só a multidão do costume. Olha, Hal, conheces alguma Mandy Rogers?

— Mandy? Sim, conheço a Mandy. — De repente, tornou-se cauteloso. Ele não era nenhuma estampa. Era um misto de Wallace Beery com Edward G. Robinson, o que tornava difícil de explicar o seu êxito com as mulheres, se não fôssemos mulher. Talvez fosse um excelente conversador. — Porque é que perguntas?

— Há um tipo que fez um trabalho com ela. Agenciamento. Chama-se Nico Peterson.

— Nunca ouvi falar nele.

— Tens a certeza?

— Claro que tenho a certeza. De que se trata, Phil?

— Achas que podias conseguir-me um encontro com Miss Rogers?

— Para quê?

— Queria falar com ela sobre o Peterson. Foi morto há uns meses em Pacific Palisades.

— Ah, sim? — Senti o Hal a fechar-se, lentamente, como uma amêijoa gigante. — Que tipo de homicídio?

— Atropelamento e fuga.

— E então?

— Então tenho um cliente que está a pagar-me para investigar a morte de Peterson.

— Há alguma coisa nisso que não bate certo?

— Talvez.

Houve um silêncio. Ouvia-lhe a respiração. Podia ser o som da mente dele a trabalhar, com pancadas lentas e prolongadas.

— O que é que a Mandy Rogers tem que ver com isso?

— Absolutamente nada. Só que eu preciso de saber alguns antecedentes de Peterson. Ele é uma espécie de enigma.

— Uma espécie de quê?

— Digamos que há coisas sobre ele que não encaixam.

Mais respiração, mais meditação. Então disse:

— Acho que Mandy falará contigo. — Soltou uma gargalhada fungada. — Não me parece que tenha muito que fazer ultimamente. Deixa isso comigo. Ainda estás no mesmo escritório, aquela gaiola em Cahuenga? Eu ligo-te.

Voltei para a mesa, mas quando olhei para a minha sanduíche meio comida e para a caneca meio bebida de cerveja morna perdi a coragem e, em vez de me sentar, deixei uma nota ao lado do prato e saí. Uma grande nuvem roxa surgira, vinda não sei de onde, encobrira o Sol e a luz na rua tornara-se sombria e tinha um tom lívido. Talvez fosse chover. Uma novidade interessante, no verão, nesta região.

Hal, que era um homem de palavra, ligou-me à tarde. Mandy Rogers esperava-me no estúdio, tinha de ir lá ter naquele momento. Peguei no chapéu, fechei o escritório e saí para a rua. A nuvem ainda pairava sobre a cidade ou talvez fosse outra igualzinha e caíam pesadamente no chão gotas de chuva do tamanho de uma moeda de dólar. Atravessei a rua a correr e entrei no carro no momento em que o aguaceiro se intensificou. Pode não chover muito por aqui, mas, quando chove, chove mesmo. Os limpa-para-brisas do *Oldsmobile* precisam de ser substituídos e eu tinha de me inclinar sobre o volante, com o nariz quase colado ao para-brisas, para conseguir ver a estrada.

Hal estava à minha espera ao portão do estúdio, abrigado na guarita do porteiro. Saiu, com o casaco puxado para a cabeça, e saltou para o meu lado no carro.

— Que raio, dei três passos e estou ensopado. Olha para mim — disse. Não sei se já tinha referido que o Hal é um indivíduo que veste bem? Trazia um fato de linho claro e assertoado, uma camisa verde e gravata de seda também verde, sapatos de atacadores em dois tons, castanho e branco. Uma pulseira de ouro de corrente, dois ou três anéis e um relógio *Rolex*. Ele estava a safar-se bem; talvez eu devesse dar uma espreitadela ao negócio do cinema.

— Obrigado por fazeres isto, Hal. Agradeço-te — disse eu.

— Não te preocupes. — Franziu a testa, sacudindo as gotas de chuva dos ombros enchumaçados do casaco.

Os cenários de cinema são locais estranhos. Parece-nos que estamos a sonhar acordados, ao encontrarmos *cowboys* e bailarinas, homens-macaco e centuriões romanos, todos juntos como qualquer grupo de trabalhadores a caminho do escritório ou da fábrica. Hoje pareciam ainda mais estranhos, visto que a maior parte deles tinha chapéus-de-chuva abertos. Os chapéus-de-chuva tinham o logotipo dos estúdios, um sol amarelo brilhante a erguer-se de um lago carmesim e as palavras «Excelsior Pictures» adornadas com arabescos dourados.

— Aquele por quem passámos agora é James Cagney? — perguntei.

— É. Está emprestado pela Warner Brothers, a fazer um filme sobre pugilismo para nós. O filme é uma porcaria, mas o Cagney vai salvá-lo. É para isso que servem as estrelas. Vira à esquerda aqui.

— Conheces a palavra *blasé,* Hal? É uma palavra francesa.

— Não. O que quer dizer?

— Quer dizer que já viste tudo e já não te interessas por mais nada.

— Entendo — disse ele em tom rabugento. Ainda estava entretido com algumas manchas de humidade nas lapelas do casaco. — Como te sentirias tu a limpar o vomitado do assento de trás do teu carro às quatro da manhã, depois de teres tirado mais uma estrela do ecrã da cuba da bebida e de a teres despejado na sua mansão de Bel-Air? E depois há as madames... são anda piores. Já estiveste com a Tallulah Bankhead?

— Não posso dizer que sim.

— Dá-te por feliz. Para aqui.

Estávamos na cantina. Um miúdo louro, com um corta-vento com fecho *éclair* subido, saiu da entrada com um chapéu de chuva dos Excelsior e acompanhou Hal até lá dentro. Eu fui deixado para trás: que me protegesse da chuva como pudesse.

— Dá a chave ao Joey — disse Hal. — Ele trata do teu carro. — Joey lançou-me um grande sorriso; tinha feito um tratamento dentário, pelo qual, acredito, a sua pobre mãe, lá em Peoria ou onde fosse, sacrificou as poupanças de uma vida. Toda a gente em Hollywood tem grandes esperanças.

Estávamos no meio da tarde e não havia ali quase ninguém. Em frente do balcão comprido, onde a comida era servida, havia uma janela panorâmica que dava para uma encosta relvada, com palmeiras, e um pequeno lago ornamental. A chuva fazia a água do lago parecer uma cama de pregos. Mandy Rogers estava sentada a uma mesa junto à janela, em pose, com uma mão no queixo, a olhar melancolicamente lá para fora, para o dia cinzento, embrenhada em profundos pensamentos.

— Olá, Mandy — disse Hal, pousando uma mão numa das omoplatas dela. — Este é o tipo de que te falei... Philip Marlowe.

Encenou o desvio do sonho em que estava, virou-se para mim, os olhos enormes, e sorriu. Tenho de dizer que as pessoas do cinema têm um quê especial, por muito insignificantes que sejam. Passam tanto tempo do seu dia a olhar para coisas — câmaras, espelhos, os olhos dos seus fãs — que ganham um brilho suave que as cobre de alto a baixo, como se tivessem sido esfregadas com um tipo especial de mel. Nas fêmeas dessa espécie, o efeito pode tirar-nos o fôlego, quando acedemos a ele de perto.

— Mr. Marlowe — disse Mandy Rogers, estendendo-me uma das mãos pequeninas e brancas para eu apertar. — Encantada, com certeza. — A voz dela dissipou parte da magia. Tinha um timbre tão agudo e penetrante que com ela podia ter gravado o nome na janela.

— Obrigado por me receber, Miss Rogers — disse-lhe.

— Chame-me Mandy, por favor.

Ainda estava a segurar-lhe a mão, que não fez qualquer tentativa para retirar.

— Senta-te, Phil — disse Hal em tom seco. — Parece que vais desmaiar.

Estaria assim tão afetado? Mandy Rogers não era uma Rita Hayworth. Era para o baixo, não propriamente magra, uma loura pintada, com uma boca em borboleta e um queixinho gorducho. Porém, tinha uns olhos bonitos, grandes, redondos, de um azul-claro. Usava um vestido vermelho, justo e decotado no busto e rodado na saia. Só num estúdio de cinema uma rapariga podia usar um vestido daqueles a meio da tarde.

Retirou por fim a mão e sentou-se numa cadeira de metal. Pelo canto do olho, vi um azulão esvoaçar de uma das palmeiras e pousar na relva molhada.

— Pronto, vou deixá-los sozinhos — disse Hal. — Mandy, fica de olho neste tipo... não é tão inofensivo como parece. — Deu-me um soco suave no ombro e afastou-se.

— É uma pessoa tão simpática! — Mandy suspirou! — E nesta atividade não se pode dizer o mesmo de toda a gente, sabe?

— Tenho a certeza de que isso é verdade, Miss Rogers.

— *Mandy* — disse ela, abanando a cabeça para mim e sorrindo.

— Está bem... Mandy.

Em cima da mesa e à frente dela estava uma garrafa de *Coca-Cola,* com uma palhinha enfiada.

— É verdade o que o Hal disse? — perguntou. — É assim tão perigoso?

— Não. Sou um chato, percebe?

— Ele disse-me que você é detetive particular. Isso deve ser empolgante.

— Tanto, que me custa a aguentar.

Brindou-me com o seu sorriso vago, depois pegou na garrafa e chupou um pouco de *Coca-Cola* pela palhinha. Naquele momento, podia ser qualquer miúda, sentada junto de uma máquina dispensadora de bebidas, a beber uma garrafa de refrigerante e a sonhar vir um dia a ser uma grande estrela de cinema. Gostei de a ver quando se inclinou sobre a palhinha e olhou para baixo, o par de pestanas superiores quase a assentar na curva suave da face. Perguntei-me quanto é que ela já deveria a quantos homens, nesta cidade.

— Nico Peterson era seu agente, não era? — perguntei.

Ela pousou a garrafa.

— Bom, ele queria ser. Arranjou-me algum trabalho. Entrei em *Os Cavaleiros da Aurora Vermelha*. Viu?

— Ainda não — respondi.

— Oh, agora já não está em exibição... Joel McCrea devia ter entrado, mas aconteceu alguma coisa que o impediu de participar. Eu fazia de filha do dono do rancho.

— Vou vê-lo, quando voltar a passar.

Ela inclinou a cabeça para o lado, a sorrir.

— Você é um querido — comentou. — Todos os detetives particulares são assim? — perguntou.

— Nem todos, não. — Ofereci-lhe um cigarro da minha cigarreira de prata, mas ela abanou a cabeça, franzindo os lábios em recusa. Via-a como a filha do rancheiro, dócil num momento e conflituosa logo a seguir, com uma saia de guingão e botas com botões e um grande laço no cabelo. — O que pode dizer-me sobre Mr. Peterson?

— O que é que quer saber? — Ela mordeu o lábio e sacudiu o cabelo louro e fofo. Desde que lhe pusera os olhos em cima, há cerca de cinco minutos, ela experimentara meia dúzia de truques, desde o da rapariguinha ao de sereia de olhos grandes. Mas, na verdade, não passava de uma garota.

— Quando é que o viu pela última vez?

Premiu a boca de um lado com um indicador, fazendo uma covinha, e virou os olhos para o teto. Estava a ver a indicação no guião: *Ela cala-se, a pensar.* — Acho que cerca de uma semana antes de ele morrer. Ele estava a trabalhar para me meter num filme da Doris Day... sabe que o verdadeiro nome de Miss Day é Kappelhoff? Dizem que o Rock Hudson também vai entrar. — A sua carinha jovem toldou-se por um momento. — Acho que agora já não vou ter o papel. Bom, paciência.

Um jovem aproximou-se da mesa. Usava um avental curto e branco e trazia um tabuleiro. Era possível que fosse o irmão mais novo daquele que segurara o chapéu de chuva para Hal, quando saímos do carro, à chuva. Podia ter formulado um pensamento sobre os filmes devorarem os jovens e ambiciosos, mas, em vez disso, pedi um café.

— É para já! — disse o jovem. Lançou um sorriso a Mandy e afastou-se.

— O Nico era um bom agente? — perguntei. — Quero dizer, se tinha êxito.

Mandy pensou por um momento.

— Não era um dos grandes. Estava apenas a começar, como eu, só que era, evidentemente, mais velho. Não tenho a certeza do que fazia antes de ser agente.

— Dava-se com ele socialmente?

Ela franziu o nariz, e fez uma expressão tão próxima da de mau humor quanto aquela carinha doce e clara podia conseguir.

— Quer dizer, se ele tentou...? Oh, não! A nossa relação não era desse tipo.

— Queria dizer, se ele a levou a locais, locais onde conheceria gente?

— Que tipo de gente?

— Bom, produtores, diretores, chefes de estúdio.

— Não, ele estava sempre demasiado ocupado. Tinha sempre de se encontrar com alguém.

— Sim, já ouvi dizer isso.

— Ouviu? — Ficou, subitamente, atenta. — A quem?

— Ninguém em especial. Toda a gente fala disso, nesta cidade.

— Bem pode dizê-lo.

Estava a olhar pela janela e os seus olhos estreitaram-se. Na verdade, eu não queria saber mais do que já sabia sobre Mandy Rogers, os altos e, mais provavelmente, os baixos da sua carreira, até ali. No entanto, ouvi-me a perguntar:

— De onde é, Mandy?

— Eu? — Pareceu sinceramente surpreendida com a pergunta. Por momentos, ficou confusa, e, quando ficava confusa, reparei que parava de representar. Subitamente, parecia hesitante, instável, talvez um pouco alarmada. — Nasci em Hope Springs, Iowa. Calculo que nunca lá foi. Na verdade, nunca ninguém lá foi. Hope Springs é o tipo de lugar de que as pessoas fogem.

O jovem empregado de mesa chegou com o café. Olhou outra vez para Mandy, que, em troca, lhe dirigiu um sorriso distraído. Ainda estava a pensar em Hope Springs e em tudo, ou em nada, que ali deixara.

— Como é que soube da morte de Nico? — perguntei.

Pensou e depois abanou a cabeça.

— Não me lembro, sabe? Não é estranho? Deve ter havido, aqui no estúdio, conversas sobre isso. Alguém me deve ter dito.

Olhei para a janela. O azulão voou novamente para o seu poleiro na palmeira. Quando pousou deixei de vê-lo, por causa das sombras dos ramos. Aí está a felicidade: num momento aqui, no seguinte noutro lugar. Pelo menos, a chuva estava a aliviar.

Mandy bebeu outro golo de *Coca-Cola.* A garrafa, agora quase vazia, soltou um som forte de gorgolejo e Mandy olhou rapidamente para mim, como se tivesse medo de que eu me risse.

— Alguma vez conheceu amigos do Nico? — perguntei. — Uma namorada, talvez?

Ela soltou uma gargalhadinha tilintante.

— Oh, tinha muitas.

— Não conheceu nenhuma delas?

— Vi-o umas duas vezes com uma mulher, mas não me parece que fosse namorada.

— Qual era o aspeto dela?

— Não a vi muito bem. Uma vez estava numa festa e vi-o a sair com ela. Noutra ocasião, vi-os num bar, mas nessa noite era eu que ia a sair. Uma mulher alta. Cabelo preto. Cara bonita, também, grande, percebe, quase quadrada, mas interessante.

— Porque é que acha que ela não era namorada dele?

— Não tinham esse ar. Ela não estava realmente *com* ele, percebe o que quero dizer? Talvez se parecesse um pouco com o Nico, também... talvez fossem parentes, não sei. —Brincou com a palhinha dentro da garrafa de *Coca-Cola* vazia. — Está a trabalhar para uma das namoradas dele?

Pensei no que Hal lhe poderia ter dito sobre mim e a minha busca de Nico Peterson, morto ou vivo. Na verdade, não tinha dito grande coisa ao Hal, nem havia muito para dizer, por isso, calculo que ele tenha inventado alguma coisa. O Hal é assim. Apesar do seu procedimento rude, tem uma imaginação fértil e adora florear a verdade desinteressante. Mandy Rogers pensou, provavelmente, que eu estava a trabalhar para alguma mulher que o Nico teria rejeitado antes de morrer. E, já que penso nisso, talvez esteja mesmo.

— Como era o Nico?

— Como era ele? — Mandy franziu o sobrolho. E eu percebi que Peterson não era alguém em quem Mandy tivesse pensado muito, antes de hoje, ainda que ele lhe tivesse arranjado um papel em *Os Cavaleiros da Aurora Vermelha.* — Tcchh! Não me parece que o conhecesse assim tão bem. Não passava de um tipo a fazer pela vida. Eu gostava dele, acho... não *dessa* maneira, é claro. Devo dizer que nem sequer era um amigo, era um parceiro de negócios. — Calou-se e depois disse: — Uma vez convidou-me para ir com ele ao México. — Desviou o olhar e até corou um pouco.

— Convidou? — perguntei, sem querer parecer muito interessado. — Onde, no México?

Fez novamente aquele mordiscar do lábio. Quem estaria a tentar ser? Doris Kappelhoff, talvez, num dos seus papéis de rapariga-vestida-de-camurça.

— Acapulco. Ele ia lá muitas vezes, pelo menos era o que dizia. Conhecia gente... percebi que se referia a gente rica.

— Mas você não foi.

Ela esbugalhou os olhos e desenhou um O com a boca.

— Claro que não fui! Acho que pensa que sou a habitual vagabunda de Hollywood, pronta a ir a qualquer lado, com qualquer um.

— Não, não — disse eu suavemente. — Não penso nada disso. Pensei apenas, visto que ele era mais velho do que você, que podia ter-lhe oferecido uma viagem com ele, como amigo.

Ela sorriu, com um sorriso sombrio, forçado.

— O Nico tinha namoradas, mas não tinha amigas. Percebe o que quero dizer?

Entrou um tipo tão parecido com Gary Cooper, que não podia ser ele. Usava calças de montar e perneiras de cabedal, um lenço vermelho atado à volta do pescoço queimado do sol e tinha um coldre com uma arma de seis tiros presa à anca. Pegou num tabuleiro e caminhou ao longo do balcão, observando os recipientes com comida.

— Foi uma grande ajuda, Miss Rogers — disse eu, fazendo o meu sorriso de mentiroso.

— Fui? — Parecia espantada. — Como é que eu fiz isso?

— Na minha atividade não existe nada que não seja importante, nada que não ajude a formar uma ideia — disse-lhe baixando a voz, como se estivesse a confidenciar um segredo comercial.

Olhou para mim com os lábios separados e um nó de perplexidade entre as sobrancelhas.

— Uma ideia de quê? — perguntou, falando como eu, num murmúrio.

Empurrei a chávena de café vazia e peguei no chapéu. Lá fora, a chuva parara e parecia que o Sol estava a exercitar a possibilidade de surgir.

— Digamos, Mandy — disse com uma piscadela de olho lenta —, que agora sei mais do que sabia quando aqui cheguei.

Ela acenou afirmativamente com a cabeça, sempre a olhar para mim. Era uma rapariga doce, à sua maneira. Não pude deixar de temer pelo futuro dela, na carreira que escolhera.

— Posso voltar cá para falar consigo, se me ocorrerem mais perguntas a que possa responder-me?

— Claro — afirmou. Lembrou-se, então, de quem se esperava que fosse, molhou os lábios e deitou a cabeça para trás languidamente, mostrando o pescoço de uma brancura de neve. Pensei na Barbara Stanwyck em *Pago a Dobrar*, um dos filmes dela que tinha visto. — Venha quando quiser. O Hal dir-lhe-á onde pode encontrar-me.

À saída, passei pela mesa onde o tipo esguio, de lenço ao pescoço, estava curvado sobre um prato de chili com carne, enfiando a comida na boca com uma colher, como se pensasse que alguém poderia rastejar, meter o braço por trás do ombro dele e roubar-lha. Era, realmente, a imagem viva do Coop.

# 10

Só soube para onde me dirigia quando lá cheguei. O ar estava fresco, depois da chuva, e havia um aroma a melancolia. Tinha a janela do carro aberta e desfrutava a brisa fresca no rosto. Estava a pensar em Mandy Rogers e em todas as miúdas como ela, que tinham vindo para aqui, para o litoral, atraídas pela promessa de que um dia poderiam contracenar com Doris ou Rock, numa desmiolada miscelânea de música lamecha, casacos de *vison* e telefones brancos. Era capaz de haver em Hope Springs um rapaz que ainda suspirava por ela. Estava a vê-lo, tão claramente como à luz limpa sobre as colinas de Hollywood: um tipo desajeitado com mãos que pareciam pás e orelhas salientes. Pensaria ela alguma vez nele, ali entre searas, de coração devorado pela recordação dela? Tinha pena dele, mesmo que ela não tivesse.

Estacionei no princípio da Napier Street e caminhei até à casa de Peterson. Não queria outro encontro, pelo caminho, com a velha águia, e pensei que se fosse de carro até lá ele reconheceria, provavelmente, o *Oldsmobile*. É do tipo que reconhece mais facilmente os carros do que as pessoas. O casinhoto estava fechado e não havia sinais dele em lado nenhum.

Desta vez não fui até à porta da frente do Peterson, mas dei a volta pelas traseiras, com a relva molhada a ranger debaixo dos pés.

O quintal estava cheio de ervas, arbustos de acácia abandonados e uma espécie qualquer de trepadeira, com uma flor de um amarelo doentio, que se descontrolara e estava a estrangular tudo o que tinha ao seu alcance. Aqui, tal como na parte da frente, dois degraus de madeira levavam ao alpendre. As janelas estavam cheias de pó. Um gato tigrado, a dormir junto da porta, abriu um olho e olhou para mim, depois levantou-se devagar e afastou-se suavemente com a cauda a contorcer-se preguiçosamente. O que é que os gatos sabem acerca de nós que os fazem desdenhar-nos?

Experimentei a porta, mas estava fechada. Isso não me surpreendeu. Felizmente, tinha no meu porta-chaves um objeto útil que me deram quando trabalhei no gabinete do Ministério Público e não devolvi quando abandonei o lugar, e que, desde então, se tem mostrado inestimável. Moldado no mesmo metal preto-azulado de que são feitos os diapasões, abria qualquer fechadura que se quisesse abrir, exceto a de Fort Knox. Depois de ter lançado um olhar rápido por cima do ombro esquerdo e depois por cima do direito, inseri aquela coisa na pequena ranhura por baixo da maçaneta, remexi-a um pouco, com os dentes cerrados e um olho fechado, e ouvi, então, o ferrolho estalar e, imediatamente, a maçaneta rodou na minha mão. O delegado do Ministério Público era atualmente um fulano chamado Springer, um tipo da política, com grandes ambições. Gostaria de lhe dizer como o tempo que trabalhei no seu gabinete continuava a ajudar-me no meu trabalho de combatente solitário contra o crime.

Fechei a porta atrás de mim, encostei-me a ela e fiquei ali parado um momento, à escuta. Não há nada como o silêncio de uma casa deserta. Havia no ar parado um leve cheiro a podridão seca. Senti como se a mobília estivesse a olhar para mim, como uma matilha de cães de guarda, demasiado desmotivados para erguerem as patas traseiras ou ladrarem sequer. Não fazia ideia do que podia estar a procurar. Aquele cheiro a mofo e a pó por todo o lado e as cortinas de renda cinzentas, pendentes desanimadamente nas janelas, sugeriam, de certo modo, a existência de um cadáver num dos quartos fechados. Um corpo a moldar a sua forma no colchão, ainda com um resquício de surpresa no olhar fixo no teto sem cor. Mas eu sabia que o cadáver não estava ali. Jazera, por um certo tempo, desfigurado, na berma daquela estrada em Pacific Palisades, depois fora apanhado e transportado para a morgue e depois cremado e, agora, não era mais do que uma série de átomos espalhados ao acaso no ar. Durante os últimos dias, desde que Clare Cavendish entrara pela primeira vez no meu escritório, que Peterson se tornara para mim uma presença fantasmagórica, cintilante e ilusória, como uma daquelas partículas que nos entram para um olho e se movem sempre que tentamos olhar diretamente para ela. Mas, afinal, o que me interessava em Peterson? Nada, não era ele que me interessava.

Era uma casa pequena, e devo dizer que Peterson a mantinha arrumada. Estava tão arrumada, aliás, que parecia que não vivia lá ninguém. Olhei em redor da sala e espreitei para o quarto. A cama parecia ter sido feita por uma enfermeira de hospital, com os cobertores todos ajustados nos cantos e as almofadas lisas como placas de mármore.

Remexi algumas gavetas, abri e fechei alguns armários, quando ouvi uma chave ser enfiada na fechadura da porta da frente. Tive as reações habituais: cabelos em pé na parte de trás do pescoço, coração a bater com força, palmas das mãos húmidas de repente. Em momentos destes sabemos o que sente um animal quando ouve um ramo partir-se sob o salto de uma bota, levanta os olhos e dá com a silhueta do caçador a recortar-se no brilho da floresta. Estava inclinado sobre a secretária e tinha na mão uma fotografia, emoldurada, de uma senhora de idade, que calculei fosse a mãe de Peterson, óculos com aros de aço na ponta do nariz, a olhar para a máquina com ar reprovador, e quando olhei para a porta vi, através da vidraça poeirenta, o contorno de uma cabeça de mulher. Então a porta escancarou-se. Voltei a colocar a fotografia na secretária, com movimentos lentos e cautelosos.

— Meu Deus! — disse a mulher, recuando, o susto a fazê-la bater com toda a força o salto do sapato na soleira de madeira. — Quem é você?

Fiquei a saber imediatamente duas coisas sobre ela: a primeira, que era ela a mulher que Mandy Rogers vira com Peterson. Não posso dizer como o soube. Estas coisas vêm, por vezes, ter connosco, e temos de aceitá-las. A segunda coisa de que me apercebi foi que já a tinha visto em qualquer lado. Era uma morena com um grande maxilar, flácida, ancas largas e um busto pesado. Vestia uma blusa branca justa e uma saia vermelha ainda mais justa e calçava chinelas brancas de salto alto quadrado. Pareceu-me aquele tipo de rapariga que anda com uma pequena pistola na mala.

— Está tudo bem — disse eu, levantando a mão num gesto que pretendia ser de apaziguamento. — Sou amigo do Nico.

— Como é que entrou?

— A porta das traseiras não estava fechada à chave.

Percebi que estava a tentar decidir se devia ficar ou sair dali rapidamente.

— Como se chama? — perguntou, querendo parecer dura. — Quem é você?

— Philip Marlowe. Trabalho em segurança.

— Que tipo de segurança?

Lancei-lhe um dos meus sorrisos de esguelha do género tímido-modesto-sou-apenas-eu.

— Olhe, porque é que não entra e fecha a porta? Não vou fazer-lhe mal.

O sorriso deve ter resultado. Entrou e fechou a porta. Mas sem desviar de mim o olhar, nem por um segundo.

— É a irmã do Nico, não é?

Foi um tiro no escuro. Lembrei-me que Floyd Hanson referira que a irmã de Peterson identificara o cadáver na morgue. Tinha de ser ela. É claro que podia ter sido uma das muitas namoradas de quem eu ouvira falar tanto, mas, por alguma razão, não me pareceu que fosse. Naquele momento, lembrei-me onde já a vira: a sair da porta da piscina no Cahuilla Club, com um roupão de turco e uma toalha enrolada à cabeça. O mesmo rosto largo, os mesmos olhos verdes. Por isso é que Hanson ficara um pouco perturbado quando ela apareceu. Era a irmã de Peterson, e ele não quisera que eu a conhecesse.

Deu, então, dois passos para o lado, sempre a olhar para mim, cautelosa como um gato, e parou ao lado de uma poltrona, apoiando uma mão nas costas dela. Estava ao lado de uma janela e pude vê-la bem. Tinha o cabelo quase preto, com uns tons de bronze pintados em fundo. Havia nela alguma coisa vaga e indefinida, como se quem a fizera tivesse sido interrompido antes de lhe dar os retoques finais e nunca mais tivesse voltado para completar o trabalho. Era uma daquelas mulheres cuja irmã seria linda, mas a ela a beleza escapara-se-lhe por um triz...

— Marlowe, foi esse o nome que disse? — perguntou.

— É verdade.

— E o que está a fazer aqui?

Naquela pergunta tive de pensar.

— Estava a remexer nas coisas do Nico — disse numa voz fraca.

— Ah, sim? Para quê? Ele deve-lhe dinheiro?

— Não. Tinha uma coisa minha.

Ela curvou o lábio.

— E o que era? A sua coleção de selos?

— Não. Apenas uma coisa que preciso de recuperar. — Sabia como isto soava falso, mas ia improvisando, à medida que falava. E não era fácil. Afastei-me da secretária. — Importa-se que fume? Está a pôr-me nervoso.

— À vontade, não estou a impedi-lo.

Desejei ter o meu cachimbo. O facto de estar a enchê-lo ter-me-ia dado tempo para pensar. Pus-me a remexer na cigarreira e na caixa de fósforos, tirei um cigarro e acendi-o, tão lentamente quanto consegui. Ela ainda ali estava, de pé, ao lado da poltrona, sempre com a mão nas costas desta e ainda a olhar para mim.

— Você *é* a irmã do Nico, não é?

— Sou Lynn Peterson. Não acredito em nada dessa treta que está a contar-me. Que tal falar claro e dizer quem realmente é?

Tinha de lhe tirar o chapéu, tinha fibra. Afinal, eu era o intruso e ela dera comigo a bisbilhotar na casa do irmão. Podia ser um ladrão. Podia ser um louco fugido de um manicómio. Podia ser qualquer um. E podia estar armado. Mas ela ali estava, de pé firme, a não aceitar os meus disparates. Noutras circunstâncias, provavelmente, tê-la-ia convidado para ir comigo a um bar mal iluminado e ver o que poderia acontecer depois.

— Pronto. O meu nome é Marlowe, de facto, isso é verdade. Sou detetive particular.

— Claro que é. E eu sou o Capuchinho Vermelho.

— Tome — disse eu, tirando da carteira um dos meus cartões e passando-lho. Leu-o, franzindo a testa. — Fui contratado para investigar a morte do seu irmão.

Ela não estava propriamente a ouvir. Começou a acenar afirmativamente com a cabeça.

— Eu vi-o. Estava com o Floyd no clube.

— Sim. Estava.

— O Floyd também tem uma coisa sua que quer recuperar?

— Estava a falar com ele sobre o Nico.

— A falar com ele sobre o Nico?

— Sobre a noite em que o seu irmão morreu. Nessa noite, estava no clube? — Não respondeu. — Viu o corpo do seu irmão?

— O Floyd não me deixou.

— Mas identificou-o no dia seguinte, na morgue, não identificou? Refiro-me ao corpo do seu irmão. Deve ter sido duro.

— Não foi muito agradável.

Deixámos que se seguisse um silêncio. Éramos como um par de jogadores de ténis a recuperar o fôlego entre *sets*. Dirigiu-se, então, à secretária e pegou na fotografia emoldurada da senhora idosa, azeda, com óculos de aros de arame.

— Não pode ser isto o que estava a procurar — disse. Virou-se para mim com um sorriso frio. — É a tia Margie. Ela criou-nos. Nico detestava-a... não sei porque é que tinha a fotografia dela na secretária. — Pousou a fotografia. — Preciso de uma bebida — disse ela e passou por mim, direita à cozinha.

Segui-a. Tinha tirado uma garrafa de *Dewar's* do armário da parede e andava à procura de cubos de gelo no frigorífico.

— E você, também quer uma dose? — perguntou olhando por cima do ombro.

Tirei dois copos altos de uma prateleira e coloquei-os no balcão ao lado do fogão a gás. Ela trouxe um tabuleiro de gelo para o lava-loiça e pôs a água a correr sobre o fundo do tabuleiro; uma mão-cheia de cubos de gelo soltou-se. Empilhou-a nos copos.

— Veja se há algum refrigerante ali debaixo — disse ela.

Abri o armário para onde tinha apontado e encontrei duas miniaturas de *Canada Dry.* Gosto do *glu-glu-glu* que a gasosa faz quando cai sobre o gelo; é um som que sempre me anima. Sentia o aroma do perfume de Lynn Peterson, um aroma penetrante e felino. Aquele encontro casual afinal não estava a correr assim tão mal.

— Tudo de bom, parceiro — disse Lynn, e tocou com o rebordo do copo dela no meu. Depois encostou-se ao lava-loiça com o dela na mão e lançou-me um olhar de avaliação: — Você não parece um detetive, particular ou não.

— O que é que *pareço?*

— É difícil dizer. Um jogador, talvez.

— Já fui conhecido por ser um jogador ocasional.

— Ganhava?

— Não as vezes suficientes.

A bebida estava a espalhar o seu calor lentamente dentro de mim, como a luz do Sol a fluir pela encosta de uma colina no verão.

— Conhece Clare Cavendish? — perguntei, embora talvez não devesse. — A namorada do Nico.

Ela riu-se tão de repente que quase se engasgou com a bebida.

— A donzela de gelo? — perguntou com voz rouca, a olhar para mim com um sorriso de incredulidade. — *Namorada* dele?

— Foi o que me disseram.

— Bom, então suponho que deva ser verdade. — Riu-se novamente, abanando a cabeça.

— Ela também lá estava naquela noite, no clube... na noite em que o Nico morreu.

— Estava? Não me lembro. — Franziu a testa. — Contratou-o para meter o nariz no que se passou naquela noite?

Tomei outra dose de *Dewar's*. Aquele sol interior estava a ficar mais brilhante a cada momento.

— Conte-me o que se passou na morgue.

Estava a observar-me novamente, como fizera quando me vira pela primeira vez.

— O que é que quer dizer com o que aconteceu? Levaram-me a uma sala branca, levantaram o lençol e ali estava o Nico, morto como um peru no dia de Ação de Graças. Derramei uma lágrima, o polícia deu-me uma palmadinha no ombro, fui conduzida lá para fora e foi tudo.

— Que polícia? — perguntei.

Levantou os ombros e baixou-os outra vez.

— Não sei que polícia. O que estava lá perguntou-me se era o meu irmão, eu disse que sim, ele acenou afirmativamente com a cabeça e eu saí. Polícias são polícias. Para mim são todos iguais.

Ouvi, muito levemente, um carro a travar na rua, em frente. Não prestei atenção, embora devesse.

— Ele não lhe disse o nome?

— Se disse, esqueci-me. Olhe, Marlowe, afinal do que se trata?

Desviei o olhar dela. Pensei se deveria dizer-lhe o que Clare Cavendish me dissera, sobre ter visto Nico a andar apressadamente em Market Street, em São Francisco, naquele dia. Poderia arriscar? Ia começar a falar, sem saber bem o que ia dizer, quando reparei que ela estava a olhar por cima do meu ombro com uma expressão estranha. Virei-me quando a porta de trás se abria e entrava um tipo de arma na mão. Um mexicano. Atrás dele vinha um segundo mexicano. Não tinha arma. Parecia alguém que não precisava de arma.

# 11

Nunca descobri os nomes deles. Por uma questão de conveniência, chamei-lhes mentalmente Gómez e López. Não que a minha conveniência ou a de qualquer outra pessoa alguma vez ocupasse o topo das suas prioridades. Percebi isso de imediato. Gómez era o cérebro (o que havia) e López, o músculo. Gómez era baixo, corpo quadrado e para o pesado, para um mexicano, enquanto López era esguio como uma cascavel. O velho do outro lado da rua disse que eles eram tipos elegantes, mas pude ver que quanto a alfaiates o seu gosto não era de fiar. Gómez vestia um fato assertoado, azul-bebé, de ombros enchumaçados, e uma gravata com uma beldade seminua pintada, não com grande perícia. A camisa havaiana de López era a mais berrante que eu já vira. As suas calças *deck,* brancas, deviam ter estado limpas quando foram compradas, há muito tempo. Calçava sandálias abertas e tinha os dedos dos pés sujos.

Bom, não me entendam mal, não tenho nada contra mexicanos. De maneira geral, são pessoas delicadas e de bom coração. Gosto da sua comida, da sua cerveja e da sua arquitetura. Uma vez passei um fim de semana muito agradável em Oaxaca, num bom hotel, na companhia de uma senhora muito amistosa das minhas relações. Os dias estavam quentes e as noites frescas, e ao crepúsculo sentávamo-nos no Zócalo a beber *margaritas* e a ouvir os grupos de *mariachis*. Esse é o meu México. Gómez e López provinham de um lugar diferente. Situá-los-ia num bairro numa das cidades mais barulhentas mesmo a sul da fronteira. Senti que Lynn Peterson sustivera a respiração ao vê-los. Provavelmente, eu também sustive a respiração. Afinal eram uma visão de peso.

Entraram porta adentro muito apressados. O seu aspeto geral era de tipos impacientes, como em breve iria descobrir. A arma de Gómez era uma automática robusta prateada, que parecia ter a capacidade de fogo de um pequeno obus. Um homem com uma arma daquelas nas patas não é um homem com quem se arranje quezílias por ninharias. Pela forma como a empunhava, podia ver que ele e a arma eram amigos de longa data. López, porém, devia ser o homem da faca. Tinha aquele ar nervoso, aquele olhar selvagem. Lembrei-me de Travis, o *barman* do Beanery, ter dito uma piada acerca deste par (eram, com certeza, eles), a brincarem com a arma e a faca. Grande piada. Ele nem sabia a que ponto tinha razão.

De início, Gómez não olhou para Lynn Peterson nem para mim. Avançou furiosamente, atravessando a cozinha direito à sala, e ali ficou calado por uns momentos, inspecionando o local, pensei, depois voltou. Era um tipo nervoso, como o parceiro, parecendo não parar de se remexer dentro daquele seu fato espaçoso. López, por sua vez, manteve-se à entrada da porta aberta, a olhar para Lynn Peterson. Gómez também lhe deu atenção, mas foi comigo que falou.

— Quem é você?

Era uma pergunta que já começava a cansar-me.

— Chamo-me Marlowe — respondi e acrescentei: — Acho que deve haver aqui um engano.

— Que tipo de engano?

— Tenho a certeza de que nós não somos quem vocês pensam que somos, Miss Cavendish e eu. — Senti o olhar surpreendido de Lynn Peterson. Foi o único nome de que me lembrei naquele momento. — Miss Cavendish é agente imobiliária. Está a mostrar-me a casa.

— Porquê? — perguntou Gómez. Tive a impressão de que ele estava a perguntar só por perguntar, enquanto preparava outras perguntas mais diretas, com objetivo.

— Bom, estou a pensar em alugar — respondi. Isto divertiu López, que se riu. Reparei que tinha um lábio leporino mal cosido. — Vocês são detetives? — perguntei. A minha pergunta fez López rir-se um pouco mais. Quando a falha do lábio se abriu, um dente amarelado brilhou.

— Claro — disse Gómez, sem sequer sorrir — somos polícias. — Virou a atenção para a mulher que estava ao meu lado. — Cavendish — disse. — Esse não é o teu nome. Estou certo? — Ela começou a protestar, mas ele acenou preguiçosamente o cano da arma à frente da cara dela, como se fosse um enorme dedo indicador em reprovação. — Não, não, não, *señorita*. Não me mintas. Se mentes, pagas. Qual é o teu verdadeiro nome? — Ela não respondeu. Ele encolheu os ombros, com o enchumaço do casaco a pender para a esquerda. — Não interessa. Eu sei quem tu és.

Afastou-se. López ocupou o lugar em frente da mulher, muito perto, a sorrir-lhe. Ela deu um salto, afastando-se dele. O seu hálito não era, provavelmente, o mais agradável. Gómez disse alguma coisa em espanhol, que eu não apanhei, e López franziu o cenho.

— Como te chamas, querida? — murmurou suavemente. — Aposto que o teu nome verdadeiro é bonito.

Pôs-lhe a mão debaixo do seio direito e levantou-o, como se lhe tomasse o peso. Ela saltou para trás, para fora do alcance dele, mas ele seguiu-a com a mão estendida. Não estava a deixar-me grande escolha. Agarrei-o pelo pulso com uma mão e pelo cotovelo com a outra e empurrei as duas articulações em direções diferentes. Doeu-lhe e soltou um uivo, libertando o braço da minha mão. Como era de esperar, uma faca surgiu na outra mão, na esquerda. Era uma faca pequena de lâmina curta, mas eu não era parvo o suficiente para não saber o que ele conseguiria fazer com ela.

— Olhe, tenha calma — disse-lhe, deixando subir o tom da minha voz, tentando parecer um tipo cujo interesse era alugar uma casa por um preço simpático e não se meter em sarilhos. — Mas tire as mãos da senhora.

Podia sentir o medo de Lynn Peterson; estava no ar, como o cheiro de uma raposa. Por acaso, tinha a minha *38 Special* num coldre de mola preso, de lado, no cinto. Esperava que os mexicanos não dessem por isso, antes que eu conseguisse chegar-lhe sem ser alvejado ou cortado às fatias. Vê-se isso no cinema, aqueles artistas que sacam rapidamente. As suas armas saem à velocidade da luz, a rodar no dedo indicador. Infelizmente, não é assim que funciona na vida real.

López estava a avançar outra vez, desta vez sobre mim, não sobre Lynn, de pequena faca em punho. Mas o parceiro disse alguma coisa em espanhol que eu não percebi, acenou com a automática na minha direção e ele deteve-se.

— Dá-me a tua carteira — disse-me Gómez. O seu inglês era muito bom, embora falasse com um sotaque espanhol. Levantei os braços.

— Olhe, já lhe disse que está a cometer um...

Não consegui ir mais longe. Mal vi a arma mover-se antes de sentir o cano assentar no meu maxilar direito com uma pancada seca que fez com que os meus dentes desse lado tremessem nas raízes. Lynn Peterson, ao meu lado, soltou um gritinho e levou uma mão à boca. Quase caí, mas aguentei-me a tempo e consegui ficar de pé. A pele da face abriu e senti o sangue quente escorrer e formar gotas ao longo da linha do maxilar. Levantei uma mão e ela veio lambuzada de vermelho.

Comecei a falar, mas Gómez interrompeu-me novamente.

— Cala-te, *hijo de la chingada*! — disse ele, mostrando os dentes da frente, mas mantendo-os cerrados. Pareciam muito brancos em contraste com a pele escura. Devia ter sangue índio. Esse é o tipo de pensamento que nos ocorre, quando acabamos de ser espancados com uma pistola. Era naquele momento ou nunca, decidi. Fingindo que levava a mão ao bolso à procura de um lenço, aproximei-me do cinto, levantei a aba do coldre e pus os dedos na mola. Durante muito tempo, foi a última coisa que me lembrava de ter feito.

# 12

Deve ter sido o López que me deu o soco do *knockout*. Não sei com que é que me bateu, com um cassetete, provavelmente, mas atingiu-me precisamente naquela saliência convenientemente colocada na base do crânio, do lado direito. Devo ter caído como um novilho abatido. A inconsciência em que mergulhei nada tinha que ver com aquela em que se cai quando adormecemos. Para começar, não havia sonhos e não havia sensação de passagem do tempo: começou e acabou no que pareceu ser o mesmo instante. Sentia-me como numa prova experimental para a morte e, se a morte é mesmo assim, a perspetiva não é muito má. O despertar é que doeu. Estava deitado de bruços no chão, com o lado da boca pegado ao linóleo com o meu próprio sangue e baba. Nem vale a pena dizer como sentia a face. Uma dor é uma dor, embora esta fosse colossal.

Fiquei ali um tempo de olhos esbugalhados, à espera que o compartimento parasse de rodar como um carrossel. A luz era fraca e pensei que talvez fosse o crepúsculo, mas, então, ouvi a chuva. O meu relógio de pulso parara de funcionar, devo ter batido com ele em qualquer sítio quando caí. Pensei quanto tempo teria estado desligado do mundo. Meia hora ou coisa parecida, calculei. Apoiei as mãos no chão e dei um impulso a mim próprio. Um pica-pau trabalhava energicamente ao retardador no osso da base do meu crânio. Apalpei à volta desse ponto com o dedo. O inchaço estava duro e quente como um ovo cozido. Previ a necessidade de compressas frias e doses repetidas de aspirina; era possível estar com dores e, ao mesmo tempo, irritado.

Ainda tinha a carteira, mas o coldre estava vazio.

Lembrei-me então de Lynn Peterson. Olhei em redor da cozinha, procurei na sala. Desaparecera. Na verdade, não esperava que ali estivesse, depois da maneira como López olhara para ela. Detive-me para respirar fundo, antes de entrar no quarto, mas ela também não estava lá. Os mexicanos tinham revirado a casa de alto a baixo e parecia que tinha sido varrida por um tornado. Despejaram todas as gavetas e esquadrinharam todos os armários. O sofá fora retalhado e o seu recheio arrancado, e o mesmo acontecera ao colchão do quarto. Tinham estado, sem dúvida, determinados a encontrar o que quer que procuravam. E eu tinha o palpite de que não tinham encontrado.

Quem era aquele Peterson? E onde diabo estava, se é que estava em qualquer parte?

Pensar em Peterson e no seu paradeiro era uma forma de evitar pensar na irmã de Peterson e no paradeiro dela. Não tinha dúvida de que os mexicanos a tinham levado. Souberam quem era e não se tinham deixado enganar pela minha tentativa canhestra para encobrir a sua identidade. Mas para onde a teriam levado? Não fazia ideia. Bem podiam ir já a caminho da fronteira.

De repente, senti-me fraco e sentei-me no sofá esventrado, a acariciar a face inchada e empapada de sangue e a tentar imaginar o que fazer a seguir. Não tinha qualquer pista sobre os mexicanos, nada. Nem sequer tinha visto o carro deles, aquele com o tejadilho de lona, com buracos, que o Sr. Metediço, do outro lado da estrada, descrevera. Tinha de chamar a polícia, não havia mais nada a fazer. Peguei no telefone, sobre uma mesa pequena ao lado do sofá, mas estava silencioso: o serviço devia ter sido desligado há semanas. Tirei um lenço e comecei a limpar o auscultador, depois desisti. Qual era a ideia? As minhas impressões digitais estavam por toda a casa, na maçaneta da porta das traseiras, na cozinha, aqui na sala, no quarto, em todo o lado, menos no sótão. De qualquer modo, para quê tentar esconder? Já tinha falado com Joe Green sobre o Peterson e tencionava falar-lhe outra vez por causa da irmã, mal arranjasse energia para me levantar deste sofá e voltar ao escritório.

Saí e contornei a parte lateral da casa. Porque é que estava a chover outra vez? Não era de esperar que chovesse em junho. Ao ver que o meu carro não estava lá na frente, pensei que os mexicanos o tinham roubado, mas depois lembrei-me de que o tinha estacionado ao fundo da rua. Quando lá cheguei já estava todo molhado e cheirava a ovelha — não que eu tenha estado suficientemente perto de uma ovelha para saber a que cheira. Dei uma volta em U e segui pela alameda. A chuva caía agora como varas de aço polido, embora a oeste o céu fosse um caldeirão de ouro fundido. O relógio do tabliê marcava seis e quinze, mas aquele relógio nunca funcionara bem. Qualquer que fosse a hora, o dia começara a esmorecer, ou, se não fosse assim, os meus olhos estavam a fraquejar.

Decidi não ir ao escritório e, em vez disso, dirigi-me a Laurel Canyon. Quando lá cheguei, a escuridão estava, efetivamente, a surgir. Os degraus de sequoia que levavam à entrada da minha casa nunca me pareceram tantos e tão íngremes. Mudei de camisa e de casaco e entrei na casa de banho para olhar para a minha cara. Havia um golpe vermelho-escuro na face e a pele em volta dele estava de todas as cores do arco-íris e até mais. Limpei-a com uma toalha de rosto húmida. O frio da água aliviava. Aquele inchaço ia levar tempo a baixar. A parte boa era que o corte não fora suficientemente profundo para necessitar de sutura.

Fui até à cozinha e preparei um *cocktail* à antiga, com *brandy* e uma casca de lima. Foi necessário esforço, mas o esforço era bom para mim e ajudava-me a concentrar. Sentei-me numa cadeira de costas direitas, no recanto do pequeno-almoço — sim, o raio da casa tinha um recanto de pequeno-almoço — beberiquei a minha bebida e fumei dois cigarros. A dor na face estava a competir pela liderança com a dor na nuca. Não estava em condições de julgar, mas parecia-me que era um empate.

Peguei no auscultador do telefone de parede e liguei para a Central de Homicídios. Joe, o Firme, estava na sua secretária. Contei-lhe o que acontecera, ou partes do que acontecera, na casa de Napier Street. Mostrou-se cético.

— Estás a dizer que dois *cucarachos* surgiram não se sabe de onde e raptaram essa gaja? É isso que estás a dizer-me?

— Sim Joe, é isso que estou a dizer.

— Porque é que haviam de levá-la?

— Não sei.

Ele ficou calado por um momento. Ouvi-o acender um cigarro, ouvi-o soprar a primeira fumaça.

— Outra vez esse Peterson — disse com ar aborrecido. — Santo Deus, Phil, julguei que já tínhamos despachado isso.

— Também eu, Joe, também eu.

— Então o que é que estavas a fazer em casa dele?

Tirei um segundo em busca de resposta... qualquer raio de resposta.

— Havia algumas cartas que a minha cliente queria que eu apanhasse. — Calei-me. Era o tipo de mentira que podia deixar-me em pior situação do que aquela em que já estava.

— Encontraste-as?

— Não.

Enfiei uma segunda golada da bebida. O açúcar que continha deu-me energia, enquanto o *brandy* iria impedir-me de tentar usar essa energia para fazer coisas corajosas.

— E porque é que a irmã de Peterson está agora envolvida? — perguntou Joe.

— Não sei. Ela chegou lá a casa logo depois de mim.

— Já a conhecias?

— Não.

Joe mastigou aquilo durante um tempo.

— Há aqui muita coisa que não estás a dizer-me... não é?

— Disse-te tudo o que sei. — Ambos sabíamos que aquela era outra mentira. — A questão Joey, é que esta história da irmã do Peterson nada tem que ver com a parte que me toca. Isto é outra história, tenho a certeza.

— Como é que podes ter a certeza?

— Tenho e pronto. Os mexicanos já tinham estado em casa do Peterson. Tinham andado a investigar à volta da casa, a espreitar pelas janelas e esse género de coisas. O meu palpite é que Peterson lhes deve dinheiro, e muito.

Outro silêncio e então:

— Essa gaja do Peterson deu-te alguma pista sobre a razão por que os *cucarachos* andavam à procura do irmão?

— Não houve tempo. Ela estava a arranjar uma bebida para nós, quando eles entraram pela porta de trás, a acenarem com as armas e com um ar de malvados.

— Uau... então vocês os dois estavam a estabelecer amizade, embora fosse a primeira vez que se viam, hein? Parece muito íntimo — arrulhou Joe.

— Eu fui espancado, Joe. Primeiro com o cano de uma arma na cara e depois com um cassetete na nuca. Ainda tenho os olhos a rodar nas órbitas. Estes tipos não são para brincadeiras.

— Certo, certo. Entendo. Mas, ouve, Phil, isso não é da minha jurisdição, vou ter de ligar para o gabinete do xerife. Percebes? Talvez devesses dar lá uma palavra, em segredo, ao teu amigo Bernie Ohls.

— Não é propriamente um amigo, Joe.

— Está a parecer-me que vais precisar de qualquer tipo de amigo que possas arranjar, mesmo que não seja do tipo certo.

— Preferia que lhe telefonasses. Agradecia. Não estou na melhor forma e, mesmo quando estou, o Bernie irrita-me ou eu irrito-o a ele, dependendo do tempo e da hora do dia.

Joe suspirou para o bocal do telefone. Parecia um comboio de mercadorias a passar ao meu ouvido.

— Está bem, Phil. Eu ligo-lhe. Mas é melhor teres a tua história clara quando ele vier bater à tua porta. O Bernie Ohls não é um Joe Green.

*Tens razão Joe, nisso tens toda a razão*, quis dizer, mas disse apenas:

— Obrigado, fico a dever-te essa.

# 13

Estava deitado na cama, em cima dos cobertores, à deriva, a entrar e a sair de uma espécie de sono, quando Bernie chegou à minha porta. Foi difícil levantar a cabeça, tal como fora na cozinha de Nico Peterson algumas horas antes, embora os sinos que explodiram dentro dela não fizessem agora tanto barulho como antes. Na verdade, tinha até confundido com eles o som da campainha da porta, a primeira vez que Bernie tocou. Carregou novamente na campainha, quase imediatamente, e não tirou o dedo do botão enquanto não viu a luz acender-se na sala.

— Mas que raio é tudo isto, Marlowe? — perguntou, irrompendo porta dentro e passando por mim.

— Sim, boa tarde também para ti, Bernie.

Ele virou a cara grande e lívida e olhou fixamente para mim.

— Sempre descarado, hein, Marlowe?

— Tento manter a boca fechada, mas sabes como os lábios são.

O rosto dele adquiriu um tom mais escuro. Pensei que podia saltar-lhe a tampa.

— Para ti isso é uma piada? — perguntou numa voz baixa e agoirenta.

— Tem calma, Bernie — disse eu, levando cautelosamente a mão à nuca. O inchaço não tinha diminuído, mas o ovo cozido já se reduzira substancialmente.

— Senta-te, toma alguma coisa.

— O que é que aconteceu à tua cara?

— Entrou em contacto com o cano de uma arma. Pelo menos, a arma não estava a ser disparada na altura.

— Vai ficar aí uma bela nódoa negra.

Sempre me senti fascinado com o tamanho da cabeça de Bernie. Joe Green podia ter uma tola de grande dimensão, mas não se comparava com a deste tipo. Era enorme na parte superior, dos olhos para cima. Conhecem aquele tipo de pão a que chamam pão saloio, que parece dois pães pegados, um acima do outro? Era essa a forma da pinha de Bernie. Mas parecia que não era feita de massa, mas de carne malpassada que fora moldada de determinada forma com um martelo de bifes.

Vestia o fato regulamentar de flanela azul-escura, sem chapéu, e aqueles sapatos pretos que devem fazer só para polícias, largos como barcaças e com um rebordo de sola de cerca de um centímetro e meio de largura, a toda a volta. Bernie é muito barulhento e não tem grande amor por mim, mas é um tipo correto, daqueles que tens sorte em ter ao teu lado quando rebenta qualquer bronca. Também é um bom polícia. Já teria chegado a capitão, se o xerife não lhe tivesse carregado no pescoço com um tacão, impedindo-o de crescer. Gosto de Bernie, embora nunca corresse o risco de lho dizer.

— Estive a tomar um *cocktail* dos antigos. Queres um?

— Não. Dá-me uma água gaseificada.

Enquanto lhe preparava a bebida, ele ia vistoriando a sala, batendo com o punho da mão direita na palma da mão esquerda, como um farmacêutico antigo a trabalhar com o almofariz e o pilão.

— Conta-me o que aconteceu — disse ele.

Contei-lhe, prolongando a mesma versão que dera a Joe Green. Quando acabei, disse:

— Bernie, sentas-te, por favor? Ver-te andar de um lado para o outro dessa maneira está a piorar a minha dor de cabeça.

Pegou no copo de água gaseificada e gelo e sentámo-nos em frente um do outro à mesa, no recanto do pequeno-almoço. Tinha feito outra mistela de *brandy* e açúcar. Só podia fazer-me bem.

— Lancei um alerta a todos os carros por causa da Lynn Peterson — disse ele. — O Joe disse-me que os mexicanos conduziam um modelo qualquer feito lá, um grande calhambeque quadrado com teto de lona.

— Foi o que me disseram, mas eu não o vi.

Bernie olhava para mim com um olho semicerrado.

— Quem te disse?

— Um velhote do outro lado da rua. É o vigilante do bairro, não lhe escapa nada.

— Falaste com ele hoje?

— Não. No outro dia, quando lá fui pela primeira vez.

— Bisbilhotar em nome daquele tipo sem nome, que está a pagar-te, certo?

— Se queres pôr a coisa nesses termos...

Chamou-me a atenção o facto de ele pensar que o meu cliente era um homem. Joe Green não se deve ter dado ao trabalho de o inundar de pormenores. Isso era bom. Quanto menos Bernie soubesse, melhor.

— Vais dizer-me quem é ele e porque é que anda atrás do Peterson? — Abanei a cabeça lentamente; abaná-la depressa estava fora de questão, com aquele «galo» a latejar na parte de trás do crânio. — Sabes que vais ter de me dizer, mais cedo ou mais tarde — rosnou.

— Então, mais tarde, provavelmente depois de teres descoberto por ti. Eu não sou bufo. É contra o meu código de ética.

Ele riu-se.

— Oiçam esta! — berrou. — O seu código de ética! O que é que pensas que és? Uma espécie de padre a ouvir as confissões das pessoas e a guardar os seus segredos?

— Conheces a situação. Sou um profissional, tal como tu. — Nesta altura a minha face tinha já inchado tanto que eu conseguia ver a pele ferida, quando olhava para baixo. Bernie tinha razão: a minha beleza ia ficar destruída ainda por algum tempo. — De qualquer modo — continuei —, a Lynn Peterson e os mexicanos é uma questão diferente do trabalho que estou a fazer. Os dois não estão ligados.

— Como é que sabes?

— Sei, Bernie — disse, cansado. — Sei, porque sei.

Isto fê-lo irritar-se outra vez. Ele é imprevisível assim. Qualquer coisa pode fazê-lo explodir. O rosto carnudo ganhou um leve tom arroxeado.

— Raios te partam, Marlowe! Devia levar-te já para a central e engaiolar-te.

É a tática de Bernie, experimentada e testada ao longo da sua carreira: na dúvida, engaiola-os.

— Deixa-te disso, Bernie — disse, mantendo o tom suave. — Não tens nada contra mim e tu sabes isso.

— E se eu optar por não acreditar nesses bandidos mexicanos e em toda a treta que tens estado a impingir ao Joe e a mim?

— Porque é que eu havia de inventar isso? Porque é que havia comunicar o desaparecimento de uma mulher, se ela não tivesse desaparecido?

Pousou o copo na mesa com tanta força que um dos cubos de gelo saltou lá de dentro e deslizou pelo chão.

— Porque é que fazes tudo o que fazes? És o filho da mãe mais matreiro que conheço... e isso quer dizer alguma coisa.

Suspirei. Lá estava outra vez: eu é que sou o filho da mãe. Talvez todos eles soubessem alguma coisa que eu não sabia. A minha face e o meu crânio latejavam agora em uníssono; parecia que dois rufadores de tambor da selva estavam a efetuar um duro ensaio dentro da minha cabeça e decidi que era altura de ir pondo Bernie fora dali. Pus-me de pé.

— Ligas-me se souberes alguma coisa, não ligas, Bernie?

Ele manteve-se sentado e olhou para mim com ar pensativo.

— Tu e essa gaja Peterson... tens a certeza de que se viram hoje pela primeira vez?

— Tenho mesmo. — Era mais ou menos verdade. O meu breve encontro com ela no Cahuilla Club não podia chamar-se encontro e, de qualquer modo, não era da conta dele.

— Não é nada teu, Marlowe, deixar passar uma oportunidade: uma mulher bonita, uma casa vazia com um quarto, esse tipo de coisa. — O olhar de soslaio de Bernie ainda era pior do que o seu franzir de testa. — Estás a dizer-me que não agarraste o que estava a ser oferecido?

— Não estava nada a ser oferecido. — Afinal, o que é que ele queria dizer com aquilo de não parecer nada meu? O que é que ele sabia sobre mim nesse campo? Nada. Cerrei um punho ao lado do corpo, onde ele não podia ver. Não era o único capaz de se irritar. — Estou cansado, Bernie. Tive um dia difícil. Preciso de dormir.

Pôs-se de pé, puxando o cós das calças. Estava a engordar e tinha uma barriga em que eu não reparara antes. Bom, eu também não ia para novo.

— Ligas-me se os carros-patrulha descobrirem alguma coisa, certo? — pedi.

— Porque é que havia de ligar? Disseste que aquilo de que estás a tratar não tem nada que ver com esta história dos mexicanos e da mulher desaparecida...

— Mesmo assim, gostava de saber.

Inclinou a cabeça de lado e fez uma espécie de encolher de ombros.

— Talvez telefone e talvez não.

— Dependendo de quê?

— De como me sentir. — Enfiou-me um dedo no peito. — O problema és tu, Marlowe, sabes? Devia ter-te entalado naquela história do Terry Lennox, quando tive oportunidade.

Terry Lennox era um amigo meu que fugiu de um homicídio premeditado — a mulher assassinada era a esposa — e depois suicidou-se com um tiro num hotel no México, ou assim foram levadas a acreditar pessoas como o Bernie Ohls. Também naquele caso não havia nada por onde me pegar e Bernie sabia isso. Estava apenas a tentar irritar-me. Mas eu não ia deixar.

— Boa noite, Bernie — disse.

Estendi uma mão. Olhou para ela e depois para mim e apertou-a.

— Tens sorte por eu ser um homem tolerante — afirmou.

— Eu sei, Bernie — disse, docilmente. Não valia a pena voltar a irritá-lo.

Bernie entrou no carro e conduziu até à rotunda ao fim da rua, quando outro par de faróis surgiu, avançando, da direção oposta. Quando Bernie passou pelo segundo carro, abrandou, tentou ver o condutor e depois seguiu. Estava a começar a fechar a porta da rua, quando o carro encostou e parou mesmo ao fundo dos meus degraus. Deitei a mão ao coldre do meu cinto, mas depois lembrei-me de que não tinha a arma. De qualquer modo, não eram os mexicanos que vinham à minha procura. O carro era um desportivo, vermelho, estrangeiro, um *Alfa Romeo,* aliás, e nele só vinha uma pessoa. Sabia quem era, antes de ela ter aberto a porta e saído.

Já repararam como uma mulher sobe uma série de degraus? Clare Cavendish fê-lo como todas o fazem, mantendo a cabeça baixa e os olhos postos nos pés, que ia colocando um à frente do outro, a cada degrau que subia. Era como ver um patinador no gelo a traçar uma linha de minúsculos oitos.

— Bem, olá — disse eu. Ela estava agora ao meu nível e levantou a cabeça. Sorriu. Vestia um casaco leve, tinha um lenço na cabeça e óculos escuros, embora estivesse escuro lá fora. — Estou a ver que vem disfarçada.

O seu sorriso hesitou ligeiramente.

— Não tinha a certeza — disse, atrapalhada. — Quer dizer, não sabia se estaria... não sabia se estaria em casa.

— Pois estou, como vê.

Tirou os óculos e olhou de perto para a minha cara.

— O que é que lhe aconteceu? — perguntou, num ímpeto arfante.

— Oh, isto? — disse, tocando na cara com um dedo. — Entrei pela porta de um armário. Entre.

Afastei-me e passou por mim, ainda a olhar com preocupação para a nódoa negra, roxa e amarela, por baixo do meu olho.

Fechei a porta atrás de nós. Tirou o lenço da cabeça e ajudei-a a despir o casaco. Senti o cheiro do perfume dela. Perguntei-lhe o nome e ela disse-me que era *Langrishe Lace.* Nesta altura já estava convencido de que o reconheceria em qualquer lado.

— Quer uma bebida? — perguntei.

Virou-se para mim. Estava a corar.

— Espero que não se importe que eu tenha vindo. Esperava ter notícias suas e, quando não tive...

*Quando não tiveste*, pensei, *decidiste meter-te no teu carrinho desportivo vermelho e vires ver o que o Marlowe está a fazer para ganhar o dinheiro que estás a pagar-lhe* — ou a não lhe pagar, como de facto acontecia.

— Desculpe, mas não tinha nada para si que valesse a pena partilhar. Tencionava telefonar-lhe amanhã de manhã, apenas para marcar presença.

— Quer que me vá embora? — perguntou numa voz subitamente desesperada.

— Não — respondi. — O que é que lhe deu essa ideia?

Descontraiu-se um pouco, sorriu e mordeu o lábio.

— Não é frequente sentir-me perdida, sabe? Você parece ter esse efeito em mim.

— Isso é bom ou mau?

— Não sei. Estou a tentar habituar-me, para poder avaliar.

Então beijei-a, ou ela beijou-me, ou talvez tivéssemos tido a mesma ideia ao mesmo tempo. Com as mãos comprimiu-me o peito, mas não para me afastar, e eu envolvi-a, pus-lhe as mãos nas costas e senti-lhe as omoplatas, como se fossem um par de asas quentes, cuidadosamente dobradas.

— Tome uma bebida — disse eu. A minha voz não estava muito firme.

— Talvez um pouco de uísque. Com água, sem gelo.

— À inglesa — comentei.

— À irlandesa, quer dizer. — Sorriu. — Mas apenas uma gota, a sério.

Encostou a face ao meu ombro. Pensei se saberia da minha conversa com a mãe. Talvez fosse por isso que viera, para saber o que a velhota tinha dito.

Afastei-me dela e fui preparar a bebida. Servi um uísque também para mim, um forte. Estava a precisar, embora não soubesse bem como iria misturar-se com o *brandy* que tinha bebido antes. Quando me virei, ela estava a olhar em volta, a assimilar tudo: a carpete gasta, a mobília modesta, os quadros anónimos em molduras baratas, o tabuleiro de xadrez disposto para um jogo solitário. Só nos apercebemos como o espaço em que vivemos é estreito quando outra pessoa entra nele.

— Então, esta é a sua casa — disse.

— Aluguei-a — respondi e apercebi-me de como parecia na defensiva. — A uma Mrs. Paloosa. Ela mudou-se para Idaho. A maior parte das coisas é dela ou do falecido Mr. Paloosa. — *Cala-te, Marlowe, estás a tagarelar.*

— E tem um piano — notou.

Estava a um canto, um *Steinway* vertical. Estava tão habituado a que estivesse ali que deixara de reparar nele. Foi até junto dele e levantou a tampa.

— Sabe tocar? — perguntei.

— Um pouco. — Corou novamente.

— Toque alguma coisa para mim.

Ela virou-se e lançou-me um olhar assustado.

— Oh, não posso fazer isso.

— Porquê?

— Bom, seria... seria vulgar. Além disso, não sou suficientemente boa para tocar para alguém, senão para mim. — Fechou a tampa. — E tenho a certeza de que está desafinado.

Bebi um pouco do meu uísque.

— Porque é que não nos sentamos? — sugeri. — O sofá não é tão incómodo como parece.

Sentámo-nos. Cruzou a perna e assentou o copo no joelho. Mal tocou no uísque. Lá fora, à distância, uma sirene da polícia começou o seu lamento. Acendi um cigarro. Há momentos em que sentimos que fomos levados à beira do abismo e deixados ali. Aclarei a voz e fi-lo novamente, porque precisava. Estava a pensar como teria ela arranjado a minha morada. Não me lembrava de lha ter dado... aliás, porque havia de o ter feito? Senti um pouco de incómodo. Talvez isso se devesse a todo aquele espaço que se abria por baixo de mim, mesmo a seguir à beira do rochedo.

— Sei que a minha mãe falou consigo — disse Clare. Estava novamente a corar. — Espero que tenha corrido bem. Ela pode ser um pouco dominadora.

— Gostei dela. Não tive a certeza de como é que ela soube de mim.

— Oh, o Richard disse-lhe, é claro. Ele conta-lhe tudo. Às vezes sinto-me como se ele fosse casado com ela e não comigo. O que é que ela lhe disse? Importa-se que pergunte?

— Não me importo nada. Perguntou-me porque é que me tinha contratado.

— Não lhe disse? — Pareceu alarmada. Olhei para ela impassível, e não respondi. Baixou os olhos. — Desculpe, esta foi estúpida.

Levantei-me, fui ao armário das bebidas e servi-me de outra dose de uísque. Sentei-me outra vez.

— Sabe, Mrs. Cavendish, sinto-me confuso nisto. Talvez não devesse confessá-lo, mas sinto-me.

— Nunca vai tratar-me por Clare? — perguntou, olhando para mim com aqueles olhos grandes e aqueles lábios entreabertos, a pedir beijos.

— Estou a esforçar-me.

Virei-me e caminhei um pouco de um lado para o outro, tal como Bernie uns momentos antes. Clare observava-me.

— Porque é que está confuso? — perguntou, por fim.

— Porque não consigo entender. Não sei o que pensar. Porque é que quer localizar o Nico Peterson? Gosta assim tanto dele? Do pouco que soube acerca dele não me parece nada o seu tipo. E, mesmo que fosse louca por ele, não estaria um pouquinho desiludida por a ter enganado, fingindo que estava morto? E, afinal, porque é que ele haveria de ter feito isso? Porque precisaria de desaparecer?

Estava outra vez de pé em frente dela, a olhar para baixo, e reparei que os nós dos dedos da mão que segurava o copo estavam brancos.

— Tem de dar-me alguma ajuda, Mrs. Cavendish, se quer que continue a procurá-lo, e que a trate por Clare.

— Que tipo de ajuda? — perguntou.

— Qualquer que lhe ocorra.

Acenou a cabeça distraidamente e continuou a olhar em redor.

— Tem família? — perguntou-me.

— Não.

— Pais?

— Já disse que não. Perdi-os cedo.

— Nem irmão, irmãs? Nem sequer primos?

— Primos talvez. Não mantenho o contacto.

Abanou a cabeça.

— Isso é triste.

— O que há de triste nisso? — perguntei, com uma irritação súbita a tornar a minha voz áspera. — Para si, uma vida solitária é inimaginável. Você é como um daqueles navios de cruzeiro chiques, atafulhado de marinheiros, empregados, engenheiros, tipos de fardas impecáveis e com galão entrançado nos bonés. Tem de ter toda essa manutenção, já para não referir as pessoas bonitas vestidas de branco e a fazerem jogos no convés. Mas está a ver aquele pequeno esquife a afastar-se no horizonte, aquele com vela preta? Esse sou eu. E estou feliz, além.

Pousou o copo no braço do sofá, com todo o cuidado para que ficasse equilibrado, e depois levantou-se. Havia poucos centímetros a separar-nos. Estendeu a mão e tocou na ferida da minha face.

— Tão quente. A sua pobre pele está tão quente.

Conseguia ver pequenas centelhas prateadas na íris dos seus olhos negros.

— Há uma cama, nesta casa? — perguntou em voz baixa. — Acha que Mrs. Paloosa se importaria que nos estendêssemos durante uns momentos, você e eu?

A minha garganta ia precisar de ser muito aclarada naquela noite.

— Tenho a certeza de que não — disse em voz grossa. — Aliás, quem irá dizer-lhe?

# 14

Havia um candeeiro no quarto, na mesa de cabeceira, com rosas pintadas no *abat-jour*. A pintura era muito básica, feita por um amador. Tinha querido desfazer-me daquilo, mas, não sei porquê, nunca o fizera. Não que estivesse preso a ele. Era uma peça de *kitsch*, tal como tantas outras coisas com que Mrs. Paloosa atafulhara a casa. Uma colecionadora de bugigangas, a Mrs. P. Ou talvez *acumuladora* seja uma palavra melhor. Acumulara todo aquele lixo e agora eu estava entalado com aquilo. Não que eu reparasse muito. A maior parte das coisas esbateu-se no cenário e já mal reparava nelas. Porém, aquele candeeiro foi a última coisa que vi naquela noite, quando o apaguei, e, na escuridão, a sua imagem iria ficar impressa no fundo dos meus olhos durante bastante tempo. O que é que Oscar Wilde disse sobre o papel de parede do quarto onde estava a morrer? Um de nós terá de desaparecer.

Agora estou deitado de costas, com a cara de lado na almofada, a olhar para aquelas rosas. Pareciam ter sido pintadas com grandes bolhas de doce de morango que depois secaram e perderam o brilho. Acabara de fazer amor com uma das mulheres mais belas que alguma vez tinha abraçado, mas, mesmo assim, não me sentia descontraído. A realidade é que Clare Cavendish estava fora do meu mundo e eu sabia isso. Ela tinha classe e dinheiro para queimar. Era casada com um jogador de polo e conduzia um carro italiano desportivo. Que diabo estava a fazer na cama comigo?

Não sabia que estava acordava, mas estava. Devia ter lido os meus pensamentos outra vez, porque perguntou, no seu tom sensual:

— Dorme com todos os seus clientes?

Voltei a cabeça para a dela, na almofada:

— Só com os do sexo feminino.

Sorriu. Os melhores e mais encantadores sorrisos contêm um toque de melancolia. O dela era assim.

— Estou satisfeita por ter cá vindo esta noite — disse ela. — Estava tão nervosa, e depois você olhou para mim tão friamente quando cheguei, que pensei que devia dar meia-volta e ir-me embora.

— Eu também estava nervoso. Fiquei contente por ter ficado.

— Bom, agora tenho de ir.

Beijou-me na ponta do nariz e sentou-se. Os seios eram tão pequenos que mal se viam quando estava deitada. A visão deles pôs-me a boca seca. Pareciam lisos por cima e cheios na parte de baixo e as pontas estavam viradas para cima de uma forma deliciosa que me fez sorrir.

— Quando volto a vê-la? — perguntei. Nestes momentos não há nada de original para dizer.

— Em breve, espero.

Virara-se de lado e estava sentada na beira da cama de costas para mim, a calçar as meias. Eram umas costas lindas, longas, esbeltas, estreitas. Queria um cigarro, mas não fumo na cama depois de fazer amor, jamais.

— O que vai fazer agora? — perguntei.

Olhou para mim por cima do ombro nu.

— O que quer dizer?

— São duas da manhã. Certamente não tem o hábito de ir para casa a esta hora, pois não?

— Oh, quer dizer, se o Richard estará a pensar onde estou? Calculo que ande por aí, algures, com uma das suas raparigas. Já lhe disse que temos um entendimento.

— *Acordo*, acho que foi a palavra que usou.

Estava novamente de cara virada para a frente, a remexer nos colchetes.

— Acordo, entendimento... qual é a diferença?

— Chame-me picuinhas, mas acho que existe uma diferença.

Pôs-se de pé, enfiou-se na saia e puxou o fecho *éclair* de lado. Gosto de observar as mulheres a vestirem-se. É claro que não é tão divertido como vê-las despirem-se. É mais uma experiência estética.

— De qualquer modo, ele está fora e não vai saber a que horas chego a casa. Não que se importasse.

Já reparara antes como ela falava do marido, naturalmente, sem azedume. Era evidente que aquele casamento estava morto e enterrado há muito tempo. Mas se ela julgava que um marido desinteressado era capaz de já não sentir ciúmes, não conhecia os homens.

— E a sua mãe? — perguntei, agora sentado na cama.

Estava a apertar a fivela de um grande cinto de cabedal, mas parou e olhou para mim, espantada.

— A minha mãe? O que é que tem a minha mãe?

— Ela também não a sente entrar?

Riu-se.

— Já esteve na minha casa. Não reparou como era grande? Temos uma ala para cada uma, ela de um lado, Richard e eu do outro.

— E o seu irmão... onde é que esse fica?

— Rett? Oh, esse anda mais ou menos a flutuar.

— O que é que ele faz?

— O que quer dizer? O meu outro sapato está desse lado da cama? Céus, nós andámos a arremessar tudo, não andámos?

Debrucei-me do lado da cama, descobri o sapato e entreguei-lho.

— Quero dizer, se ele trabalha?

Desta vez lançou-me um olhar malicioso.

— O Rett não precisa de trabalhar — disse, como se explicasse uma coisa a uma criança. — Ele é a menina dos olhos da mãe e tudo quanto tem a fazer é manter aquela carinha rosada e doce.

— Não me pareceu muito doce.

— Não precisa de parecer, a si.

— Pelo que vejo, não gosta muito dele.

Calou-se novamente, a pensar no assunto.

— Gosto dele, é claro... é meu irmão, afinal, ainda que sejamos filhos de pais diferentes. Mas não, não me parece que goste dele. Talvez um dia, se finalmente crescer. Mas duvido que isso vá acontecer. Pelo menos, enquanto a mãe for viva.

Parecia deselegante ficar ali sentado na cama, enquanto ela estava atarefada a preparar-se para enfrentar o mundo, mesmo que fosse o mundo da noite. Por isso, levantei-me e comecei a vestir-me.

Tinha a camisa vestida, quando se aproximou e me beijou.

— Boa noite, Philip Marlowe — disse ela. — Ou bom dia, acho que é isso que deve ser.

Começou a voltar-se, mas agarrei-a pelo cotovelo.

— O que é que a sua mãe disse quanto a ter falado comigo? — perguntei.

— O que é que ela disse? — Encolheu os ombros. — Não muito.

— Estava a pensar porque é que não me perguntou o que ela me disse. Não sente curiosidade?

— Eu perguntei.

— Mas não como se quisesse mesmo saber.

Virou-se para mim e lançou-me um olhar franco.

— Muito bem, então, o que é que ela disse?

Sorri.

— Não muito.

Não retribuiu o sorriso.

— A sério?

— Contou-me como é feito o perfume e falou-me do seu pai, de como ele morreu.

— É uma história cruel.

— Muito cruel. Ela é uma senhora forte, para ultrapassar uma coisa daquelas e prosseguir, fazendo tudo o que fez.

A boca dela contraiu-se um pouco.

— Ah, sim, ela é forte, é verdade.

— Gosta dela?

— Não acha que já me fez perguntas suficientes para uma noite?

Levantei as mãos.

— Tem razão, fiz. Só que...

Ela esperou.

— Bom, só o quê?

— Só que não sei se posso confiar em si ou não.

Ela sorriu friamente e, por momentos, vi a mãe nela, a mãe forte.

— Faça a aposta de Pascal — disse ela.

— Quem é Pascal?

— Um francês. De há muito tempo. Um filósofo, de um certo género. — Saiu para a sala. Eu segui-a. Estava descalço. Pegou na mala e virou-se para mim. A fúria fizera-a ficar pálida. — Como pode dizer que não confia em mim? — disse ela e apontou com a cabeça para a porta do quarto. — Como pode, depois *daquilo*?

Fui servir-me de outro uísque, de costas viradas para ela.

— Não disse que não confio em si, disse que não sei se devo ou não confiar em si.

Isso irritou-a tanto que bateu o pé. Tinha a imagem de Lynn Peterson parada à porta de casa do irmão a fazer a mesma coisa, por uma razão diferente.

— Sabe o que você é? É um pedante. Sabe o que é um pedante?

— Um camponês de beiços grossos?

Lançou-me um olhar bastante furioso. Quem diria que olhos daquela cor podiam gerar um tal fogo?

— E se há coisa que não é, é um cómico.

— Desculpe — disse eu. Provavelmente não soou como se fosse sincero. — Vou buscar o seu casaco.

Mantive-o aberto para ela. Limitou-se a ficar ali parada, olhando-me ainda furiosamente, com um pequeno músculo a tremer-lhe no maxilar.

— Estou a ver que me enganei a seu respeito.

— Sob que aspeto?

— Pensei que era... oh, não interessa.

Enfiou os braços nas mangas do casaco. Podia tê-la feito voltar-se, podia tê-la abraçado, podia ter pedido desculpa e dizê-lo de tal maneira que não houvesse dúvida de que falava verdade. Porque eu estava arrependido. Apetecia-me morder a língua. Ela era talvez a coisa mais maravilhosa que acontecera na minha vida até ao momento, mais maravilhosa do que Linda Loring e aqui estava eu, um fala-barato, a questionar a sua fiabilidade e a fazer comentários reles. Este é mesmo Marlowe. O índio que deita fora uma pérola que vale mais do que toda a tribo.

— Oiça, hoje aconteceu uma coisa — disse eu.

Voltou-se novamente para mim, parecendo subitamente preocupada e cansada.

— Oh. O quê? — perguntou.

Contei-lhe como fora a casa do Peterson, como Lynn surgira enquanto eu lá estava a revistar a casa, como os mexicanos tinham chegado e tudo o mais. Resumi, sem floreados. Enquanto falava ela mantinha os olhos na minha boca, como se estivesse a ler-me nos lábios.

Quando acabei, ficou imóvel, a piscar lentamente os olhos.

— E porquê — disse numa voz abafada. — Porque é que não me disse isso antes?

— Havia outras coisas a acontecer.

— Meu Deus! — Calou-se, abanando a cabeça. — Não o entendo. Toda esta noite quando — fez um gesto de desalento acenando com a mão —, o quarto e tudo aquilo... como é que pôde não me dizer... como é que pôde esconder-me?

— Não estive a esconder-lhe. Apenas me pareceu mais importante o que estava a acontecer entre nós.

Abanou outra vez a cabeça, com uma incredulidade irritada.

— Quem eram esses mexicanos? — perguntou.

— Andavam atrás do Nico. Tive a impressão de que ele tinha alguma coisa deles ou que lhes devia qualquer coisa... dinheiro, calculo. Sabe alguma coisa sobre isso?

Fez outro gesto com a mão, desta vez afastando impacientemente a ideia.

— Claro que não. — Olhou desesperada em redor da sala, depois olhou para mim outra vez. — Foi isso que aconteceu à sua cara? — perguntou. — Foram os mexicanos que lhe fizeram isso? — Acenei afirmativamente. Ficou a pensar, tentando juntar as peças, entendê-las. — E agora têm a Lynn. Vão fazer-lhe mal?

— São um duo muito duro — afirmei.

Ela levou a mão à boca.

— Meu Deus! — repetiu no mais leve murmúrio. Era demasiado para ela. Estava a ter dificuldade em assimilar aquilo. — E a polícia? A polícia apareceu?

— Sim, um tipo que eu conheço, do gabinete do xerife. Era ele a ir-se embora, quando você chegou.

— Ele esteve aqui? Falou-lhe de mim?

— Claro que não. Não faz ideia de quem você é, para quem estou a trabalhar, e nunca fará, a menos que me ponha perante um júri, em tribunal, e ele não vai fazer isso.

Estava novamente a piscar os olhos, ainda mais devagar do que anteriormente.

— Estou assustada — murmurou. Mas havia na sua voz a perplexidade de uma pessoa que não consegue entender como pôde meter-se numa confusão daquelas.

— Não tem de ter medo — disse eu e tentei tocar-lhe no braço, mas ela retirou-o rapidamente, como se os meus dedos lhe conspurcassem a manga do casaco.

— Agora tenho de ir para casa — disse friamente e voltou as costas.

Caminhei atrás dela pelos degraus de sequoia. O sopro frio que emanava dela devia ter deixado pingentes de gelo nas minhas sobrancelhas. Entrou no carro e mal fechei a porta já ela tinha posto o motor a trabalhar. Partiu numa nuvem de fumo de escape que me entrou na boca e picou nas narinas. Subi os degraus a pigarrear, mais uma vez. *Bom trabalho, Phil*, disse para comigo, descontente, *bom trabalho*.

Ia nos últimos degraus, quando o telefone começou a tocar. Quem quer que fosse, àquela hora da noite, não estava a telefonar com boas notícias. Cheguei ao telefone quando parou de tocar. Praguejei. Praguejo muito quando estou sozinho em casa. De certo modo, não sei como, praguejar torna a casa mais humana.

Terminei a minha bebida, depois levei os copos para a cozinha, o meu e o de Clare, lavei os dois no lava-loiça e pu--los no escorredor para secarem. Estava cansado. Doía-me a cara e os tambores tinham voltado na parte de trás da cabeça.

Ainda estava a felicitar-me com azedume pelo belo trabalho que fizera naquela noite com Clare, quando o telefone tocou novamente. Era Bernie Ohls. De certo modo, sabia que ia ser Bernie.

— Onde diabo estiveste? — rosnou. — Pensei que tinhas morrido.

— Saí por momentos para comunicar com as estrelas.

— Muito romântico. — Fez uma pausa, de efeito, creio. — Encontrámos a senhora.

— Lynn Peterson?

— Não... Lana Turner.

— Conta lá.

— Vem até cá e vê com os teus olhos. Reservatório da Encino. Vem pela Encino Avenue, vira à direita quando vires um letreiro «Proibida a Entrada». E traz os sais... não é uma cena bonita.

# 15

Conduzi com a janela aberta. O ar fresco da noite era suave na minha face inchada, mas não tão suave como foram os dedos de Clare Cavendish, a princípio, antes de eu ter estragado tudo e a ter mandado sair para a noite, assustada e furiosa. Não conseguia tirá-la da cabeça. Isso era bom, porque pensar nela significava que não tinha de pensar na irmã de Nico Peterson e no que era provável que estivesse à minha espera no reservatório. Também não me interessava deter-me no facto de ter cometido um erro tremendo, ao pôr os dois mexicanos furiosos comigo. Se não o tivesse feito, se me tivesse mantido calmo e sabido dar-lhes a volta, talvez pudesse ter evitado que eles levassem a mulher. Improvável, mas não impossível. Mas isso era algo para me sentir culpado mais tarde, não agora.

A viagem até Encino não era longa e, embora as ruas estivessem desertas, fui andando devagar, nada ansioso por lá chegar antes de ter de o fazer. Terry Lennox vivia dantes em Encino, numa grande mansão a imitar o estilo inglês, em oito mil metros quadrados de uma propriedade de primeira categoria. Isso fora nos tempos em que a mulher ainda estava viva e quando já tinham casado pela segunda vez — viveram juntos duas vezes, o que deve ser uma espécie de definição de problemas a dobrar.

Ainda sentia a falta de Terry. Ele, só por si, representava zona de catástrofe, mas era um amigo, e neste mundo, no meu mundo, isso é coisa rara. Não faço amizades facilmente. Perguntava-me onde estava ele agora e o que andaria a fazer. A última vez que soubera dele estava no México, a gastar o dinheiro da sua falecida mulher. Já não deveria sobrar muito, pensei, sendo Terry gastador como era. Disse para comigo que qualquer dia ia outra vez ao Victor's beber um *cocktail* de gim em sua honra. Costumava ser o nosso reduto, de Terry e meu. Fui lá umas duas vezes e fiz um brinde à sua, quando pensei que ele tinha morrido. Terry enganou-nos a todos durante um tempo.

Estava tão cansado que quase esbarrei no letreiro de «Entrada Proibida». Virei à direita e vi imediatamente as luzes lá em cima, à frente. Havia dois carros-patrulha estacionados, frente a frente, na berma da estrada, bem como o velho *Chevrolet* de Bernie e uma ambulância com as portas de trás abertas e a luz a jorrar cá para fora. Era uma cena estranha, ali, naquelas paragens solitárias, sob os pinheiros sentinelas.

Parei e, quando saí do carro, a parte inferior das minhas costas quase paralisou, de tal modo fiquei rígido depois daquela viagem. Pensei saudosamente na minha cama, mesmo sem Clare Cavendish nela. Estou a ficar demasiado velho para este tipo de trabalho.

Bernie estava ali com um tipo de bata branca que pensei que podia ser um profissional de medicina ou um dos homens do médico legista. Aos seus pés estava uma coisa com forma de um corpo, coberta com uma manta. Eu tinha um cigarro aceso, mas deitei-o para o chão e pisei-o. Depois de ter dado uns passos, tive de voltar atrás e certificar-me de que estava completamente apagado. Era uma coisa que podia incendiar West Hollywood, como me avisara o velhote da rua de Nico Peterson, mas Encino era diferente. Um incêndio em Encino iria abrir um buraco enorme nas finanças de metade das companhias de seguros do Condado de Los Angeles e mais além. A casa de Terry Lennox, ou a casa da mulher dele, fora avaliada em cem mil ou mais. Mas não tinha de me preocupar: afinal o chão estava ensopado depois da chuva recente e tudo cheirava a encharcado e resinoso.

Não longe de Bernie estavam três ou quatro polícias fardados e dois tipos à paisana, de chapéu, a brincarem com as luzes das lanternas no solo. As agulhas dos pinheiros brilhavam sob a luz. Tive a impressão de que ninguém se mostrava interessado na busca. Dois mexicanos, de carro, já há muito teriam atravessado a fronteira e não haveria quaisquer pistas que levassem até eles.

— Porque é que demoraste tanto? — perguntou Bernie.

— Fiz umas quantas paragens para admirar o cenário e perder-me em devaneios poéticos.

— Com certeza. Anda cá... O que é que tens andado a fazer, desde que saí de tua casa?

— A tentar pôr em dia o meu trabalho de tapeçaria — respondi. Olhei para o corpo que estava no chão, coberto pela manta. — É ela?

— Segundo a carta de condução dela. A identificação não vai ser fácil. — Levantou um canto da manta com a ponta de um dos seus sapatos pesados. — Não te parece?

Os mexicanos tinham feito um bom trabalho nela. Tinha uma cara muito maior do que a última vez que a vira. Estava inchada como uma abóbora e toda ela azul e preta. As feições também não estavam todas no sítio devido. E uma espécie de segunda boca fora aberta na garganta, por baixo do queixo. Isso devia ter sido feito por López, com a sua pequena faca. Por um segundo, revi mentalmente Lynn, em pé, junto ao lava-loiça, em casa de Peterson, com um tabuleiro de gelo na mão e a voltar-se, dizendo-me onde devia procurar as garrafas de *Canada Dry*.

— Quem a encontrou? — perguntei.

— Dois miúdos num carro, à procura de um lugar sossegado para curtirem a sério.

— Como é que ela morreu?

Bernie soltou uma espécie de gargalhada.

— Olha para ela. O que é que te parece?

O tipo de bata disse:

— Há uma ferida transversal profunda e contínua até aos triângulos anteriores do pescoço, cortando tanto as estruturas venosas como as arteriais, incompatível com a vida.

Olhei bem para ele. Era um tipo velho. Já vira de tudo e parecia cansado, como eu.

— Desculpe — disse Bernie descuidadamente —, este é o doutor... Como disse que se chamava?

— Torrance.

— Este é o Dr. Torrance. Doc, este é Philip Marlowe, um detetive de primeira. — Virou-se para mim. — O que ele quer dizer é que a garganta foi cortada. Na altura em que isso aconteceu posso dizer que foi um ato de misericórdia. — Enfiou o braço dele no meu, fez-me voltar de costas com ele e afastámo-nos um pouco.

— Diz-me a verdade, Marlowe — disse em voz baixa. — Esta fulana diz-te alguma coisa?

— Conheci-a hoje... ontem... pela primeira vez. Porquê?

— O médico disse que aqueles tipos se divertiram muito com ela. Percebes o que quero dizer? Isso foi antes de começarem a maltratá-la com cigarros acesos, as soqueiras e a faca. Lamento.

— Eu também, Bernie. Mas não vale a pena... Não vais a lado nenhum com esta conversa. Só a vi uma vez, e mal trocámos uma dúzia de palavras antes de os mexicanos terem chegado.

— Estavas a beber com ela.

Retirei o meu braço do dele.

— Isso não nos fazia candidatos a uma aliança de casamento. Tomo bebidas, a toda a hora, com todo o tipo de pessoas. Aposto que tu também.

Ele ficou para trás e olhou para mim.

— Ela deve ter sido uma tipa bonita, antes dos *cucarachos* lhe terem posto as mãos.

— Bernie, para com isso — suspirei. — Eu não conhecia a Lynn Peterson, não da maneira que tu sugeres.

— Certo, não a conhecias. Ela entra e dá contigo a revirar a casa do irmão...

— Por amor de Deus, Bernie, eu não estava a revirá-la.

— Seja como for, ela entra e dá contigo, a seguir entram dois *cucarachos* atrás dela, dão-te uma traulitada na cabeça e, rapidamente, deitam-lhe as garras maléficas. Agora está morta na berma de uma estrada em Encino. Se fosse eu, achas que dirias «Está bem, Phil, não te preocupes, continua com a tua atividade, tenho a certeza de que não tens nada que ver com o homicídio desta infeliz senhora, embora andasses à procura do seu irmão supostamente morto»? Bom, achas?

Suspirei novamente. Não apenas porque estava farto das insinuações de Ohls. Estava exausto.

— Certo, Bernie — disse eu. — Eu sei que só estás a fazer o teu trabalho, é para isso que te pagam. Mas vais perder muito tempo e aborreceres-te e irritares-te, se continuares a tentar ligar-me a isto.

— *Estás* ligado a isto — quase berrou Bernie. — És aquele que andou a bisbilhotar à procura do grupo deste Peterson e agora a irmã dele está morta. O que é isso, senão uma ligação?

— Sei que ela está morta. Acabaste de mostrar-ma, e aquele Albert Schweitzer explicou-o com pormenores sangrentos. Mas escuta, Bernie: isto nada tem que ver comigo. Tens de acreditar nisso. Eu sou aquilo que chamam uma testemunha inocente. — Bernie bufou. — Eu sou honesto. Acontece, sabes isso. Estás no guichê do banco e dois assaltantes entram atrás de ti e roubam até ao último cêntimo do cofre e matam o gerente a tiro, antes de fugirem com o saque. O facto de estares lá a tratar do teu assunto, a depositar dinheiro na tua conta ou a levantar algum, não significa que estás ligado ao roubo, pois não?

Bernie pensou melhor, mordendo o polegar de lado. Ele sabia que eu tinha razão, mas, num caso daqueles, todos os polícias detestam abrir mão de uma pista possível, que julgam que têm. Por fim, fez um grunhido de desagrado e sacudiu a mão na minha direção como se estivesse a matar uma mosca.

— Vá, põe-te a mexer — disse ele. — Estou farto de ti, meu palhaço hipócrita.

Não era agradável ouvir chamar-me nomes. Hipócrita ainda podia aceitar, mas ser enfiado no papel de Coco do nariz vermelho e sapato com o tamanho sessenta, era outra coisa.

— Vou-me embora, Bernie — disse, mantendo uma voz baixa e simpática, até mesmo respeitadora. — Tive um dia longo e difícil e preciso de deitar a cabeça dorida e descansar. Se descobrir alguma coisa sobre Nico Peterson ou sobre a irmã ou sobre a sua família e amigos e se achar que é pertinente para este caso, prometo que não te escondo. Certo?

— Vai-te matar — disse ele. Então, virou-me as costas e encaminhou-se para onde Torrance, o médico, estava a dirigir a colocação do corpo desfeito de Lynn Peterson na ambulância.

# 16

Pensei que era o fim da questão. Bernie não conseguiu nada sobre os mexicanos, como eu sabia que ia acontecer. Disse que ia contactar um amigo da polícia de fronteira, em Tijuana, sobre o paradeiro possível de Gómez e López, mas o amigo não ajudara nada. Houve duas coisas que me surpreenderam nisso. Primeira, que Bernie tivesse um amigo e ainda por cima em Tijuana. Segunda, que houvesse polícia de fronteira ali. Então é o que são esses tipos na fronteira, aqueles de camisa de caqui, com os sovacos manchados de suor, que olham para nós com olhos de tédio e nos fazem um sinal de mão para passarmos, sem se darem ao trabalho de tirar o palito da boca. Tenho de me lembrar de lhes mostrar mais respeito, da próxima vez que fizer o caminho para o México.

De qualquer modo, não sei até que ponto Bernie se esforçou para localizar os assassinos de Lynn Peterson. Ela não era nada parecida com Clare Cavendish, por exemplo. Descobriu-se que Lynn fora bailarina e trabalhara em clubes em Bay City. Eu sabia alguma coisa sobre esse tipo de vida e os respetivos apertos. Podia imaginar como teria sido. Tipos de pelo encaracolado nas costas da mão a tentarem apalpá-la a toda a hora.

Os empresários da noite que aplicavam as suas condições de trabalho particulares e próprias. A bebida, as drogas, o cansaço turvo do fim da noite e as madrugadas cor de cinza em quartos de hotel baratos. Do pouco que a tinha visto, tinha gostado dela. Merecia mais da vida e da morte.

Tinha de me obrigar a parar de pensar nos dois mexicanos. O tipo de raiva latente que sentia contra eles queimava-me a alma. Temos de esquecer as perdas e continuar. A ferida na face estava a cicatrizar bem e o alto na parte de trás do crânio tinha diminuído, até ficar do tamanho de um ovo de pomba.

Dois dias depois fui ao funeral de Lynn. Teve lugar numa casa mortuária em Glendale, não sei porquê. Talvez fosse onde ela tinha vivido. Foi cremada, como o irmão. A cerimónia levou cerca de três minutos. Só havia dois acompanhantes a velá-la: eu e uma velhota distraída com cabelo crespo e uma boca aumentada para cima, desenhada desajeitadamente com batom sobre a verdadeira. Depois tentei falar com ela, mas fugiu de mim como se eu fosse um vendedor de escovas. Disse que tinha de ir para casa, porque o gato já devia estar com fome àquela hora. Quando não estava a falar, movia aquela boca pintada numa espécie de murmúrio silencioso. Pensei quem seria... Não era a mãe de Lynn, disso tinha a certeza. Uma tia, talvez, ou talvez a senhoria dela. Queria fazer-lhe perguntas sobre a Lynn, mas ela não quis ficar e eu não tentei retê-la. É preciso dar de comer a um gato com fome.

Regressei ao escritório e estacionei o *Oldsmobile*. Fora da porta do Edifício Cahuenga, um tipo jovem e magrizela, com um casaco de xadrez vermelho e verde e um chapéu mole, descolou-se da parede e saiu-me ao caminho.

— Você é Marlowe? — Tinha um rosto magro e pálido com malares salientes e olhos sem uma cor específica.

— Sou Marlowe. Quem é você?

— O chefe quer falar consigo. — Olhou por cima do meu ombro para um grande carro preto estacionado na berma.

Suspirei. Quando um tipo daquele género nos sai ao caminho, nos faz estacar assim e nos informa de que o chefe quer falar connosco, já sabemos que há problema.

— Quem é o teu chefe? — perguntei.

— Entra lá no carro, 'tá bem? — Abriu a aba direita do casaco uns centímetros e deixou-me ver qualquer coisa preta e brilhante que lá tinha, convenientemente enfiada num coldre de ombro.

Encaminhei-me para o carro. Era um *Bentley* de volante à direita. Alguém devia tê-lo importado de Inglaterra. O miúdo com o objeto persuasor debaixo do braço abriu a porta de trás para que eu me enfiasse lá dentro. Quando me inclinei, pensei, por um momento, que ele ia pôr a mão em cima da minha cabeça, como fazem os polícias nos filmes, mas algo nos meus olhos lhe disse para não ir demasiado longe. Fechou a porta atrás de mim. Deu um estalido pesado e forte como a porta de um cofre de banco a fechar. Depois, voltou para o seu poiso junto à parede.

No carro, olhei em volta. Havia muitos cromados e nogueira muito polida. Os estofos de um creme claro tinham aquele cheiro a cabedal novo, que é sempre muito forte nestes modelos caros ingleses. Na frente, sentado ao volante, estava um negro, com um boné de motorista. Não fizera qualquer movimento: quando entrei, continuara a olhar em frente, através do para-brisas, embora, por um segundo, cruzasse o meu olhar com o dele no espelho retrovisor. Não era um olhar amistoso.

Virei-me para o tipo que estava ao meu lado.

— Então. Sobre o que é que quer falar?

Ele sorriu. Era um sorriso quente e expansivo, um sorriso de um homem bem-sucedido e feliz.

— Sabe quem eu sou? — perguntou em tom agradável.

— Sei, sei quem é. É Lou Hendricks.

— Ótimo! — O sorriso abriu-se ainda mais. — Detesto o aborrecimento das apresentações, e você? — Tinha um sotaque britânico pretensioso e postiço. — É uma perda de tempo precioso.

— Claro. Muito aborrecido para tipos ocupados como nós.

Pareceu não se importar que troçassem dele.

— Sim — disse, à-vontade. — Você é Marlowe, pronto. Já ouvi falar da sua língua afiada.

Era um homem grande, suficientemente grande para parecer que preenchia completamente um dos lados da parte de trás do carro excecionalmente grande. A cabeça era do formato de uma caixa de sapatos, assente em três ou quatro pregas no sítio onde costuma ser o queixo, e uma madeixa de cabelo espesso pintado, da cor de teca brilhante, estava colada, com risca ao meio, no crânio achatado. Os olhos eram pequenos e brilhavam de satisfação. Usava um fato assertoado, cortado em muitos metros de seda lilás, e uma gravata farfalhuda carmesim com um alfinete de pérola espetado nela. Para um bandido era, realmente, um modelo de elegância. Não teria ficado surpreendido se olhasse para baixo e visse que usava polainas. O Belo Lou, era como lhe chamavam, nas costas dele. Era dono de um casino no deserto. Um dos tubarões de Las Vegas, a par de Randy Starr e de dois outros duros, do negócio do jogo. Diziam que possuía muitas outras coisas além do Paramount Palace: prostitutas, droga e coisas do género. Era uma grande peça, o nosso Lou.

— Fui informado por fonte fidedigna de que anda à procura de alguém de quem eu gostaria também de saber.

— Oh? E quem será?

— Um tipo chamado Peterson. Nico Peterson. Esse nome diz-lhe alguma coisa, não diz?

— Acho que me diz qualquer coisa, realmente. Quem é a sua fonte de informação fidedigna?

O sorriso dele tornou-se malandro.

— Ah, vá lá, Mr. Marlowe... Você não revelaria uma fonte, porque há de esperar que eu o faça?

— Nisso tem razão. — Tirei a cigarreira, puxei um cigarro, mas não o acendi. — Tenho a certeza de que sabe que Nico Peterson morreu.

Ele confirmou, fazendo os queixos suplementares baloiçar.

— Foi isso que todos pensámos. Mas agora parece que podemos estar todos enganados.

Brinquei com o cigarro apagado, rolando-o nos dedos. Estava a tentar descobrir como é que ele soubera que o Peterson fora localizado, quando se esperava que estivesse morto. Hendricks não me parecia do tipo de quem estivesse relacionado com Clare Cavendish. A quem mais é que eu teria falado de Peterson? Joe Green, Bernie Ohls, Travis, o *barman*, e o velhote que vivia em frente da casa de Napier Street. Quem mais? Se calhar, fora o suficiente. O mundo é poroso, as coisas espalham-se sozinhas ou, pelo menos, assim parece.

— Acha que ele está vivo? — perguntei, ainda a jogar com o tempo. Ele fez o seu sorriso exultante e satisfeito, elevando os cantos dos olhitos brilhantes.

— Oh, vá lá, Mr. Marlowe — disse. — Sou um homem ocupado e tenho a certeza de que você também. Começámos muito ativamente, mas agora está positivamente a fazer render o peixe. — Oscilou, parecendo uma baleia encalhada na praia, tirou um grande lenço branco do bolso e assoou o nariz com um ronco. — O *smog* desta cidade — disse, guardando o lenço e abanando a cabeça — causa uma grande devastação nas minhas vias respiratórias. — Perscrutou-me. — Não o incomoda?

— Um pouco — respondi. — Mas já tenho problemas nesse campo.

— Ah, sim?

De repente, parecia não se importar de perder tempo.

— O septo esmagado — disse eu, tocando com o dedo na cana do nariz.

— Pfff, isso deve ter sido doloroso. Como é que aconteceu?

— Tempos de faculdade, uma jogada no futebol, para me tirarem a bola, depois um médico incompetente que me partiu outra vez o nariz a tentar consertá-lo, o que foi ainda pior.

— Santo Deus. — Hendricks estremeceu. — Mal posso imaginar. — Mesmo assim, percebi que queria ouvir mais. Recordei-me da reputação dele de hipocondríaco. Como é que a vida do crime origina tantos autênticos excêntricos?

— Sabe que mataram a irmã do Peterson? — perguntei.

— Sim, pois sei. Ouvi dizer que teve um encontro com duas pessoas truculentas do Sul.

— Está muito bem informado, Mr. Hendricks. Os jornais não diziam de onde eram os assassinos.

Sorriu timidamente, como se lhe tivesse feito um grande elogio.

— Oh, tenho um ouvido no solo — disse, modestamente. — Sabe como é. — Sacudiu uma partícula invisível de pó da manga do casaco. — Acha que aqueles cavalheiros do Sul também andavam atrás do irmão? Também esbarrou com eles, não foi? — Estalou a língua novamente. — Ou foram eles que esbarraram consigo? Essa ferida na sua cara diz muito.

Olhou para mim com simpatia. Era um homem que devia conhecer a dor, ou seja, aquela que é infligida aos outros. A seguir assumiu um ar profissional. — Bom, mas vamos voltar ao assunto em questão... gostaria, de facto, de dar uma palavrinha ao nosso amigo Nico, se é que ele, realmente, ainda está entre nós. Sabe, ele costumava ir fazer-me uns recados lá à terra do *sombrero* e da mula... nada de importante, apenas umas coisitas difíceis de chegar aqui, onde as leis são tão desnecessariamente severas. Na altura da sua suposta morte, tinha uma coisa minha, que ainda não apareceu.

— Uma mala? — perguntei.

Hendricks lançou-me um olhar prolongado e cauteloso, com os olhos a faiscar. Depois descontraiu-se, deixando a carcaça quadrada, envolvida em alfazema, afundar-se no cabedal macio do assento.

— Vamos dar uma volta? — perguntou, e depois disse para o negro, sentado à frente. — Cedric, leva-nos a dar uma volta pelo parque, está bem?

O olhar de Cedric encontrou o meu no retrovisor. Desta vez pareceu um pouco menos hostil. Acho que, naquele momento, ele já sabia que não havia nada em mim para que me tivesse rancor. Afastou o carro da berma. O motor devia ter estado sempre a trabalhar, mas eu não ouvira um som. Os Ingleses sabem mesmo fazer carros. Ao voltar-me para trás, vislumbrei o miúdo do chapéu a afastar-se da parede e a fazer um aceno apressado com o braço, mas nem Cedric nem o patrão repararam. Músculos daqueles são a um cêntimo a dúzia.

Entrámos suavemente no trânsito de Cahuenga, dirigindo-nos para sul a uns calmos quarenta quilómetros por hora. Era estranho andar num carro tão grande, tão silenciosamente. As corridas de automóveis, em sonhos, são assim. Hendricks abriu um compartimento de nogueira embutido na porta ao lado dele e tirou de lá um tubo de qualquer coisa, desatarraxou a tampa, espremeu um centímetro de pomada branca e começou a esfregá-la nas mãos. O perfume que aquilo exalava parecia-me conhecido. Olhei para o rótulo *«Lírio do Vale: Loção para Mãos»,* de Langrishe. Podia ter sido uma coincidência interessante, só que a maior parte das pessoas desta cidade que viviam acima da pobreza usava os produtos Langrishe. Pelo menos, era o que me parecia. Desde que conhecera Clare Cavendish que aquele maldito perfume estava em toda a parte.

— Diga-me, como é que sabia que era numa mala que eu estava interessado? — perguntou Hendricks.

Virei-lhe a cara e olhei para as casas e as lojas por onde íamos a passar, ao longo da Cahuenga. Que podia responder-lhe? Não sabia de onde saíra a palavra, saltara, simplesmente, surpreendentemente até para mim. Na verdade, não fora *mala* o que me ocorrera, mas a palavra espanhola *maleta,* e traduzira automaticamente.

*Maleta*. A quem é que ouvira dizer isso? Só podia ter sido aos mexicanos. Eu ainda devo ter continuado a ouvir, de qualquer maneira, depois de López me ter batido na cabeça com a pesada arma prateada, em casa de Nico, e de me ter deixado caído no chão. E eles devem ter começado a fritar a

Lynn Peterson enquanto eu jazia aos pés deles com estrelas e passarinhos a gorjear à volta da minha cabeça, como o Gato Silvestre depois de ter sido espancado pelo Piu-Piu.

Hendricks começara a tamborilar com os dedos em forma de salsicha no apoio de braço que tinha ao lado.

— Estou à espera que me responda, Mr. Marlowe — disse, parecendo ainda agradável e simpático. — Como é que sabe que era uma mala? Talvez tenha falado com o Nico. Chegou a ver o objeto em questão?

— Foi um palpite — disse eu canhestramente, e desviei novamente o olhar.

— Então deve ser vidente. É útil, ter esse dom.

Cedric desviara-se de Cahuenga e íamos agora para oeste ao longo do Boulevard Chandler. Bela via, o Boulevard Chandler, nada nele é mau: é largo, limpo e bem iluminado à noite. Porém, não era o parque. Seria uma das pequenas fantasias de Hendricks. Estava a ver que era um brincalhão.

— Oiça, Hendricks, pode dizer-me, por favor, do que se trata? — perguntei. — Diz que o Peterson tinha a sua mala, diz que ele morreu e que a perdeu ou que não morreu e a levou. O que é que isso tem que ver comigo?

Lançou-me um olhar tristonho, parecendo desgostosamente ofendido.

— Já lhe disse. O Peterson é dado como morto e depois, subitamente, já não está morto, e a seguir ouvimos dizer que você anda no rasto dele. Isso interessa-me. Quando sinto um formigueiro de curiosidade, tenho de coçá-lo... se me permite a grosseria.

— O que é que havia nessa mala?

— Também já lhe disse isso.

— Não, não disse.

— Quer um inventário pormenorizado, é isso?

— Não tem de ser pormenorizado.

O rosto dele tornou-se feio e, de repente, fez-me lembrar um rapaz gordo que conheci na faculdade, chamado Markson, se bem me lembro. Markson era filho de um homem rico, mimado e mal-humorado. Corava facilmente, tal como Hendricks, sobretudo quando estava aborrecido ou quando lhe diziam que não podia ter uma coisa que queria. Saiu ao fim de dois semestres, expulso, diziam alguns, por ter metido uma rapariga no quarto às escondidas e lhe ter batido. Não gosto dos Marksons deste mundo. Na verdade, eles são uma das razões por que estou na atividade em que estou.

— Vai dizer-me aquilo que quero saber? — perguntou Hendricks.

— Diga-me o que é e talvez eu diga. Ou talvez não.

Estava a olhar para mim e a abanar a cabeça.

— Você é um homem teimoso, Mr. Marlowe.

— É o que me dizem.

— Pode irritar-me seriamente... Para começar, com a sua atitude. Começo a pensar que talvez devesse dizer aqui ao Cedric que volte para trás e vá buscar o Jimmy. Jimmy é o jovem com aquele chapéu horrendo, que o convidou a entrar no carro. O Jimmy realiza por mim as tarefas mais... digamos... mais sujas.

— Se aquele biltre me tocar com um dedo, parto-lhe as costas — disse eu.

Hendricks arregalou os pequeninos olhos porcinos e disse:

— Ho-oh! Que duros ficámos, de repente.

— Quanto a nós não sei, mas eu sou duro, quando é preciso sê-lo.

Hendricks soltou uma risadinha que o fez estremecer todo, como se fosse uma gelatina dentro de um fato.

— És um reles bisbilhoteiro — lançou, sem levantar a voz. — Tens ideia das coisas que eu podia mandar o meu pessoal fazer-te? O jovem Jimmy pode não te impressionar muito, mas garanto-te, Marlowe, que há mais Jimmys de onde este veio e cada um é maior e pior do que o anterior.

Dei um toque no ombro do negro.

— Podes deixar-me aqui, Cedric. Gostava de esticar as pernas.

Ele ignorou-me, evidentemente, e prosseguiu alegremente a viagem.

Hendricks recostou-se no assento e massajou as mãos, desta vez sem loção.

— Não vamos ser desmancha-prazeres, Mr. Marlowe — disse ele. — Quando o apanhámos à porta do seu escritório, não parecia ser um homem com algo urgente a tratar, por isso, porquê essa pressa agora? Fique mais um pouco, desfrute do passeio. Podemos falar de outras coisas, se quiser. Que assuntos lhe interessam?

Ocorreu-me que ele estaria bem no Cahuilla Club, com aquela sua fala falsamente britânica e os modos afetados. Pensei que talvez ele já fosse membro do clube. De repente lembrei-me: Floyd Hanson deve ter-lhe falado de mim. Como podia ter-me esquecido da minha visita ao Cahuilla Club e da conversa que ali tive com o gerente? Ainda tinha o cigarro entre os dedos e acendi-o então. Hendricks franziu o sobrolho, carregou num botão do assento do braço e abriu a janela do lado dele. Soprei algum fumo na direção dele, como se fosse por acaso.

— Talvez possamos fazer uma troca — sugeri. — Conta-me o que sabe sobre a morte do Peterson e eu conto-lhe o que sei sobre a sua ressurreição. — Era um tiro no escuro, sobretudo porque o que eu sabia sobre Peterson, morto ou vivo, equivalia a um montinho de feijões, aliás, nem isso. Não havia monte, e os poucos feijões estavam secos e sem sabor. Ainda assim, era de tentar.

Hendricks estava a observar-me, a observar-me e a pensar. Acho que estava também a contar os seus feijões.

— Tudo quanto sei sobre isso, ou, pelo menos, o que me disseram, é que o pobre diabo foi atropelado em Pacific Palisades, numa noite escura, por um condutor irresponsável, que não parou.

— Foi lá ver onde isso aconteceu? — perguntei.

Ele franziu novamente a testa.

— Porquê? Devia ter ido? — perguntou. Desta vez, a causa da testa franzida era preocupação, e não reprovação pelo meu cigarro. Concluí que devia pensar que eu sabia muitas coisas, que não estava a dizer-lhe. Até que ponto poderia esticar a corda, com ele?

— Bom — continuei, tentando parecer convencido e sabedor —, se não morreu, então o que é que aconteceu naquela noite? Houve um cadáver, que foi levado para a morgue e identificado como sendo o do Peterson, que, depois, foi cremado. Isso teria de implicar alguma organização.

Para ser sincero, eu próprio não tinha pensado muito nesse aspeto específico da questão. Houve um cadáver, alguém morreu mesmo, e, quem quer que fosse, Lynn Peterson dissera que era o irmão. Mas se Peterson não tinha morrido, então quem era? Talvez fosse altura de ir falar novamente com Floyd Hanson.

Ou talvez não. Talvez fosse altura de me esquecer de Nico Peterson e da irmã, do Cahuilla Club e de Clare Cavendish... mas parei por ali. Clare? Era fácil afastar da minha mente os outros, mas não a loura de olhos negros. Já o disse antes e sei que vou ter razão para voltar a dizê-lo: as mulheres só trazem problemas, diga-se o que se disser, faça-se o que se fizer. Pensei nas rosas pintadas no candeeiro da minha mesa de cabeceira. Aquele *abat-jour*, tal como o papel de parede do Oscar Wilde, tinha mesmo de desaparecer.

Hendricks ficou novamente pensativo. Apesar de toda a sua eloquência fácil, não era tão rápido quando se tratava de pensar.

— O Nico deve ter organizado tudo — disse, por fim. — O acidente, o carro do atropelamento e fuga, a cremação. É óbvio, não é?

— Teria de ter tido ajuda. Além disso, teria de encontrar um voluntário... e ninguém tem amigos tão prestáveis.

Hendricks ficou calado, novamente, durante algum tempo, depois sacudiu a cabeça, como se tivesse moscas à volta.

— Nada disso interessa — afirmou. — Não quero saber de nada disso. Só quero saber se está vivo ou não e, se estiver, onde se encontra. Ele tem a mala, e eu quero-a.

— Certo, Hendricks — disse eu. — Vou ser franco consigo. E não se irrite comigo por isso. Não entrei neste carro de livre vontade, lembre-se.

— Certo. — Franziu o sobrolho. — Comece a ser franco.

Dei uma pancadinha com o cigarro na borda do cinzeiro do braço do descanso do meu lado. Tinha uma tampinha com uma mola. Alguém, calculo que o Cedric, esquecera-se de o despejar e saiu dele aquele cheiro acre. Provavelmente, seria o cheiro que os meus pulmões deitariam quando abrissem a minha cavidade torácica. Às vezes penso que devia largar o tabaco para sempre, mas, se o fizesse, não teria passatempos a não ser o xadrez, continuar a vencer-me no xadrez.

Inspirei fundo, sem fumo e disse:

— A verdade é que não sei mais do que você sobre o Peterson ou sobre qualquer outra coisa. Fui contratado para investigar a sua morte, porque havia essa questão de saber se, de facto, ela ocorreu. Falei com algumas pessoas, incluindo a irmã dele...

— Falou com ela?

— Durante cerca de cinco minutos, sobretudo para lhe dizer o que devia pôr na bebida que estava a preparar para mim. Irromperam então os dois homens do Sul e foi tudo.

— A Lynn Peterson não lhe disse nada? — Agora estava sentado, imóvel, e olhava para mim fixamente.

— Nada. Juro. Não houve tempo.

— Não disse nada sobre a mala?

— Não.

Ele pensou melhor.

— Com quem mais é que você falou?

— Ninguém de importância. Um velhote que vivia em frente do Peterson. O empregado de bar no Barney's Beanery, onde Peterson costumava ir, de vez em quando, beber um copo. O gerente do Cahuilla Club — era eu agora a fazer aquele olhar perscrutador — chamado Hanson, Floyd Hanson. — O nome não surtiu o efeito desejado, aliás, não teve efeito nenhum e nem sequer tenho a certeza de que o reconheceu. — Conhece-o? — perguntei, tão naturalmente quanto possível.

— O quê? — Ele não estava a ouvir. — Sim, sim, conheço-o. Vou às vezes ao clube, jantar ou fazer outra coisa qualquer.

— Piscou os olhos. — O que é que o Hanson tem que ver com o que quer que seja?

— Peterson foi morto à porta do Cahuilla Club.

— Eu sei isso... eu soube.

— Hanson foi uma das primeiras pessoas no local do acidente, naquela noite.

— Pois foi. — Calou-se, mordendo um dos lados do lábio. — Ele tinha algo a dizer-lhe... algo a contar-lhe?

— Não.

Naquele momento, Hendricks tirou a loção *Lírio do Vale* e fez outro tratamento para amaciar as mãos. Talvez lhe acalmasse os nervos ou o ajudasse a pensar. Nesse campo, ele precisava de toda a ajuda que pudesse ter.

— Olhe, Marlowe, gosto de si — disse. — Gosto da maneira como se comporta. Você tem cabeça, isso vê-se. Além disso, sabe manter a boca fechada. Faz-me falta um homem como você.

Ri-me.

— Nem se incomode a pedir — respondi. Ele levantou a mão do tamanho de um lombo de leitão. Porque é que os homens gordos insistem em usar anéis? Anéis em dedos assim fazem-me sempre lembrar aqueles suínos castrados premiados.

— Não estou a oferecer-lhe trabalho. Sei que estaria a perder tempo. Mas gostava de contratá-lo para procurar o Nico Peterson.

Ri-me novamente e, desta vez, pus mesmo nisso um pouco de alegria.

— Não está a perceber? Eu já ando à procura do Peterson, em nome de outra pessoa.

Fechou os olhos e abanou a cabeça.

— Refiro-me a procurá-lo a sério. É óbvio que até agora não se empenhou verdadeiramente nisso.

— Porque é que pensa isso?

Abriu os olhos e fixou-os em mim.

— Porque ainda não o encontrou! Eu conheço-o, Marlowe, sei como você é. Pensa numa coisa e vai conseguir fazê-la. — Naquele momento o sotaque britânico dele resvalou bastante. — Quanto é que lhe pagam? Umas centenas? Eu dou-lhe mil. Cedric! — Estendeu a mão. O negro do banco da frente inclinou-se para o lado, sem tirar os olhos da estrada, com um estalido abriu o compartimento das luvas, tirou de lá uma carteira preta comprida e passou-a para trás por cima do ombro. Hendricks pegou nela, abriu-a com um estalido do fecho e tirou de um compartimento interior cinco notas de cem dólares novas em folha e sacudiu-as na minha frente como uma mão de cartas. — Metade agora e metade quando o descobrir. O que me diz?

— Digo-lhe *pffff* — respondi. Apaguei o cigarro no cinzeiro e deixei a mola da tampa fechar-se com barulho. — Já fui contratado para encontrar o Peterson, se ele estiver vivo, o que provavelmente não acontece. Mas, se estiver, e eu o encontrar, não será para si que o farei. Percebeu? Tenho os meus princípios. Não são muito elevados, nem muito nobres, mas não estão à venda. Agora, se não se importa, vou voltar ao meu trabalho. Cedric, pare o carro e, desta vez, se não o fizer arranco-lhe o pescoço.

Cedric olhou pelo retrovisor, na direção de Hendricks, este fez-lhe um curto aceno de cabeça, encostámos à direita e parámos. Hendricks ainda tinha o dinheiro na mão, soltou um suspiro, voltou a enfiar as notas na carteira e fez estalar o fecho.

— Não faz mal — disse, franzindo os lábios, o que o fez parecer um bebé... um hipopótamo bebé, diga-se. — Se o encontrar eu vou saber. E nessa altura venho buscá-lo. Quando isso acontecer, espero que não tente meter-se no caminho, Mr. Marlowe.

Abri a porta, pareceu-me que continha tanto aço como o costado de um navio, e pus o pé no passeio. Virei-me então e disse:

— Sabe, Hendricks, vocês, gente da extorsão, são todos iguais. Acham que lá porque têm montes de massa e uma equipa de gorilas a defender-lhes as costas, não há ninguém que vos diga não. Bom, alguém acabou de lho dizer, e vai continuar a dizer-lho, por mais Jimmys que mande atrás de mim.

Hendricks olhava-me com um ar que parecia ser de genuína satisfação.

— Ah, Mr. Marlowe, você é um homem espirituoso, não há dúvida, e admiro-o por isso. — Com ar satisfeito acenou afirmativamente com a cabeça e, mais uma vez, foi a imagem perfeita de um verdadeiro cavalheiro britânico. — Espero que os nossos caminhos voltem a cruzar-se. Tenho quase a certeza de que voltarão.

— Se voltarem, tenha cuidado para não se deixar rasteirar. Adeus.

Saí do carro e fechei a porta atrás de mim. Enquanto o carro entrava no trânsito a ronronar, ouvi Hendricks a assoar-se outra vez. Parecia o som de uma sirene de nevoeiro ao longe.

## 17

Já passava muito da meia-noite e eu estava deitado em cima da cama em mangas de camisa, a fumar um cigarro e a olhar para o teto. O candeeiro de mesa de cabeceira estava aceso e aquelas rosas pintadas lançavam sombras nas paredes; pareciam manchas de sangue que alguém tivesse começado a tentar lavar e depois tivesse desistido.

Estava a pensar nisto e naquilo, sendo que isto era Clare Cavendish e aquilo era também Clare Cavendish. O lado da cama onde eu estava era o lado onde ela se deitara, e sentia o cheiro do seu cabelo na almofada ou, se calhar, pensava que sentia. Dizia para comigo que tinha feito muito bem em tê-la deixado ir-se embora. Não era apenas bonita, mas também riquíssima, e esse tipo de mulher não era para mim. Linda Loring, em Paris, era outra do mesmo género, por isso é que não me entusiasmava casar com ela, embora ela não parasse de pedir-me. Linda e eu tínhamos ido para a cama uma vez e acho que me amava, mas não sabia porque havia de achar que o amor tinha de levar inevitavelmente ao casamento. A irmã dela fora casada com Terry Lennox e acabara com uma bala na cabeça e o rosto esmagado. Não era propriamente um exemplo de felicidade conjugal. Além disso, eu já não era novo e, provavelmente, não iria casar com ninguém.

O telefone tocou e sabia que era Clare. Não sabia como o sabia, mas sabia-o. Tenho qualquer coisa com os telefones... detesto-os, mas parece que de alguma forma esquisita consigo estar no mesmo comprimento de onda.

— É você? — perguntou Clare.

— Sim, sou eu.

— Sei que já é tarde. Estava a dormir? Desculpe se o acordei. — Falava muito devagar, como se estivesse em transe. — Não sabia a quem mais telefonar.

— O que se passa?

— Estava a pensar... a pensar se podia vir cá a casa.

— A sua casa? Agora?

— Sim. Preciso... preciso de alguém que... — A voz começou a tremer e teve de parar por uns segundos e controlá-la. Parecia estar à beira da histeria. — É o Rett — disse.

— O seu irmão?

— Sim... o Everett.

— O que é que lhe aconteceu?

Calou-se novamente.

— Agradecia mesmo se pudesse cá vir. Acha que pode? Estou a pedir demasiado?

— Eu vou — respondi.

É claro que ia. Teria ido ter com ela, ainda que me chamasse do lado oculto da Lua. É estranho como as coisas podem mudar, de repente. Um minuto antes congratulava-me por me ter livrado dela, mas agora era como se uma porta se tivesse aberto de par em par dentro de mim e eu saísse por ela a correr, de chapéu na mão e abas do casaco a esvoaçar. Porque é que a tinha afastado com piadas estúpidas e agido como um tosco? Que raio se passava comigo, para mandar embora, de noite, uma mulher magnífica como aquela, com os lábios contorcidos como num torno e o rosto pálido de fúria? Achar-me-ia assim uma brasa, para pensar que podia afastá-la daquela maneira, como se o mundo estivesse cheio de Clares Cavendishes e me bastasse estalar os dedos para que outra viesse a correr até à minha porta, de cabeça baixa, pondo um pé direitinho à frente do outro, a desenhar pequenos oitos?

Lá fora, a rua estava deserta e das colinas escorria uma neblina quente. Do outro lado, os eucaliptos mantinham-se imóveis sob a luz do candeeiro de rua. Pareciam um grupo de acusadores a olharem-me em silêncio quando entrei no *Oldsmobile*. Não me tinham já dito isso? Não me tinham dito que eu fora um tolo, naquela noite, quando fiquei nos degraus de sequoia a ver Clare Cavendish descê-los à pressa, sem ter feito qualquer tentativa para a deter?

Atravessei a cidade, com demasiada velocidade, mas felizmente não havia carros-patrulha na rua. À minha frente uma Lua em quarto crescente voava no meio da neblina, quando cheguei à beira-mar e virei à direita. As ondas com aspeto fantasmagórico rebentavam sob o luar e, mais além, a noite era uma escuridão sem horizonte. *Preciso de alguém*, dissera ela. *Preciso de alguém*.

Virei nos portões de Langrishe Lodge e desliguei os faróis como Clare me pedira. Não queria que ninguém soubesse que eu vinha. Por «ninguém», entendi que se referia à mãe e talvez também ao marido. Contornei a casa e estacionei do lado da estufa. Havia luz em algumas janelas, mas não parecia haver gente em qualquer das divisões.

Desliguei o motor e fiquei sentado com a janela aberta, a ouvir ao longe o som do oceano e o estranho grito sonolento das aves marinhas. Precisava de um cigarro, mas não quis fazer lume. Na neblina, o ar punha uma humidade quente no meu rosto. Não podia ter a certeza de que Clare sabia que eu tinha chegado. Ela dissera-me onde parar e que iria ao meu encontro. Instalei-me e esperei. Faz parte da história da minha vida, ficar sentado dentro de automóveis pela noite dentro, com o cheiro de tabaco velho no nariz e os gritos das aves noturnas.

Não tive de esperar muito. Apenas uns dois minutos depois, detetei uma silhueta que se dirigia a mim, no meio da neblina. Era Clare. Vestia um casaco comprido escuro, apertado no pescoço. Saí do carro.

— Obrigada por ter vindo — disse ela num murmúrio agitado. Apetecia-me abraçá-la, mas não o fiz. Por um momento, apertou-me o pulso entre os dedos, a seguir virou-se para a casa.

Segui-a. As portadas estavam abertas e entrámos. Não acendeu a luz. Conhecia o caminho pela casa às escuras, mas eu tinha de avançar com cuidado entre os vultos escuros do mobiliário. Conduziu-me por uma longa escada em curva e por um corredor alcatifado. Havia apliques nas paredes, com as lâmpadas voltadas para baixo. Tinha tirado o casaco no rés do chão. Por baixo, trazia um vestido de cor creme. Os sapatos brancos estavam molhados do jardim, os tornozelos eram finos e torneados, com concavidades profundas atrás, suaves e claras, como o interior de uma concha, entre o osso e o tendão.

— Aqui — disse, e colou os dedos ansiosamente ao meu pulso.

O quarto tinha o aspeto de um cenário de cinema, não sei bem porquê. Talvez fosse da maneira como estava iluminado.

Havia dois candeeiros, um pequeno num toucador e um maior ao lado da cama, com um *abat-jour* castanho-claro que devia ter uns sessenta centímetros de diâmetro. A cama era do tamanho de uma jangada e Everett Edwards, Terceiro, parecia muito pequeno em cima dela, desfalecido e frio debaixo de um emaranhado de lençóis. Estava deitado de costas, de mãos cruzadas sobre o peito, como o cadáver de um mártir, num quadro de um mestre antigo. O rosto dele era da cor dos lençóis. E o cabelo pendia longo e ensopado em suor. Tinha vestida uma camisola interior com vomitado seco na frente, e salpicos de espuma seca nos cantos da boca.

— O que se passa com ele? — perguntei, embora achasse que podia bem adivinhar.

— Está doente — disse Clare, de pé ao lado da cama, a olhar fixamente para o irmão. Parecia a mãe do mártir. — Ele... ele tomou qualquer coisa.

Levantei-lhe o braço esquerdo, virei-o e vi as marcas de picadas, umas antigas outras recentes, que se estendiam numa linha irregular desde o pulso até à curva do braço.

— Onde está a agulha? — perguntei.

Ela fez um gesto nervoso com a mão.

— Deitei-a fora.

— Há quanto tempo está ele assim?

— Não sei. Talvez há uma hora. Encontrei-o nas escadas. Acho que andou a vaguear pela casa e deve ter desmaiado. Consegui trazê-lo para aqui. Este é o meu quarto, não é o dele. Não sabia que mais fazer. Foi quando lhe telefonei.

— Já tem estado assim?

— Assim não, não de uma maneira tão grave. — Olhou para mim com um ar arrasado. — Acha que vai morrer?

— Não sei. A respiração não está muito má. Chamou um médico?

— Não. Não me atrevi.

— Ele precisa de cuidados médicos. Tem telefone aqui?

Levou-me até à mesa de cabeceira. O telefone era personalizado, preto e brilhante, com rebordos prateados. Peguei no auscultador e liguei. Não sei como diabo sabia o número de cor. Era como se os dedos, e não eu, se lembrassem. Tocou, durante bastante tempo e depois uma voz áspera e fria disse:

— Está?

— Dr. Loring? — perguntei. — Fala Marlowe, Philip Marlowe.

Pareceu-me ouvir uma inspiração rápida. Seguiu-se, por uns segundos, um silêncio com zumbido e depois Loring falou:

— Marlowe — disse, fazendo parecer que pronunciava uma palavra maldita. — Por que diabo está a ligar-me a esta hora da noite? Ou porque é que está sequer a ligar-me?

— Preciso da sua ajuda.

— Tem a lata de...?

— Oiça — respondi —, não tem nada que ver comigo. Estou a falar em nome de uma amiga. Tenho aqui um homem desmaiado que precisa de ajuda.

— E está a ligar para *mim*?

— Não o teria feito, se conseguisse lembrar-me de outra pessoa.

— Vou desligar.

— Espere. E então o juramento que vocês fazem? Este homem pode morrer, se não tiver assistência.

Fez-se silêncio. Clare ficara mesmo ao meu lado durante todo o tempo, a olhar para mim, como se pudesse ler na minha cara a parte de Loring na conversa.

— O que é que se passa com essa pessoa? — perguntou Loring.

— Teve uma *overdose*.

— Tentou matar-se?

— Não, estava a chutar-se.

— A chutar-se? — Consegui imaginar a sua careta de repulsa.

— Sim, é um toxicodependente. Isso torna as coisas diferentes? Os drogados também são gente.

— Como se atreve a pregar-me sermões?

— Não estou a pregar-lhe sermões, doutor. É tarde, estou cansado, o senhor foi o único nome que me ocorreu...

— Essa pessoa não tem família? Não têm um médico assistente?

Clare continuava a observar-me, suspensa de cada palavra. Virei a cara e fiz concha com a mão no bocal do telefone.

— O nome desta gente é Cavendish — disse baixinho. — E Langrishe também. Isso diz-lhe alguma coisa?

Houve outro silêncio. Uma coisa boa de Loring é ser *snob*, o que era útil nas circunstâncias presentes, digamos. — Está a falar de Dorothea Langrishe? — perguntou. Consegui perceber a mudança de tom na voz dele, o ligeiro toque reverente que surgira nela.

— Certo. Por isso, está a ver a discrição que é necessária.

Ele hesitou apenas um momento e acrescentou:

— Dê-me a morada. Vou já.

Disse-lhe como chegar a Langrishe Lodge e expliquei como apagar os faróis e estacionar junto da estufa, como eu fizera. A seguir, desliguei e virei-me para Clare.

— Sabe quem era?

— O ex da Linda Loring?

— Certo. Conhece-o?

— Não, nunca o vi.

— É mandão e está apaixonado por ele próprio, mas, por acaso, é também um bom médico... e discreto.

— Obrigada — disse Clare com um aceno de cabeça.

Fechei os olhos e massajei as pálpebras com as pontas dos dedos. Depois olhei para ela e perguntei.

— Acha que pode arranjar-me uma bebida?

Por um segundo, pareceu desorientada.

— Há o uísque de Richard. Vou ver o que consigo encontrar.

— A propósito, onde está o Richard? — perguntei.

Encolheu os ombros.

— Oh, já sabe... fora.

— O que acontece se chega e vê o seu irmão neste estado?

— O que acontece? O Dick irá rir, provavelmente, e irá deitar-se. Não liga muito ao que se passa entre o Rett e eu.

— E a sua mãe?

Um lampejo de alarme perpassou no seu rosto.

— A minha mãe não deve saber. Não *deve*.

— Não devia ser informada? Afinal é filho dela.

— Isso iria matá-la de desgosto. Ela não sabe das drogas. Quando o Richard se zanga comigo, ameaça que vai dizer-lhe. É outra forma que ele tem de me dominar. Uma das muitas formas.

— Estou a ver o quadro. — Voltei a esfregar os olhos; parecia que tinham ficado um pouco queimados em frente de uma fogueira. — E essa bebida?

Ela saiu, voltou e sentou-se na beira da cama a olhar para o jovem inconsciente com a camisola interior vomitada e o cabelo em desalinho. Não me parecia que estivesse a morrer, mas não sou especialista no que toca a droga e drogados. Everett Terceiro era, sem dúvida, um veterano, algumas das marcas de agulha no braço já lá estavam há muito tempo. Mais cedo ou mais tarde a mãezinha iria descobrir o que o seu querido filho fazia quando não estava em casa com ela a acariciar-lhe o cabelo. Só esperava que não descobrisse da maneira mais difícil. Depois de ter perdido o marido como perdera, a última coisa de que precisava nesta fase da vida era outra morte violenta na família.

Clare surgiu com uma garrafa de *Southern Comfort* e um copo de uísque, de vidro lapidado. Serviu uma dose generosa e entregou-mo. Levantei-me e inclinei o rebordo do copo para ela, num gesto de agradecimento. Não gosto de *Southern Comfort*, é demasiado enjoativo para o meu gosto, mas servia. Comecei a tirar o cigarro da cigarreira, mas mudei de ideias, não pareceria bem fumar no quarto de Clare Cavendish.

Olhei novamente para o irmão dela.

— Onde é que ele arranja a droga? — perguntei.

— Não sei onde a arranja agora. — Olhou para o lado, mordendo o lábio. Mesmo no desgosto, era linda. — O Nico costumava arranjar-lhe alguma, de vez em quando. Foi assim que o conheci... O Everett apresentou-nos. — Esboçou um sorriso triste. — Está chocado?

— Sim, um pouco. Não sabia que você e o Peterson tinham esse tipo de relação.

— O que é que quer dizer? Que tipo de relação?

— O tipo de andar a dormir com um traficante de droga.

Retraiu-se ao ouvir isto, mas recompôs-se rapidamente. Estava a recuperar a calma, agora que sabia que a ajuda vinha a caminho e podia deixar de se culpar de tudo.

— Não entende as mulheres, pois não? — perguntou.

Subitamente, pensei se alguma vez a ouvira dizer o meu nome, se alguma vez me tratara por Philip. Acho que não, nem sequer quando estávamos juntos na cama, no brilho daquelas rosas pintadas de vermelho.

— Não, acho que não. Algum homem entende? — perguntei.

— Sim, conheci alguns homens que entendiam.

Engoli a minha bebida. Era, de facto, enjoativamente doce. Devem juntar-lhe caramelo, ou coisa parecida.

— Está a ser sincera comigo? Viu mesmo o Peterson, em Market Street, naquele dia?

Abriu muito os olhos.

— Porque é que havia de mentir?

— Não sei. Tal como disse, não a entendo.

Sentou-se na cama, juntou as mãos e pousou-as nos joelhos.

— Tem razão — disse baixinho. — Não devia ter tido nada com ele. Ele é... — procurou a palavra — é indigno. Parece estranho? Não quero dizer indigno de *mim*... Deus sabe que também não sou grande coisa. Ele é galanteador, engraçado e tem um espírito delicado. De certo modo, é até corajoso, mas no fundo existe um vazio.

Olhei-a nos olhos. Dentro deles vi que estava longe, muito longe. Ocorreu-me que não era de Peterson que estava a falar, que estava apenas a usá-lo como uma forma de falar de outra pessoa. Era verdade, tinha a certeza de que era isso, que alguém lhe era querido de uma forma que Nico Peterson nunca poderia ter sido... de uma maneira que um homem como eu também nunca poderia ser. De repente, apeteceu-me muito beijá-la. Não conseguia perceber porquê, ou seja, porque é que queria beijá-la agora, quando estava tão longe de mim, a pensar em alguém que amava. Não são só as mulheres que não entendo... também não me entendo a mim próprio, nem um bocadinho.

De repente, levantou a cabeça e estendeu a mão.

— Estou a ouvir um carro, deve ser o Dr. Loring — disse.

Avançámos pela casa escura pelo mesmo caminho por que viéramos e saímos para o jardim. Lá estava o carro de Loring, parado atrás do meu. Quando chegámos, Loring abriu a porta e saiu.

Era magro, com uns olhos arrogantes de bode. Tínhamos tido os dois algumas discussões duras. Não sabia se ele tinha conhecimento de que a mulher dele queria casar comigo. Provavelmente isso não teria feito diferença. Ele não conseguiria desprezar-me mais do que já desprezava. E já há algum tempo que tinha lavado as mãos, quanto a Linda.

— Marlowe — disse friamente —, como vê, vim.

Apresentei-o a Clare. Ele apertou-lhe rapidamente a mão e perguntou:

— Onde está o doente?

Voltámos a atravessar a casa até ao quarto de Clare. Fechei a porta atrás de nós, virei-me e encostei-me a ela. Achei que, a partir dali, Clare conseguia tratar do assunto sozinha. Everett era irmão dela e era melhor que eu me mantivesse o mais longe possível do caminho de Loring.

Ele aproximou-se da cama e pousou a mala preta em cima da colcha.

— O que foi? Heroína? — perguntou.

— Sim, acho que sim — respondeu Clare em voz baixa.

Loring tomou o pulso a Everett, levantou-lhe as pálpebras e examinou as pupilas, pôs-lhe uma mão no peito e pressionou suavemente duas vezes. Fez um sinal afirmativo de cabeça e tirou da mala uma seringa hipodérmica.

— Vou dar-lhe uma injeção de adrenalina. Volta a si num instante.

— Quer dizer que não é... não é grave? — perguntou Clare.

Ele lançou-lhe um olhar maligno. Os olhos dele tinham uma forma de parecerem mirrar nas órbitas, quando se sentia zangado ou ofendido, o que acontecia frequentemente.

— Minha cara senhora, o coração do seu irmão está a menos de cinquenta e a frequência respiratória está abaixo de doze. Devo concluir que durante algum período desta noite esteve à beira da morte. Felizmente é jovem e relativamente saudável. Porém — segurou o frasco de líquido transparente de boca para baixo e furou a tampa de borracha com a ponta da agulha hipodérmica —, se continua com este hábito, é quase certo que irá matar-se, mais cedo do que mais tarde. Há pessoas que conseguem viver com o vício da heroína, não vivem bem, mas vivem, mas, pelo que vejo, o seu irmão não é desse tipo.

Enfiou a agulha no braço de Everett e levantou o olhar para Clare.

— Ele é fraco. Tem escrito fraqueza no corpo todo. Devia metê-lo numa clínica. Posso dar-lhe alguns nomes de pessoas a quem telefonar e de locais para lá ir ver. De outro modo, e sem a menor dúvida, vai perdê-lo. — Tirou a agulha e voltou a metê-la na mala, juntamente com o frasco vazio. Virou-se novamente para Clare: — Tem aqui o meu cartão. Telefone-me amanhã.

Clare sentou-se outra vez na beira da cama com as mãos entrelaçadas pousadas no colo. Parecia que alguém lhe tinha dado um soco. O irmão remexeu-se e gemeu.

Loring virou-lhe bruscamente as costas.

— Saio consigo — disse eu.

Lançou-me um olhar frio.

Avançámos pela casa sombria. Loring era daqueles homens cujo silêncio era mais eloquente do que a sua conversa. Sentia que dele emanava desprezo e ódio como se fossem ondas de calor. Se a mulher o tinha deixado e agora queria casar comigo, a culpa não era minha.

Atravessámos a estufa escura e saímos para a noite. A neblina colava-se-me à cara como um lenço molhado. Ao longe, no mar, uma luz piscava no mastro do barco ancorado de alguém. Loring abriu a porta do carro, atirou a mala lá para dentro e voltou-se para mim.

— Não sei porque é que continua a surgir na minha vida, Marlowe. Isso não me agrada.

— A mim também não — respondi —, mas fico-lhe grato por ter cá vindo esta noite. Acha que ele podia ter morrido?

Encolheu os ombros.

— Tal como eu disse, ele é jovem e os jovens têm tendência para sobreviver a todo o tipo de autopoluição. — Estava prestes a entrar no carro, mas deteve-se. — Qual é a sua ligação a esta família? Diria que não está, de modo algum, ao nível social dela.

— Estou a fazer um trabalho para Mrs. Cavendish.

Emitiu um som, que vindo de outra pessoa poderia ser uma gargalhada.

— Ela devia estar em grande apuro, para ter de chamá-lo.

— Não está em qualquer apuro. Contratou-me para localizar alguém... um amigo dela.

— Porque é que não recorreu à polícia?

— É um assunto particular.

— Sim, você é bom a meter o nariz na vida particular das pessoas, não é?

— Olhe, doutor, que eu saiba nunca lhe fiz mal. Lamento que a sua mulher o tenha deixado...

Na escuridão, senti-o contrair-se.

— Como se atreve a falar do meu casamento?

— Não sei como me atrevo — respondi com enfado. — Mas quero que saiba que não lhe desejo mal nenhum.

— Acha que isso me interessa? Acha que a mínima coisa a seu respeito me interessa?

— Não, acho que não.

— A propósito, o que é que aconteceu à sua cara?

— Um tipo bateu-me com o cano de uma arma.

Ele soltou de novo aquele seu riso frio.

— Dá-se com boa gente.

Recuei.

— De qualquer modo, obrigado por ter vindo. Já não é mau, se salvou uma vida.

Pareceu ir dizer mais alguma coisa, mas meteu-se no carro, bateu com a porta, pôs o motor a trabalhar, fez uma inversão de marcha rápida, derrapou na gravilha e partiu.

Fiquei ali um minuto na escuridão húmida, com o rosto magoado virado para o céu, a aspirar o ar salgado da noite. Pensei voltar a entrar na casa, mas depois decidi não o fazer. Nada mais tinha a dizer a Clare, pelo menos esta noite. Mas ela estava de volta à minha vida. Oh, estava de volta, sim.

# 18

Quando eu era jovem, há uns milénios, pensava que sabia o que estava a fazer. Estava ciente dos caprichos do mundo — das reviravoltas que ele gosta de dar às nossas esperanças e desejos — mas, quanto às minhas ações, estava bastante confiante de que ia bem instalado no lugar do condutor, com o volante firmemente seguro nas mãos. Agora sei que é diferente. Sei que as decisões que pensamos que tomamos são, na verdade, apenas tomadas em retrospetiva, e que, no momento em que as coisas estão realmente a acontecer, o que fazemos é ir à deriva. Não me perturba muito este reconhecimento de que tenho muito pouco controlo dos meus assuntos. A maior parte das vezes sinto-me satisfeito por deslizar com a corrente, a remar com os dedos na água e a apanhar à mão os peixes estranhos, tirando-os do seu elemento. Há momentos, porém, em que desejo ter feito, pelo menos, algum esforço para olhar em frente e calcular as consequências do que estava a fazer. Estou a pensar, neste caso, na minha segunda visita ao Cahuilla Club, que foi, posso dizê-lo, feita com uma segurança muitíssimo diferente da primeira...

Era de tarde e o local estava movimentado. Havia uma espécie de convenção e muitos tipos, a maior parte velhos de camisas coloridas e bermudas de xadrez a circular entre as buganvílias, de copos altos na mão, nem todos eles muito firmes nas pernas. Todos usavam um fez vermelho parecido com um vaso virado ao contrário, com borla. Marvin, o porteiro contorcido, foi à minha frente até ao gabinete do gerente e depois fez-me sinal para avançar. Deixei o *Oldsmobile* à sombra de uma árvore e encaminhei-me para o edifício do clube. A meio do caminho encontrei o velhote-jovem que me abordara da última vez. Estava a varrer as folhas com um ancinho, para as afastar do caminho. Não pareceu reconhecer-me. De qualquer modo, saudei-o.

— O Capitão Gancho anda por aí? — perguntei. Lançou-me um olhar nervoso e continuou a varrer. Tentei novamente: — Como estão hoje os Rapazes Perdidos?

Ele sacudiu a cabeça teimosamente.

— Não devo falar consigo — murmurou.

— Ah, sim? Quem disse?

— Já sabe.

— O capitão?

Olhou de um lado para o outro, com ar cansado.

— Não devia falar nele — disse. — Vai meter-me em sarilhos.

— Bem, não quero fazer isso. Só que...

Uma voz soou atrás de nós.

— Lamarr? Não te disse que não deves incomodar os visitantes?

Lamarr sobressaltou-se, fazendo um movimento para proteger os ombros, como se esperasse uma pancada. Floyd Hanson surgiu a passear com a mão no bolso das calças de pregas, acabadas de passar. Hoje vestia um casaco de linho leve, azul-claro, uma camisa branca e uma gravata de cordão apertada com uma cabeça de touro talhada numa pedra preta brilhante.

— Olá, Mr. Hanson. O Lamarr não estava a incomodar — disse eu.

Hanson fez-me um sinal afirmativo, com o seu sorrisinho maldoso, e pousou a mão no ombro de Lamarr, coberto de caqui, falando-lhe baixinho:

— Agora vai-te embora, Lamarr.

— Com certeza, Mr. Hanson — respondeu Lamarr a gaguejar. Lançou-me um olhar que era um misto de ressentimento e receio. Depois afastou-se a arrastar os pés com o seu ancinho a reboque. Hanson ficou a vê-lo afastar-se com uma expressão indulgente.

— Lamarr tem um bom coração, só que fantasia demasiado — disse ele.

— Pensa que você é o Capitão Gancho — comentei.

Concordou com um aceno de cabeça.

— Não sei como é que conhece o Peter Pan. Acho que alguém lhe deve ter lido a história um dia ou que talvez o tenham levado a ver o espetáculo. Afinal, até os Lamarrs deste mundo têm mãe. — Virou-se para mim. — O que posso fazer por si, Mr. Marlowe?

— Ouviu falar de Lynn Peterson? — perguntei.

Franziu a testa.

— Claro. Uma coisa trágica. Creio que vi o seu nome algures nas notícias de jornal sobre a morte dela. Estou certo?

— Provavelmente viu. Eu estava com ela quando os assassinos a levaram.

— Entendo. Deve ter sido angustiante.

— Pois. *Angustiante* é a palavra.

— Porque é que a «levaram», como diz?

— Andavam à procura do irmão dela.

— Apesar de estar morto?

— Está?

Hanson não comentou e limitou-se a lançar-me um longo olhar pensativo, com a cabeça inclinada para o lado.

— Veio fazer-me mais perguntas sobre o Nico? — indagou. — Não há mais nada que possa dizer-lhe.

— Conhece um tipo chamado Lou Hendricks? — perguntei.

Pensou.

— O tipo que dirige um casino no deserto? Conheci-o. Esteve aqui no clube uma ou duas vezes.

— Não é membro?

— Não. Veio cá como convidado.

Lá adiante, no relvado, os membros da convenção soltaram vivas ruidosos. Hanson olhou naquela direção, fazendo pala com a mão sobre os olhos.

— Hoje temos cá os Shriners, como vê — informou. — Estão a fazer um torneio beneficente. Têm tendência para se tornarem um pouco barulhentos. Quer uma bebida?

— Acho que não faria mal. Desde que não seja chá.

Ele sorriu.

— Venha por aqui.

Entrámos pela porta da frente, passámos pela secretária ornamentada e a rececionista empertigada de óculos azuis. Havia grupos de velhos de fez a deambularem pelos corredores, pelo bar e pela sala de jantar.

— Vamos até ao meu gabinete — sugeriu Hanson. — Está mais calmo.

O gabinete dele era uma sala elegante, discretamente mobilada com peças selecionadas de mobiliário claro e belas carpetes índias no chão. As paredes estavam apaineladas com cerejeira e havia uma secretária igual à que estava na receção, mas maior e mais ornamentada. Não havia dúvida de que Hanson não poupava, quando se tratava do conforto da sua pessoa. Do que senti a falta foi de quaisquer sinais de vida pessoal: nenhuma fotografia emoldurada de uma esposa e de miúdos ou uma fotografia com *glamour* de uma namorada, com um cigarro e um aceno à Veronica Lake, que os tipos como Hanson têm, geralmente, em lugar de destaque na secretária. Talvez ele não gostasse muito de senhoras, ou talvez o clube não visse com bons olhos o toque pessoal. O que é que isso interessava? Fosse como fosse, havia qualquer coisa quase estranha na arrumação exagerada do local.

— Sente-se, Mr. Marlowe — convidou Hanson. Foi até um armário onde estava arrumado um conjunto de garrafas. — O que posso oferecer-lhe?

— Um uísque seria ótimo.

Procurou entre as garrafas.

— Tenho aqui um *Old Crow*... serve? Eu sou um homem de *Martini.*

Serviu-me um forte, juntou-lhe uns cubos de gelo e veio entregar-me o copo. Eu estava sentado num sofá liso, pequeno, com pernas de madeira chanfradas e costas altas.

— Não me acompanha? — perguntei.

— Enquanto estou a trabalhar, não. Mr. Canning tem uma opinião severa sobre os perigos da bebida. — Fez o seu sorriso cintilante.

— Importa-se que fume? Mr. Canning tem também a sua opinião sobre o fumo?

— À vontade. — Viu-me acender o cigarro. Estendi-lhe o maço, mas abanou a cabeça. Voltou para a secretária e sentou-se na frente dela de braços e pernas cruzados. — É um homem persistente, Mr. Marlowe — disse jovialmente.

— Quer dizer que sou um grande chato.

— Não foi isso que disse. Admiro a persistência.

Sorvi a minha bebida, fumei o meu cigarro e olhei em redor.

— O que é que faz, exatamente, Mr. Hanson? — perguntei. — Sei que é o gerente, mas o que é que isso exige de si?

— Há muito trabalho administrativo na gestão de um clube como este. Iria ficar admirado, se soubesse.

— Mr. Canning dá-lhe liberdade de ação?

Os olhos dele estreitaram-se ligeiramente.

— Mais ou menos. Digamos que temos um acordo.

— Qual é? — Pareceu-me que começava a conhecer muita gente com acordos entre si.

— Deixa-me gerir o local sozinho e eu não o incomodo, quando surgem dificuldades. A menos que as dificuldades sejam... como direi?... difíceis para eu gerir sozinho.

— Nesse caso, o que acontece?

Sorriu, franzindo os cantos dos olhos.

— Nesse caso, Mr. Canning assume o comando — disse em voz baixa.

Dei comigo a piscar os olhos como se tivesse poeira neles. O uísque parecia estar a fazer a sua magia muito rapidamente.

— Estou a ver. Tem um respeito saudável pelo seu patrão.

— É uma pessoa que impõe respeito. Já agora, como está o seu uísque?

— A minha bebida está ótima. Sabe a lareira de nogueira em tardes de outono, no mato de Kentucky.

— Acho que, de certo modo, é um poeta, Mr. Marlowe.

— No meu tempo, li um poema ou dois de Keats e também de Shelley. — De que diabo estava eu a falar? Parecia que, de repente, a minha língua tinha vontade própria. — Mas não vim aqui para falar de poesia — acrescentei. Dei comigo a escorregar pelo sofá e a debater-me para ficar direito. Olhei para o copo que tinha na mão. A bebida tremia e os cubos de gelo batiam uns nos outros com um som suave, como se estivessem a falar sobre mim entre eles. Olhei outra vez a sala em volta, pestanejando um pouco mais. O Sol brilhava muito na janela, cortante como uma lâmina de espada, através das ripas da persiana de madeira.

Hanson observava-me com uma cuidadosa atenção.

— O que é que veio aqui procurar, Mr. Marlowe? — perguntou.

— Vim cá para falar um pouco mais sobre o Peterson, não é? Ou seja, Nico Peterson. — Estava a ter problemas com a minha língua, outra vez. Parecia ter inchado até ficar o dobro do tamanho normal e parecia uma batata mole e quente com casca grosseira dentro da boca. — Não para falar da irmã dele. — Franzi o sobrolho. — Embora tenha falado dela, não foi? Lynn é o seu nome. Era. Uma mulher bonita. Lindos olhos. Olhos verdes, bonitos. É claro que a conhece.

— Conheço?

— Claro que sim. — Agora estava a ter dificuldade com os *esses*. Ficavam constantemente presos nos dentes da frente, como pontas do fio dental com nós. — Ela estava cá, no dia em que vim falar consigo. Quando foi? Bom, não interessa. Vimo-la a sair da... como se chama?... da pis... da *piscina*. — Inclinei-me para a frente, para colocar o copo numa mesa baixa, de vidro, em frente do sofá, mas calculei mal e larguei-o quando ainda faltavam uns centímetros e aterrou no vidro com uma forte pancada. — Sabe uma coisa? Acho que...

A minha voz cedeu, por fim. Estava a deslizar outra vez no sofá. Hanson parecia muito longe e muito acima de mim e a oscilar, como se eu estivesse debaixo de água a olhar para cima, para ele, através da superfície ondulante.

— Sente-se bem, Mr. Marlowe? — perguntou numa voz que ressoou nos meus ouvidos. Estava encostado à secretária, ainda de braços cruzados. Vi que estava a sorrir.

Com grande esforço, consegui que a minha voz voltasse a funcionar.

— O que é que pôs na bebida?

— O que se passa? Parece que está a enrolar as palavras. Pensava que era um homem que conseguia aguentar a bebida, Mr. Marlowe. Parece que me enganei.

Estendi uma mão na tentativa disparatada de o agarrar, mas ele estava demasiado longe e além disso não creio que os meus dedos tivessem força para se prenderem a qualquer coisa. Subitamente, perdi o controlo e senti-me cair pesadamente no chão, como um saco de cereal. A seguir a luz apagou--se lentamente.

# 19

Não era a primeira vez que me enfiavam um sedativo na bebida, e provavelmente não seria a última. Como tudo o mais, aprende-se a arcar com isso, ou, pelo menos, com as consequências. Tal como agora, por exemplo, quando recuperei os sentidos e soube que não podia abrir imediatamente os olhos. Primeiro, quando se está nesse estado, até o mais suave raio de luz pode atingir os nossos olhos como um borrifo de ácido. Segundo, é sempre melhor deixar quem quer que nos aplicou a dose pensar que ainda estamos fora de combate. Assim, temos algum tempo para ponderar e talvez congeminar a jogada seguinte, enquanto o corpo se readapta a qualquer ambiente e circunstâncias em que se encontre.

A primeira coisa de que me apercebi foi que estava amarrado. Estava sentado numa cadeira de costas direitas e amarrado a ela com laçadas de corda. Também as mãos estavam amarradas atrás das costas. Não fiz qualquer movimento: limitei-me a ficar ali afundado, com o queixo sobre os ombros e os olhos fechados. O ar à minha volta estava quente, proporcionava uma sensação envolvente e parecia-me ouvir água a marulhar suavemente com um som oco e um eco. Estaria numa casa de banho? Não, o local era maior do que isso. Senti naquele momento o cheiro a cloro. Uma piscina, então.

Sentia a cabeça como se tivesse sido atafulhada de algodão e a ferida na parte de trás, causada por López, ganhara uma nova vida.

Alguém gemeu ali perto. O gemido continha um ruído que me dizia que quem gemia estava a sofrer muito, talvez mesmo a morrer. Durante uns segundos pensei se fora a mim próprio que ouvira. Uma voz falou então a alguns metros de distância:

— Deita-lhe alguma água, acorda-o.

Não reconheci a voz. Era a voz de um homem não jovem. Havia nela um toque duro. Quem quer que fosse, estava habituado a dar ordens e a ser obedecido.

Houve uns sons sufocados e uma tosse rouca e o som de água a ressaltar sobre pedra.

— Ele está quase pronto, Mr. C. — disse outra voz.

Parecia-me que reconhecia esta ou, pelo menos, que já a tinha ouvido. O sotaque era-me familiar, mas o tom, não.

— Não o deixes ir já — disse a primeira voz. — Ele tem de pagar um pouco mais, antes de ser largado. — Houve um silêncio e ouvi passos aproximarem-se, com estalidos fortes e o ecoar da sola dos sapatos no que devia ser um chão de mármore, e pararem na minha frente.

— E este? Já devia ter acordado.

Subitamente, uma mão agarrou-me o cabelo por trás e com um esticão levantou-me a cabeça, de modo que os meus olhos se abriram como os de uma boneca. A luz não me atingiu com demasiada força, mas nos primeiros segundos a única coisa que consegui ver na minha frente foi uma neblina ardente e esbranquiçada com alguns vultos esbatidos a moverem-se no meio dela.

— Ele está acordado — disse a primeira voz. — Ótimo.

A neblina começou a dissipar-se. Estava na sala da piscina. O espaço era largo e comprido e tinha um teto de vidro, em abóbada, por onde entrava a luz do Sol. As paredes e o chão estavam revestidos com grandes mosaicos de mármore branco, com veios. A piscina devia ter uns quinze metros de comprimento. Não conseguia ver quem estava atrás de mim, ainda agarrado a um punhado dos meus cabelos. Na minha frente, um pouco desviado para um lado, estava Hanson, pálido e com ar doente, com o casaco azul-claro e a gravata-cordão com a cabeça de touro no fecho.

Ao lado de Hanson estava um homem mais velho, entroncado, completamente calvo, com um crânio pontiagudo e espessas sobrancelhas pretas que pareciam ter sido pintadas na cara. Calçava botas castanhas até ao joelho, tão brilhantes como castanhas acabadas de tirar do ouriço, calças de sarja e uma camisa preta de colarinho aberto. Ao pescoço tinha um conjunto de dentes de lobo enfiados num fio, juntamente com um amuleto índio feito de uma espécie de osso com um grande olho azul oblíquo pintado no meio. Segurava na mão direita uma bengala de castão a que os Ingleses chamam «bastão de comando», creio. Parecia uma mistura da versão reduzida de Cecil B. DeMille com a de um domador de leões reformado.

Aproximou-se de mim, observando-me, com a cabeça calva inclinada e a bater levemente na coxa com o seu bastão de bambu. Parou, inclinou-se e pôs a cara à altura da minha, parecendo que os cruéis olhos azuis espreitavam a minha alma.

— Sou Wilberforce Canning — disse.

Tive de me esforçar para desenrolar os lábios e a língua, antes de conseguir que a minha voz funcionasse outra vez.

— Calculei que fosse — respondi.

— Ah, sim, ainda bem para si. — Hanson pairava por trás do ombro dele ansiosamente, como se pensasse que eu podia libertar-me das cordas e atirar-me ao baixote. De modo nenhum. Além de as cordas me prenderem fortemente à cadeira, tinha quase tanta força em mim como um gato com sarna.

— Como é que arranjou essa cicatriz na cara? — perguntou Canning.

— Um mosquito picou-me.

— Bom, esse tinha dentes.

Espreitei a piscina para lá de Canning. A água azul parecia dolorosamente convidativa. Imaginei-me a flutuar na sua superfície fresca e sedosa, calmo e aliviado.

— O Floyd diz-me que você é um homem muito curioso, Mr. Marlowe — disse Canning, ainda inclinado para a frente e a olhar fixamente para a minha cara. Com a ponta do bastão, tocou, quase acariciando, o meu rosto e a cicatriz. — A curiosidade pode ser uma coisa muito incómoda. — Houve outro gemido vindo de algures do meu lado direito. Tentei olhar nessa direção, mas Canning encostou com força o bastão de comando à minha cara e não me deixou virar a cabeça. — Agora preste apenas atenção a mim — disse ele. — Concentre-se na questão em causa. Porque é que anda a fazer essas perguntas todas sobre o Nico Peterson?

— Que perguntas todas? Tanto quanto vejo, só há uma.

— E qual é?

— Se está morto ou a fingir que está.

Canning fez um sinal afirmativo de cabeça, deu um passo atrás e o que estava atrás de mim largou-me, finalmente, o cabelo. Já livre para olhar, virei a cabeça. Gómez e López estavam ali, a uns três metros e meio de mim, para o lado direito da piscina e de frente para a água, sentados lado a lado, em cadeiras de costas direitas às quais, tal como eu, estavam amarrados com metros de corda fina e fortemente entrançada. Pude ver que López já estava morto. A cabeça dele era uma massa de golpes profundos e hematomas e havia uma cascata de sangue meio seco, a brilhar na frente da camisa havaiana. Tinha o olho direito fechado pelo inchaço, enquanto o esquerdo estava fora da órbita, injetado de sangue e a olhar ferozmente. Alguém lhe tinha batido de um lado da cabeça com muita força, força suficiente para lhe fazer saltar o globo ocular. O lábio leporino estava agora aberto numa dúzia de sítios.

Gómez estava também num frangalho, com o fato azul--claro rasgado e todo ele salpicado de sangue. Pelo menos, um deles não se tinha contido e o cheiro não era agradável. Era Gómez que estava a gemer. Parecia semiconsciente e aterrado, como um homem a sonhar que estava a cair de um telhado de um edifício alto. Pareceu-me que era uma questão de tempo até ir juntar-se ao *compañero* no outro mundo. Um homem morto à pancada e outro ali, a caminho disso, é uma visão terrível, mas não me sentia com vontade de lamentar aquele par. Lembrei-me de Lynn Peterson, naquela noite, jazendo nas agulhas de pinheiro à beira da estrada, com a garganta cortada, e de Bernie Ohls a contar-me o que lhe fora feito antes de morrer.

Agora o que me agarrava o cabelo deu um passo e ficou onde podia vê-lo. Era Bartlett, o mordomo, o velhote que servira o chá a Hanson e a mim, a primeira vez que fui ao clube. Estava com o seu colete de riscas e as calças pretas, por baixo de um avental branco comprido, cujas fitas estavam apertadas atrás num laço bem feito, e tinha as mangas da camisa enroladas. Não parecia mais novo do que me parecera antes e a pele ainda era cinzenta e de aspeto flácido, mas, por outro lado, parecia um homem diferente. Como é que não reparara que era tão vigoroso, duro e musculado, de braços curtos e peito semelhante a um barril? Um ex-pugilista, pensei. Tinha salpicos de sangue na parte da frente do avental. Na mão direita segurava um cassetete, num brinquinho, como nunca se vira, polido e a brilhar devido ao uso frequente. Bom, acho que os mordomos são chamados a realizar todo o tipo de tarefas ao longo do seu dia de trabalho. Perguntei-me se ele teria tirado o cassetete a López, aquele com que ele me agredira.

— Lembra-se destes cavalheiros, com certeza. — Canning fez um gesto na direção dos mexicanos. — Mr. Bartlett esteve aqui numa longa consulta com eles, como vê. Foi bom estar mergulhado num sono tão profundo, porque foi uma conversa ruidosa e, por vezes, penosa de assistir. Virou-se para o mordomo. — Leva-os daqui, Clarence, sim? O Floyd ajuda-te.

Hanson olhou para ele horrorizado, mas foi ignorado.

— Certo, Mr. Canning — disse Bartlett. Virou-se para Hanson bruscamente. — Eu levo este cavalheiro, leva tu o outro.

Deu a volta e foi para trás da cadeira de Gómez, agarrou-a pelas costas e inclinou-a sobre duas pernas e começou a arrastá-la em direção à porta do outro lado da piscina, a porta por onde Lynn Peterson entrara, no dia em que a vira de relance, com a cabeça enrolada na toalha. Hanson, com uma expressão de profundo desagrado, agarrou na cadeira de López, inclinou-a para trás e avançou atrás de Bartlett. As pernas da cadeira faziam um ruído nos mosaicos de mármore como unhas a raspar num quadro de ardósia. A cabeça de López pendia para o lado, com o globo ocular a baloiçar.

Canning virou-se outra vez para mim e bateu novamente ao de leve com o bastão na coxa.

— Eles não se mostraram muito acessíveis — disse ele, esticando a cabeça na direção dos mexicanos que iam a sair.

— Acessíveis em relação a quê? — perguntei. Senti uma súbita necessidade premente de um cigarro. Pensei se iria acabar como os mexicanos, desfeito à pancada e arrastado dali, ainda amarrado à maldita cadeira. Que maneira desgraçada e indigna de morrer.

Canning abanou a cabeça calva.

— Para dizer a verdade, à partida não esperava obter muito deles.

— Isso deve ter sido um alívio para eles.

— Eu não estava interessado em proporcionar-lhes alívio — disse.

— Não, já vi isso.

— Sente simpatia por eles, Mr. Marlowe? Eram apenas dois animais. Animais não... os animais não matam por diversão.

Começou a andar de um lado para o outro na minha frente, três passos curtos para um lado, três passos curtos para o outro, com os calcanhares a bater nos mosaicos. Era um daqueles tipos pequenos e encolhidos e agora parecia muito agitado. Eu sentia aquele gosto metálico, já conhecido, no fundo da língua, como se tivesse estado a chupar uma moeda. Era o sabor do medo.

— Acha que posso fumar um cigarro? — perguntei. — Prometo que não vou usá-lo para queimar estas cordas, nem nada do género.

— Eu não fumo. É um hábito nojento — disse Canning.

— Tem toda a razão. É mesmo.

— Tem cigarros? Onde estão?

Apontei com o queixo para o bolso de cima do casaco.

— Aqui. Os fósforos também.

Ele meteu a mão no casaco e tirou a cigarreira prateada, com monograma, e a caixa de fósforos, que me tinha esquecido que apanhara no Barney's Beanery. Tirou um cigarro da cigarreira e enfiou-mo entre os lábios, acendeu um fósforo e usou a chama. Puxei uma longa e profunda fumaça até aos pulmões.

Canning voltou a meter-me a cigarreira no bolso e retomou o andamento.

— Não tenho grande respeito pelas raças latinas. Ficam-se pelas cantorias, touradas e disputas sobre mulheres. Não concorda? — perguntou.

— Mr. Canning — respondi, mudando o cigarro para o canto da boca —, não estou propriamente em situação de discordar de alguma coisa que diga.

Ele riu-se, produzindo um som fino e aflautado.

— É verdade, não está — concordou. Caminhou novamente de um lado para o outro.

Parecia que tinha de continuar a mexer-se, como um tubarão. Pensei como teria feito dinheiro. Petróleo, calculei, ou talvez água, que era quase tão preciosa nesta ravina seca onde os primeiros angelinos decidiram construir uma cidade.

— Na minha opinião, existem apenas duas raças que interessam. Nem são bem raças, aliás, mas antes espécimes. Sabe quais são? — perguntou. Abanei a cabeça e a dor fez-me arrepender imediatamente. Um grande pedaço de cinza do cigarro caiu silenciosamente pelo peitilho da camisa e aterrou-me no colo. — Os índios americanos e o cavalheiro inglês. — Olhou para mim com um olhar satisfeito. — Um estranho duo, creio.

— Oh, não sei. Consigo ver algumas coisas que têm em comum — respondi.

— Tais como? — Canning parara de caminhar e voltou-se para mim com uma das sobrancelhas espessas levantada.

— Dedicação à terra? Gosto pela tradição? Entusiasmo pela caça...?

— Certo, tem razão!

— ... e ainda a tendência para abater quem quer que se atravesse no seu caminho.

Ele abanou a cabeça e sacudiu um dedo reprovador na minha direção.

— Agora foi mauzinho, Mr. Marlowe. E eu não gosto de maldade, tal como não gosto de curiosidade.

Caminhou novamente, dando voltas e voltas. Eu mantinha os olhos no bastão. Uma paulada na cara dada com aquilo era uma coisa que não iria esquecer tão depressa.

— Matar é necessário, por vezes. Ou, melhor, chame-lhe eliminar. — A expressão dele tornou-se sombria.

— Há pessoas que não merecem viver... é uma realidade simples. — Voltou a aproximar-se e acocorou-se sobre os calcanhares, ao lado da cadeira onde eu estava amarrado. Tinha a incómoda sensação de que ele ia fazer uma confissão. — Conhecia Lynn Peterson, não conhecia?

— Não a conhecia, encontrei-me com ela...

Acenou a cabeça, descartando a afirmação.

— Foi o último ser humano a vê-la viva. Sem contar com aqueles dois pedaços de porcaria — apontou a porta com um sinal de cabeça.

— Acho que sim — respondi. — Gostei dela, ou seja, gostei do que vi dela.

De lado, olhou para a minha cara.

— Gostou? — Tinha um músculo a tremer na têmpora esquerda.

— Sim, parecia uma pessoa honesta.

Concordou com um distante aceno de cabeça. Uma estranha expressão tensa surgiu-lhe nos olhos.

— Ela era minha filha — disse.

Levei algum tempo a assimilar aquilo. Não me lembrava de nada que pudesse dizer, por isso nada disse. Canning ainda estava a olhar para mim. No seu rosto viu-se uma tristeza extrema e profunda. Surgiu e desapareceu numa questão de segundos. Pôs-se de pé e encaminhou-se para a beira da piscina e ali ficou em silêncio um momento, de costas voltadas para mim, a olhar para a água.

Depois virou-se.

— Não finja que não ficou surpreendido, Mr. Marlowe.

— Não estou a fingir. Estou surpreendido, mas não sei o que lhe dizer.

Tinha fumado o meu cigarro até ao fim, e Canning veio até mim e, com uma expressão de repugnância, tirou a beata da minha boca e levou-a para uma mesa que havia ao canto, segurando-a à sua frente entre o polegar e outro dedo, como se fosse uma barata morta, e largou-a num cinzeiro. Depois voltou.

— Como é que a sua filha tinha o apelido Peterson? — perguntei.

— Ela tomou o nome da mãe, sabe-se lá porquê. A minha mulher não era uma pessoa recomendável, Mr. Marlowe. Era meio mexicana, por isso, talvez eu devesse calcular. Casou comigo por dinheiro e, quando já tinha gastado o suficiente, ou, melhor, quando pus termo aos seus gastos, fugiu com um tipo que se revelou um golpista. Não é uma história bonita, eu sei. Não posso dizer que tenha orgulho dessa fase específica da minha vida. Tudo quanto posso dizer em minha defesa é que era jovem e, possivelmente, estava enfeitiçado. — Sorriu subitamente, mostrando os dentes. — Ou será isso que dizem todos os cornudos?

— Não sei.

— Então é um homem de sorte.

— Há sorte e sorte, Mr. Canning. — Olhei para baixo, para as cordas. — A minha não parece estar a funcionar neste momento.

Sentia a mente toldada novamente, talvez por uma quebra da circulação, devido às cordas.

Mas a minha força parecia estar a regressar, sentia-a, a não ser que fosse apenas o efeito da nicotina.

Perguntei-me durante quanto tempo era provável que aquilo se prolongasse.

Pensei mais uma vez como é que tudo poderia acabar. Pensei no olho saído de López e no sangue no peitilho da camisa. Wilber Canning estava a desempenhar o papel do bom rapaz, mas eu sabia que ele não tinha nada de bom, exceto talvez o seu cuidado com a filha.

— Oiça, posso concluir que, se Lynn era sua filha, então Nico é seu filho?

— Eram ambos meus filhos, sim — disse, sem olhar para mim.

— Então lamento. O seu filho não conheci, mas, como disse, a Lynn pareceu-me boa pessoa. Porque é que não foi ao funeral dela?

Ele encolheu os ombros.

— Era uma vadia. — Falou sem qualquer ênfase. — E o Nico era um *gigolo*, quando não estava a ser pior do que isso. Ambos tinham muito da mãe. — Olhou então na minha direção. — Está chocado com a minha atitude em relação ao meu filho e à minha filha, Mr. Marlowe, embora tenha perdido os dois?

— É difícil ficar chocado.

Não estava a ouvir. Recomeçara a caminhar e punha-me tonto olhar para ele.

— Não posso queixar-me — continuou. — Não fui propriamente um pai perfeito. Primeiro tornaram-se rebeldes e depois fugiram. Não tentei encontrá-los. Depois já era tarde demais para tentar compensá-los. A Lynn detestava-me. O Nico, provavelmente, também, só que havia coisas para as quais precisava de mim.

— Que tipo de coisas? — Não se deu ao trabalho de responder. — Talvez não fosse tão mau como pensa. Os pais julgam-se muitas vezes de forma demasiado dura.

— Tem filhos, Marlowe? — Abanei a cabeça e, mais uma vez, o que parecia ser um conjunto de grandes dados de madeira chocalhou no meu crânio. — Então não sabe do que está a falar — concluiu, num tom mais triste do que outra coisa.

Embora o dia devesse estar a terminar, o calor na sala grande e de teto alto aumentava. Dir-se-ia uma tarde de agosto em Savannah. A humidade do ar parecia ter um efeito de retração nas cordas em redor do meu peito e dos meus pulsos. Não tinha a certeza de, alguma vez, vir a recuperar a sensibilidade nos braços.

— Olhe, Mr. Canning, ou me diz o que quer de mim ou me solta. Não quero saber dos mexicanos. Eles mereciam tudo quanto receberam do seu homem, o Jeeves.[6] No caso deles, a justiça dura é justiça pura. Mas não tem razão nenhuma para me manter aqui amarrado como um frango assado. Não lhe fiz nada, nem ao seu filho nem à sua filha. Sou apenas um detetive a tentar ganhar a vida e a não se sair muito bem.

Se não tiveram outro efeito, as minhas palavras fizeram Canning parar de caminhar, o que foi um alívio. Aproximou-se e parou na minha frente com as mãos nas ancas e o bastão metido debaixo do braço.

— A questão, Marlowe é que eu sei para quem está a trabalhar.

— Sabe?

— Vá lá... por quem me toma?

— Não o tomo por ninguém, Mr. Canning, mas devo dizer-lhe que duvido muito que conheça a identidade do meu cliente.

Ele inclinou-se para mim e estendeu o amuleto que pendia de um fio que tinha ao pescoço.

— Sabe o que é isto? É o olho de um deus cahuilla. Uma tribo muito interessante, os Cahuilla. Possuem poderes divinatórios que estão cientificamente confirmados. Não vale a pena mentir a essa gente. Eles veem através de nós. Tive o privilégio de ser admitido na tribo como herói honorário. Parte da cerimónia foi a apresentação desta imagem preciosa, este olho, que vê tudo. Por isso, não tente mentir-me, nem tente desviar-me, fazendo-se de inocente. Fale.

— Não sei que quer que eu diga.

Abanou a cabeça tristemente.

---

[6] Reginald Jeeves, mordomo, personagem de ficção em contos e romances de P. G. Woodhouse. [N. da T.]

— O meu homem, Jeeves, como lhe chama, vai voltar daqui a pouco. Viu o que ele fez aos mexicanos. Não quereria ser obrigado a mandá-lo fazer-lhe o mesmo. Apesar das circunstâncias, tenho um certo respeito por si. Gosto de um homem que mantém a cabeça fria.

— O problema, Mr. Canning, é que não sei o que quer de mim.

— Não?

— A sério, não sei. Fui contratado para encontrar Nico Peterson. O meu cliente pensava, como toda a gente, que Nico tinha morrido, mas depois viu-o na rua e veio ter comigo, pedindo-me que o localizasse. É uma questão privada.

— Onde é que o seu cliente, como lhe chama, diz que viu Nico?

«Seu.» Então ele não sabia o que pensava que sabia. Era um alívio. Não queria pensar em Clare Cavendish aqui, atada a uma cadeira, com este homenzinho assassino a passear de um lado para o outro na frente dela.

— Em São Francisco — respondi.

— Então ele anda por lá?

— Quem?

— Sabe quem. O que fazia ele em São Francisco? Estaria à procura de Nico? O que o fez suspeitar de que Nico não tinha morrido?

— Mr. Canning — disse eu, tão paciente e amavelmente quanto possível —, nada do que está a dizer tem sentido para mim. Entendeu mal. O que aconteceu foi um avistamento de Nico por acaso... se é que *era* o Nico.

Canning estava de novo de pé, na minha frente, com as mãos nas ancas. Ficou a olhar para mim em silêncio, durante muito tempo.

— O que é que acha? — perguntou, por fim. — Acha que era o Nico?

— Não sei... Na verdade, não posso dizer se era ou não.

Faz-se silêncio novamente.

— O Floyd disse-me que se referiu a Lou Hendricks. Porquê?

— O Hendricks apanhou-me na rua e levou-me a dar um passeio no carro de luxo dele.

— E...?

— Anda também à procura do Nico. O seu filho é um tipo popular.

— O Hendricks pensa que o Nico está vivo?

— Não me pareceu saber se está ou não está. Como você, também ele soube que eu andava a farejar, a tentar encontrar o rasto do Nico. — Não falei da mala, que lamento ter referido ao Hendricks. — Também não tinha nada para lhe dizer.

A porta do outro lado da piscina abriu-se e, como se estivessem combinados, Bartlett e Floyd Hanson entraram novamente. Hanson parecia mais perturbado do que nunca. Tinha o rosto cinzento, com laivos de verde. Manchas de sangue no belo casaco de linho e nas calças brancas, anteriormente impecáveis. Desfazer-se de dois cadáveres maltratados — pareceu-me acertado presumir que o segundo mexicano já morrera quando chegou ao local para onde quer que o levaram — era muito mau para a roupa, sobretudo para alguém que se vestia com o apuro de Floyd Hanson. Este não estava, obviamente, habituado à visão do derramamento de sangue, pelo menos nas quantidades derramadas pelos dois mexicanos. Mas não dissera que tinha combatido nas Ardenas? Devia ter percebido que era treta.

Bartlett avançou.

— Está tudo tratado, Mr. Canning — disse, com a sua entoação *cockney*.

Canning concordou com um sinal de cabeça.

— Dois já foram e há mais um para ir. Aqui Mr. Marlowe não está a colaborar. Talvez um bom banho lhe aclare as ideias. Floyd dá aqui uma ajuda a Mr. Marlowe, sim?

Bartlett passou para trás de mim e começou a desatar as cordas. Quando as tirou, teve de ajudar-me a levantar, pois as minhas pernas estavam demasiado dormentes para me apoiar nelas. Tinha-me desatado também as mãos e dobrei os braços para fazer o sangue circular novamente. Levou-me então até à beira da piscina, pôs-me uma mão no ombro e fez-me ajoelhar nos mosaicos de mármore. O nível da água estava apenas a uns poucos centímetros da borda. Bartlett segurou um dos meus braços e Hanson avançou e segurou-me no outro. Pensei que iam mergulhar-me na piscina, mas, em vez disso, seguraram-me os braços atrás das costas e Bartlett agarrou-me no cabelo outra vez, empurrou-me a cabeça para a frente e mergulhou-a na água. Não fizera uma inspiração suficientemente profunda e comecei imediatamente a sofrer o pânico de um afogado. Tentei manter o rosto de lado, de forma a poder captar algum ar, mas os dedos de Bartlett eram fortes como as mandíbulas de um *pit bull* e não consegui mexer-me. Não tardei a sentir que os pulmões estavam prestes a explodir. Depois, finalmente, voltaram a puxar-me para cima, com a água a escorrer por baixo do colarinho. Canning avançou e ficou ao meu lado, inclinando-se com as mãos nos joelhos e o rosto junto do meu.

— Então, está pronto para nos dizer o que sabe?

— Está a cometer um erro, Canning. Não sei nada — disse eu entre soluços.

Ele suspirou novamente e acenou afirmativamente com a cabeça para Bartlett, e mais uma vez mergulharam-me. É estranho as coisas em que reparamos, mesmo nas circunstâncias mais desesperadas.

Tinha os olhos abertos e consegui ver, lá muito no fundo, sobre o azul-claro do mosaico da piscina, uma pequena aliança, um aro liso de ouro, que devia ter escorregado do dedo de alguma banhista sem que ela tivesse dado por isso. Pelo menos, desta vez, tive a esperteza de encher bem os pulmões, mas não fez grande diferença, e um minuto depois era novamente um homem afogado. Nunca me metera muito na água e, sem dúvida, nunca aprendera a conter a respiração como fazem os campeões de natação.

Pensei se aquele anel lá em baixo seria a última coisa que veria. Podia pensar em coisas piores em que fixar o olhar, quando respirava — neste caso, não respirava — pela última vez.

Bartlett percebia quando eu começava a entrar em pânico, a fechar e a abrir a boca e a deixar os pulmões encherem-se de água, e, por enquanto, ele não estava pronto para me deixar morrer. Ele e Hanson puxaram-me outra vez para cima. Canning inclinou-se e espreitou a minha cara:

— Está pronto a falar, Mr. Marlowe? Sabe o que dizem sobre mergulhar uma terceira vez. Não quer ir juntar-se àqueles dois *cucarachos* na lixeira, pois não?

Não disse nada, limitei-me a deixar pender a cabeça. Hanson estava à minha direita, a segurar-me o braço, torcido atrás das costas; via-lhe os *mocassins* elegantes e as bainhas das calças brancas de linho.

Bartlett estava do outro lado, a agarrar-me o braço esquerdo e com a mão direita ainda a segurar-me a cabeça com força. Desconfiei que, desta vez, iam afogar-me. Tinha de fazer alguma coisa. Pensei que antes queria ser morto à pancada do que morrer debaixo de água. Mas o que podia fazer?

Nunca fui grande lutador. Quando passamos dos quarenta, então, já não damos nada. Entrei em bastantes lutas, mas só quando fui obrigado. Há uma grande diferença entre defendermo-nos de um ataque e sermos nós a atacar. Porém, aprendi uma coisa que foi a importância do equilíbrio. Até os mais difíceis — e Bartlett, apesar da idade e da baixa estatura, era bastante duro — podem ser derrubados se lhes apanharem os pés no momento certo e na posição certa. Ao preparar-se para me empurrar novamente para baixo, Bartlett estava a concentrar a força na mão direita, aquela que me segurava a parte de trás da cabeça e, por um segundo, aliviou a pressão no meu braço. Para me empurrar em direção à água tinha de apoiar-se nos dedos dos pés. Com um safanão, libertei o braço da pressão dele, dobrei-o pelo cotovelo e enfiei-lho nas costelas. Ele soltou um ronco baixo e largou-me a cabeça. Hanson ainda estava a agarrar-me o braço direito, mas não estava a fazer força e libertei-me dele. Deu de imediato um passo atrás, temendo que lhe fizesse o mesmo que fizera a Bartlett.

Atrás de mim, Canning gritou qualquer coisa, não sei o quê. Estava concentrado em Bartlett. Pus-me de pé, rodei o punho direito, descrevendo um arco amplo, atingi-o em cheio na parte lateral do pescoço e, com outro gemido abafado, cambaleou à beira da piscina, agitando os braços de uma maneira que teria sido engraçada se fosse num filme, e depois caiu, de cabeça, na água. O chapão que causou foi estrondoso, a água ergueu-se num tubo transparente e voltou a cair com uma estranha lentidão. O meu cérebro ainda devia estar lento devido à droga.

Virei-me. Tudo aquilo não levara mais do que dois segundos. Sabia que, provavelmente, teria ainda menos tempo do que isso, antes que Canning e Hanson recuperassem o suficiente para se atirarem a mim.

Mas não precisaram disso. Vi que Hanson tinha uma arma na mão, uma pistola, uma peça grande e preta, com um cano comprido... uma *Webley,* pensei. De onde é que viera? Era provavelmente de Canning.

Ele daria preferência a uma arma usada por um superior cavalheiro inglês.

— Não se mexa — disse Hanson, como todos os mauzões que ele vira em muitos filmes da série B.

Observei-o com atenção. Não tinha olhos de assassino. Avancei. O cano da arma vacilou.

— Dispara! — gritou Canning. — Vá, puxa o maldito gatilho! — Bem podia gritar, que o outro se deteve.

— Não vais matar-me, Hanson! — disse eu. — Ambos sabemos isso.

Via-lhe o suor a brilhar na testa e no lábio superior. Não dar um tiro num homem não faz de nós um cobarde. Matar nunca é fácil. Pelo canto do olho conseguia ver Bartlett a içar-se para fora da piscina.

Dei outro passo. A arma apontava para o meu esterno. Agarrei o cano e desviei-o para o lado.

Talvez Hanson ficasse demasiado surpreendido para resistir ou talvez quisesse apenas livrar-se da arma, a verdade é que a largou e recuou um passo, levantando as mãos e estendendo-as na minha direção, como se pudessem afastar uma bala. Aquela arma pesava tanto como uma bigorna e tive de segurá-la com as duas mãos. Não era uma *Webley* e não era inglesa. Era, afinal, alemã, uma *Weihrauch .38.*

Uma arma feia, mas muito eficaz.

Virei-me e atingi Bartlett no joelho direito. Não sei se foi para o joelho que apontei, mas foi aí que o atingi.

Ele emitiu um estranho som lamuriento, caiu de lado e ali ficou dobrado, a contorcer-se.

Uma grande mancha de sangue ia-se espalhando pela perna das calças sujas. Ouvi um som atrás de mim.

Afastei-me rapidamente para um lado e Canning passou por mim aos tropeções, a praguejar e com os braços inutilmente estendidos à sua frente. Parou, rodopiou, e pareceu prestes a guinar na minha direção novamente. Pensei em disparar contra ele também, mas não o fiz.

— Não quero matar-te, Canning, mas fá-lo-ei, se for preciso. — Agitei a arma na direção de Hanson.

— Vai para ali, Floyd — ordenei.

Ele foi pôr-se ao lado do patrão.

— Seu copinho de leite! — silvou-lhe Canning.

Ri-me. Não me parecia que alguma vez tivesse ouvido dizer a expressão *copinho de leite* na vida real.

Continuei a rir. Acho que estava numa espécie de estado de choque. Os acontecimentos do último meio minuto, vistos sob certa perspetiva, pareceriam tão cómicos e grotescos como uma cena de Charlie Chaplin.

Bartlett estava agarrado à perna abaixo do joelho desfeito e fazendo rodar, sem parar, a outra perna pelos mosaicos como um ciclista em câmara lenta. Continuava a lamuriar-se. Por mais duro que se seja, uma rótula esmagada dói como o diabo. Iria passar bastante tempo até que pudesse voltar a servir o chá das cinco.

Os meus braços, ainda a formigar com alfinetes e agulhas, doíam-me por estar a aguentar o peso daquele canhão alemão e manter o cano numa posição mais ou menos horizontal. Canning olhava para mim com um maldoso brilho de desprezo no olhar.

— Bom, Marlowe, o que é que vai fazer agora? — perguntou. — Acho que afinal vai ter de me matar. Para não falar do meu leal mordomo. — Hanson lançou-me um olhar de ódio rancoroso.

— Entrem na piscina — disse a ambos. Olharam para mim. — Depressa — disse, apontando com a arma.

— Entrem na água.

— Eu... eu não sei nadar — reclamou Hanson.

— É a tua oportunidade de aprenderes — disse e ri-me outra vez. Foi mais uma risadinha. Ainda não estava em mim. Hanson engoliu em seco e começou a desapertar os sapatos brilhantes. — Não, deixa-os estar... deixa tudo o que tens vestido.

Canning continuava a olhar-me fixamente. Os seus pequenos e desvairados olhos estavam gelados de ira; contudo, havia alguma coisa fixa e quase sonhadora na sua expressão. Calculo que estava deleitado, a imaginar as coisas que mandaria Bartlett, ou, mais provavelmente, o sucessor de Bartlett, fazer-me, se tivesse oportunidade.

— Vá lá, Canning, para a água, a não ser que queiras que eu faça o mesmo que fiz a estes dois dos teus Jeeves. E já agora, larga a vara.

Canning atirou o bastão para o chão de mármore, como um miúdo a atirar o brinquedo que lhe tivessem ordenado que devolvesse, virou-se e começou a caminhar para o lado mais baixo da piscina. Ainda não tinha reparado como as pernas dele eram arqueadas. Tinha os punhos cerrados de cada lado do corpo. Tipos como ele não sabem como comportar-se quando, subitamente, são eles que ouvem dizer-lhes o que têm de fazer e se sentem impotentes para recusarem.

Hanson lançou-me um olhar de súplica e começou a dizer qualquer coisa. Acenei com o cano da arma junto da cara dele, para o calar. Estava farto de lhe ouvir a voz, antes tão aborrecida e fria e agora tão fina e queixosa.

— Vá, Floyd, entra. A água está muito boa. — Acenou afirmativamente a cabeça com um ar infeliz, virou-se e seguiu Canning. — Muito bem! — disse nas costas dele.

Quando Canning chegou ao extremo da piscina, virou-se e olhou para mim a todo o comprimento dela. Quase que o ouvia perguntar-se se ainda haveria maneira de me dominar.

— Posso atingir-te mesmo daqui — gritei-lhe, com a minha voz a fazer ecos aquosos sob a alta cúpula de vidro da cobertura.

Ele hesitou mais um momento, depois entrou na piscina, caminhando com a sua passada baloiçante pelos degraus brancos que levavam abaixo da linha de água.

— Continua a caminhar, até ao meio — ordenei.

Floyd Hanson chegara agora ao fim da piscina e, depois de se manter ali uns segundos desceu também cautelosamente para a água.

— Continua a andar até a água te dar pelo queixo, depois podes parar. Não queremos que te afogues — disse-lhe.

Canning caminhou dentro de água em direção a mim, até a água lhe dar pelo peito, a seguir avançou, abrindo a água com o peito e nadando o resto da distância até ao centro da piscina, onde parou e ficou a flutuar para cima e para baixo, a mexer os braços e a avançar na água. Também Hanson foi caminhando e parou quando ficou com os ombros cobertos.

— Anda, Floyd — gritei. — Eu disse até ao queixo.

Avançou mais um passo, aterrorizado. Mesmo à distância, conseguia ver o terror nos olhos dele. Pelo menos, não tinha dito que estivera na Marinha. — Está bem. Agora para. — Era estranha a maneira como a sua cabeça parecia flutuar ali na água. Pensei em S. João Batista.

Há momentos na vida que sabemos que nunca iremos esquecer e de que nos lembraremos sempre com um pormenor vivo, cortante e alucinante.

— Bom. Vou sair por esta porta e esperar algum tempo — disse. — Vocês não sabem quanto. E durante esse tempo, se ouvir algum de vocês sair da piscina, volto atrás e dou um tiro em quem quer que seja. Perceberam? — Apontei a arma para Canning. — Percebeste, velhote?

— Pensas que te safas desta? — lançou-me ele. — Fujas para onde fugires, eu caço-te.

— Não vai fazer caçada nenhuma durante algum tempo, Mr. Canning. Pelo menos enquanto estiver numa cela, com um fato às riscas e a fazer a sua cama à noite.

— Vai para o diabo, Marlowe — disse ele. Já estava a respirar com dificuldade, a flutuar e a espernear. Se tivesse de lá ficar durante muito mais tempo, podia afogar-se. Não me importava que isso acontecesse.

É claro que mal saí a porta me pus a andar. Provavelmente, Canning não acreditara que eu ficaria. Decidi não me arriscar a sair pela porta da frente. Devia haver um botão em que o rececionista podia carregar e chamar uma matilha de gorilas, por isso procurei uma saída lateral. Encontrei logo uma e, por acaso, uma que eu conhecia. Tinha aberto duas portas e atravessado, à pressa, duas salas, quando virei num corredor que me parecia conhecido e empurrei outra porta, ao acaso, pensei eu, e dei comigo no salão com as poltronas de *chintz* e a lareira de chaminé vertical, para onde Hanson me levara da outra vez, depois do nosso passeio, e onde Bartlett, no seu papel de venerável servidor, nos servira o chá. Atravessei a sala, abri a porta envidraçada e saí para a luz do Sol e para o perfume delicado das laranjeiras.

Os Shriners ainda andavam a cambalear pelos terrenos. Metade deles estava embriagada e a outra metade para lá caminhava. O fez que tinham cabeça estava agora à banda e as vozes deles soavam mais roucas. No meu estado, afetado pela droga, por um minuto, pensei que tinha entrado numa cena de *Ali Baba e os Quarenta Ladrões*. Avancei pelo caminho ladeado de buganvílias no seu esplendor.

Tinha uma vaga ideia de como chegar onde deixara o meu carro estacionado e caminhava nessa direção, quando, numa curva do caminho, me travou o passo um tipo ruivo, de rosto corado, com um fez ligeiramente amachucado e um volume semelhante ao de um frigorífico familiar. Vestia uma camisa verde-lima e uns calções roxos e segurava um copo alto na sua grande pata cor-de-rosa. Olhou-me com um sorriso rasgado e feliz, a seguir franziu a testa com ar de reprovação e apontou para a minha cabeça.

— Você está de cabeça descoberta — disse ele. — Isso não é permitido. Onde está o seu fez?

— Um macaco roubou-o e correu para as árvores com ele — respondi.

Isso fez com que o gordo se risse energicamente e a barriga lhe abanasse sob a camisa de um verde ofuscante. Apercebi-me de que ainda trazia a *Weihrauch* e ele deu por ela.

— Oh, olhem só! — exclamou. — Isso não é uma arma chique que está a fanar? Onde é que a arranjou?

— Estão a distribuí-las na casa do clube. O gerente desviou dinheiro e arranjou-se um grupo de milícias para ir atrás dele. Despache-se, porque pode conseguir juntar-se a nós.

Ele olhou-me de boca aberta e, depois, um sorriso matreiro iluminou-lhe o rosto, que tinha a cor e a textura brilhante de um assado de Natal. Agitou um dedo malandro na minha direção.

— Está a brincar comigo, não está? Eu sei que está.

— Tem razão — respondi, e tomei o peso da arma que tinha na mão. — Isto é apenas uma imitação da verdadeira. O chefão daqui, um homem chamado Canning, faz coleção delas... de armas de imitação, quero dizer. Devia pedir-lhe para o deixar ver a sala de armas dele. É uma coisa em grande.

O gordo inclinou a cabeça para trás e lançou-me um olhar vesgo.

— Olhe — disse claramente —, sou capaz de fazer isso. Onde posso encontrá-lo?

— Ele está na piscina.

— Está onde?

— Na piscina. A refrescar-se. Siga por este caminho e vai encontrá-lo — espetei um dedo por cima do meu ombro. — Ele vai ficar satisfeito por vê-lo.

— Bom, obrigado, amigo. Isso é muito amável da sua parte.

E afastou-se, a bambolear-se, satisfeito, na direção da casa do clube.

Depois de virar a curva e desaparecer da minha vista, olhei em volta um pouco à toa, calculo. Pensava no que fazer com a arma. O meu cérebro ainda não estava a funcionar muito bem, devido às agressões que sofrera nos últimos dias e horas. Estava ao lado de um muro alto com grandes cachos da flor oficial de San Clemente e atirei então a arma para longe de mim. Ouvi-a bater no muro e cair na terra, na base deste, com um barulho surdo. Os homens de Bernie Ohls iriam levar quase dois dias a encontrá-la.

O sol incidia em cheio no carro e lá dentro o calor parecia o de um forno a vapor. Não interessava... o volante podia queimar-me as palmas das mãos até ao osso que eu nem sentiria. Arranquei na direção do portão da frente. Numa das curvas da estrada senti-me, de repente, estonteado e quase bati numa árvore. Ainda me doíam os braços, das cordas. Marvin, o porteiro, lançou-me um olhar desconfiado e pôs uma expressão de gárgula, mas levantou a barreira, sem contestação. Parei na primeira cabina que encontrei e liguei para Bernie. A minha voz não estava muito boa e, a princípio, ele não percebeu o que estava a dizer-lhe. Depois compreendeu.

# 20

O que se passou a seguir pareceu-me entediante, atendendo a todos os acontecimentos coloridos e empolgantes que tinham tido lugar anteriormente. Bernie e os ajudantes invadiram o Cahuilla Club e descobriram Bartlett ainda junto da piscina, desmaiado devido à perda de sangue. Tiveram alguma dificuldade em abrir caminho entre a multidão de Shriners bêbados que vagueavam pelos terrenos. Caçaram o Floyd Hanson no apartamento dele, perto do mar, em Bay City. Estava a fazer as malas. Bernie disse que, se o Hanson não tivesse tentado levar tantas coisas com ele, teria tido tempo de se escapar.

— Tchhh, devias ter visto a casa dele — disse Bernie. — Aquelas grandes fotografias de homens musculados nas paredes e os robes de seda pura. — Sacudiu uma mão com o pulso mole e assobiou baixinho. — Uuu-Uuu!

Eu quis saber de Canning, obviamente. Porque é que não fiquei surpreendido ao saber que, ao contrário de Hanson, ele tinha conseguido fugir? Nessa mesma noite, Bernie levara um pelotão a casa de Canning em Hancock Park, mas o pássaro já tinha voado. Os empregados não sabiam dizer para onde fora. Só sabiam que chegara a casa com muita pressa, com a roupa num estado que parecia que tinha sido apanhado por uma cheia súbita, e ordenara que lhe arrumassem a mala e lhe trouxessem imediatamente o carro para o levarem ao aeroporto. O gabinete do xerife dedicou-se a passar a pente fino as listas de passageiros dos voos que partiam, enquanto os homens de Bernie foram para o aeroporto, onde exibiram a fotografia de Canning entre o pessoal de voo. Uma funcionária do *check-in* pareceu reconhecê-lo, mas o nome que ele dera não era Canning. Ela não se lembrava do nome que ele dera. O voo em que embarcara era direto para Toronto com uma ligação para Londres, Inglaterra, mas ela não se lembrava qual o destino que tinha no bilhete. Bernie ligou para o gabinete e disse aos seus homens que se concentrassem na lista de passageiros da Air Canada para Toronto e vissem o que descobriam.

Saímos juntos para tomar uma bebida. Sugeri o Victor's e o Bernie levou-nos de carro até lá. Mandei vir um *cocktail* de gim para os dois. O Victor's é o único bar que conheço onde fazem um *cocktail* de gim como deve ser, ou seja, metade gim e metade sumo de lima *Rose's,* deitado sobre gelo picado. Noutros sítios deitam-lhe açúcar, *bitter* e coisas do género, mas é um disparate. Foi Terry Lennox que me indicou o Victor's e sempre que lá vou ergo um copo em memória de uma velha amizade. Bernie soube de Terry, mas não da mesma maneira que eu.

Perguntei-lhe onde estava agora Floyd Hanson e disse-me que o tinham levado para o centro da cidade, onde os rapazes o meteram na sala dos fundos para lhe tratarem da saúde imediatamente. Não tiveram de se esforçar muito. Quando lhe perguntaram de onde tinha vindo o sangue na borda da piscina, contou-lhes tudo sobre os mexicanos e como Bartlett, por ordem de Canning, os tinha torturado para obter informações e depois tinha acabado com eles. Hanson até se ofereceu para os levar ao Cahuilla Club e lhes mostrar o buraco com cal, no canto remoto dos terrenos do clube, onde ele e Bartlett tinham lançado os dois corpos.

— Parece que o solo ali é muito ácido — disse Bernie.

— Daí a cal? Dá jeito ter um buraco cheio dela, quando querem desfazer-se de duas carcaças.

Bernie não fez comentários a isto.

— É uma boa bebida — disse, bebericando um sorvo do seu gim e estalando os lábios. — Refrescante. — Não olhava para mim. Apesar de ter os olhos escancarados, Bernie tem uma forma de parecer que não está a olhar para nada. — Imagino o que é que o Canning queria saber sobre ti e os mexicanos — disse. — O nosso velho amigo Peterson, certo? Estamos a falar de uma má rês.

Tirei a cigarreira e estendi-lha. Ele abanou a cabeça.

— Continuas sem fumar? — perguntei.

— Não é fácil.

Pousei a cigarreira e a caixa de fósforos no balcão. Bernie não é do tipo que devia deixar de fumar. Isso tornava-o mais irritável. Acendi o cigarro e soprei três argolas de fumo, todas perfeitamente formadas. Nem sabia que era assim tão bom.

Bernie franzia o sobrolho. Queria mesmo um cigarro. A sua expressão fechou-se e lançou-me o seu olhar de deita-cá-para-fora-senão...

— Muito bem, Marlowe, vamos lá ouvir.

— Bernie, fazia-te muito mal tratares-me pelo primeiro nome, de vez em quando?

— Porquê?

— Porque durante todo o dia têm estado a tratar-me por Marlowe, seguido de ameaças e de muita violência. Estou farto.

— Então queres que te trate por Phil...

— Philip está bem.

— ... e depois ficamos amiguinhos e tudo, certo?

Virei-lhe a cara.

— Esquece — disse eu.

O empregado do bar ia a passar e levantou uma sobrancelha numa expressão inquiridora, mas fiz-lhe um aceno de mão para que seguisse. Com o *cocktail* de gim tem de ir-se com cuidado, a menos que se queira acordar na manhã seguinte com a cabeça a parecer uma gaiola de catatuas. Ouvia Bernie ao meu lado respirar pesadamente. Sabemos que as coisas estão a ficar perigosas quando o Bernie começa a arfar assim.

— Deixa-me explicar-te, *Marlowe* — disse e começou a enumerar questões com os dedos grandes e rechonchudos. — Primeiro, esse tipo, o Peterson, morre, depois não está morto. Alguém te contrata para investigares. No decurso das tuas investigações, dás com a irmã do Peterson. A seguir a irmã do Peterson morre, e no seu caso não há dúvida, porque a vimos com a garganta cortada de orelha a orelha. Convido-te para o local do crime e peço-te, amavelmente, que me digas o que sabes. Tu dizes-me onde devo ir...

— Deixa-te disso! — protestei. — Fui perfeitamente correto contigo!

— ... e depois recebo outra chamada tua, e, desta vez, há dois cadáveres e um lacaio qualquer caído ao lado de uma piscina com uma bala numa perna, um ricaço que se pirou e outro tipo a tentar pirar-se. Digo para comigo, «Bernie, esta é uma história dos diabos». É o tipo de história, *Marlowe,* que o xerife, quando souber, e não tarda, vai esperar que eu esclareça com o dobro da urgência. Sabes quem é esse tal Canning?

— Não exatamente. Mas vais dizer-me.

— É um dos maiores investidores imobiliários da região. É dono de armazéns, fábricas, urbanizações... De tudo o que imagines.

— É também o pai dos Peterson — disse eu. — Ou seja, da Lynn e do Nico.

Isto fê-lo calar-se por um ou dois minutos. Esticou a cabeça e uniu as sobrancelhas de forma a parecer um touro prestes a atacar um toureiro especialmente provocador.

— Estás a gozar comigo?

— Achas que gozava contigo, Bernie?

Ficou sentado, a pensar. Era algo espantoso, ver Bernie mergulhado num pensamento profundo. De repente, estendeu a mão e pegou na minha cigarreira, tirou um cigarro, meteu-o entre os lábios e acendeu um fósforo. Manteve a chama parada por um ou dois segundos, com o olhar de arrependimento, mas desafiador, do pecador prestes a ceder ao pecado. Depois aproximou a chama da ponta do cigarro e puxou uma fumaça prolongada e lenta.

— Ah — suspirou, expelindo o fumo. — Céus, como sabe bem!

Olhei o empregado nos olhos e levantei dois dedos. Ele fez um sinal afirmativo com a cabeça. Chamava-se Jake. Fora aqui, no Victor's, que eu conhecera Linda Loring, e Jake ainda se lembrava dela. Não é de surpreender. Linda é o tipo de mulher que não se esquece. Talvez devesse casar com ela, se ainda estiver interessada, o que pode não acontecer. Já disse que ela era cunhada de Terry Lennox? Sylvia Lennox, a mulher de Terry, aquela que foi assassinada. Terry foi considerado culpado. Na verdade, Sylvia foi morta por uma mulher louca de ciúme e simplesmente doida — o marido dela e Sylvia tinham sido amantes. De qualquer modo, Terry queria desaparecer, e por isso, fingiu o suicídio numa cidade suja, algures no México, chamada Otatoclán, embora pouca gente, incluindo Bernie, soubesse que fora a fingir. Porque havia de dizer-lhe? Terry era um patife, mas, mesmo assim, gostava dele. Era um patife com estilo, e estilo é uma coisa de que eu gosto.

Jake trouxe os dois *cocktails*. Bernie estava a pensar e a fumar ao mesmo tempo, a respirar fortemente entre fumaças. Eu precisava daquela bebida e talvez de outra a seguir.

— Olha, Bernie, antes que comeces a contar outra vez pelos dedos ou coisa parecida, deixa-me repetir o que já te disse: o meu envolvimento na história do Peterson é acidental. Nada tem que ver com Canning, com os mexicanos e com o assassínio da Lynn Peterson e...

— Para aí, espertinho! — exclamou Bernie, estendendo uma mão que teria feito parar o trânsito no Bay City Boulevard. — Recua lá um pouco. Estás a dizer-me que o Canning é o tipo que é pai do Peterson?

— É o que estou a dizer-te.

— Mas como...?

— Porque o Canning me disse. Soube que eu era um dos que andava no rasto do filho... Foi por isso que ele me arrastou para ali e mandou o lacaio mergulhar-me na piscina.

— E aqueles dois *cucarachos* que ele mandou o «lacaio» matar à pancada? Onde raio entram eles na história?

— Entram, porque mataram a filha dele. Mataram a Lynn Peterson.

— Eu sei isso... mas porquê?

— Porquê, o quê?

— Porque é que a mataram? Porque é que a raptaram em casa do Nico Peterson? Para começar, porque é que estavam em casa do Peterson? — Calou-se, suspirou e encostou a testa à mão. — Diz-me que estou estúpido, Marlowe, diz-me que tenho os miolos fritos, ao fim de todos estes anos de polícia, mas não consigo mesmo perceber.

— Toma a tua bebida, Bernie. Fuma outro cigarro. Descontrai-te.

Levantou a cabeça de repente e olhou-me fixamente.

— Eu descontraio-me, quando parares de jogar à defesa e me disseres que raio está a acontecer.

— Não posso dizer-te isso. Não posso dizer, porque não sei. Fui apanhado no meio disto por acaso. Deixa-me repetir: fui contratado para procurar um tipo que se julgava estar morto. Quando dou por mim, estou metido até aos joelhos em cadáveres e quase também me torno um deles. Mas ouve-me, Bernie, por favor, ouve mais uma vez o que te digo. Eu não sei, tal como tu, o que se passa aqui. Sinto-me como se tivesse saído de casa uma bela manhã para dar um pequeno passeio e na primeira esquina tivesse dado comigo no meio de um monte de dez carros, sangue e corpos por todo o lado, veículos a arder, sirenes de ambulâncias a uivar e a confusão total. E eu ali no meio, a coçar a cabeça como o Stan Laurel. É uma bela confusão, Bernie, é mesmo... mas não é a minha confusão. Acreditas em mim?

Bernie praguejou e, na sua agitação, pegou na bebida, quase intacta, e engoliu-a num trago rápido. Franzi o sobrolho. Não se faz isso com um *cocktail* de gim, uma das bebidas mais sofisticadas do mundo — simples, mas sofisticada. Uma das bebidas mais sofisticadas do mundo tem de ser bebericada devagarinho, senão atinge-nos como uma bomba de profundidade.

Bernie pestanejou várias vezes enquanto o gim descia e atingia o alvo. A seguir deitou a mão à minha cigarreira e acendeu outro prego para o caixão. Observei-o e pensei que, depois disto, não gostaria nada de estar na pele da mulher de Bernie ou do gato dele, porque era provável que, nessa noite, houvesse muita gritaria e pontapés em casa dos Ohls.

— Tens de dizer-me — afirmou, numa voz que se tornara rouca devido ao fumo do cigarro e à bebida que acabara de despejar sobre as cordas vocais. — Tens de dizer-me quem te contratou para encontrares o Peterson. — Tinha pegado no cachimbo, mas ele agarrou-me no pulso com força. — E não comeces a brincar com essa porcaria!

— Está bem, Bernie, está bem — disse-lhe em tom tranquilizador. Meti novamente o cachimbo no bolso e tirei um cigarro, pensando que era melhor tirar um antes que Bernie os fumasse todos. Procurei uma manobra de diversão. — Conta lá o que é que o Hanson tinha a dizer?

— O que é que queres dizer com essa do que é que ele tinha a dizer?

— Quero dizer, o que é que ele contou aos teus rapazes, quando lhe caíram em cima com os instrumentos de tortura? O que é que ele cantou?

Bernie virou-se para o lado como se fosse cuspir e depois voltou-se novamente para mim. — Nada que valesse a pena — disse com um ar enojado. — Não sabia nada. Parece-me que o Canning não confiava nele, pelo menos em questões delicadas. Disse que o Canning queria descobrir o que sabias sobre Nico

Peterson, se estaria vivo e, se estivesse, onde podia encontrá-lo. Mas isso não era novidade nenhuma. Quanto aos mexicanos, Canning sabia que eles tinham assassinado a rapariga e vingou-se.

— Como é que o Canning deitou a mão aos mexicanos? O Hanson disse?

— Tem ligações a sul da fronteira. Deitaram as unhas aos *cucarachos* e despacharam-nos para cá. Dá jeito ter amigos influentes, hein? — Pegou no copo vazio e olhou melancolicamente para ele. — Que trapalhada — disse. — Uma estrondosa e gigantesca trapalhada. — Levantou o olhar triste e fixou-o em mim. — Sabes porque é que estou aqui, Marlowe? Sabes porque é que estou aqui a beber contigo e a fumar? Porque quando voltar para casa já o meu chefe ligou meia dúzia de vezes, a querer saber se eu já apanhei os criminosos, se te fechei a sete chaves na choça e como vai ele explicar aos amigos pomposos da Câmara e a outros, também sócios, a maior parte deles, porque é que invadimos aquele clube deles... como é que se chama?

— O Cahuilla.

— ... porque é que levámos a cabo uma rusga em larga escala no Cahuilla Club, de que todos eles são membros, sem antes o consultar e lhe pedir autorização.

— O quê? — perguntei. — Foste lá sem dizeres ao chefão?

O xerife Donnelly fora eleito recentemente, vencendo o antecessor por uns dois mil votos, numa vitória inesperada que surpreendera toda a gente, incluindo o próprio Donnelly, calculo. O tipo que ele ultrapassara estivera no cargo desde antes da Primeira Grande Guerra, ou pelo menos parecia, e Donnelly tinha muito a provar. A cadeira do xerife ainda estava quente quando sentou nela o traseiro e, desde o primeiro dia, andara a espalhar o seu peso em redor e a cair pesadamente em cima de Bernie e dos outros funcionários sob o seu comando. Talvez eles o merecessem. Talvez se tivessem tornado moles, no regime anterior.

— Parecia urgente — disse Bernie —, da maneira como descreveste os disparates que se passavam no clube. Se tivesse envolvido Donnelly, seria preciso transpor tantos obstáculos até avançarmos que toda a malta daquela espelunca, incluindo o pessoal do bar e os jardineiros, ter-se-ia pirado muito antes de lá chegarmos. — Calou-se e olhou para mim. — O que há, agora?

Devo ter desencadeado aquilo a que chamam uma partida involuntária. Surgira-me um pensamento, um pensamento grande, sujo, mau e óbvio.

— Há uma lista das pessoas que trabalham no clube? — perguntei.

— Uma lista? O que queres dizer?

— Deve haver qualquer registo de quem são os trabalhadores — disse mais para mim do que para o Bernie —, uma lista de pessoal ou uma folha de salários, qualquer coisa do género.

— De que é que estás a falar?

Tomei um pouco da minha bebida, notando mais uma vez como o sumo de lima complementava perfeitamente o travo a baga de zimbro do gim. O bom do Terry... se nada mais tivesse feito, tinha-me dado a conhecer um grande *cocktail*.

— Quando estava lá no clube, aquele tipo, chamado Lamarr, veio ter comigo e começou a falar. Ele é um pouco, sabes... — toquei com um dedo na têmpora — mas não é mesmo maluco e acho que é inofensivo. Disse que me vira a falar com o Capitão Gancho e que ele era um dos Rapazes Perdidos.

— Capitão Gancho — repetiu Bernie, numa voz neutra e abanando a cabeça. — Os Rapazes Perdidos. Por amor de Deus, o que é isso?

— Floyd Hanson disse-me que o clube tem uma política de contratar pessoas do género de Lamarr, solitários, vagabundos, pessoas sem passado e com pouco futuro. Uma espécie de filantropia, embora não consiga ver Wilber Canning como filantropo... como teria sido talvez o pai dele.

Parei. Bernie esperou e depois disse impacientemente.

— Então? Qual é a ideia?

— Se Nico Peterson está vivo e a sua morte foi encenada, teve de haver um corpo. Na morgue mostraram um cadáver a Lynn Peterson, que ela identificou como sendo o irmão. Talvez estivesse a mentir para encobrir o facto de Nico estar vivo e tudo aquilo fosse um esquema.

Bernie pensou melhor.

— Estás a dizer que o corpo que estava na morgue podia ser de um dos vagabundos que trabalham no clube? Que Nico matou alguém lá, trocou de roupa com ele, passou com o carro por cima do corpo as vezes suficientes para o tornar irreconhecível e depois atirou-o para a berma e acelerou?

Confirmei com um aceno de cabeça. Ainda estava a remoer naquilo.

— «Os Rapazes Perdidos», disse o Lamarr. «Nós somos os rapazes perdidos.»

— Quem diabo são os Rapazes Perdidos e o Capitão Gancho?

— São personagens de *Peter Pan*. Sabes... de J. M. Barrie?

— Maluco, mas grande leitor, esse Lamarr, então.

— Ele estava a referir-se a Floyd Hanson. Hanson era o Capitão Gancho. E repara que, na noite em que se julga que Nico Peterson morreu, Hanson foi um dos primeiros a chegar ao local e fez uma identificação preliminar. Interroga o Hanson outra vez e desta vez fá-lo suar a sério. Aposto que vais arrancar-lhe a história toda.

Bernie ficou calado uns momentos, a brincar com a minha caixa de fósforos, rodando-a entre os dedos, esquina após esquina, em cima do balcão.

— Continuas a dizer que não sabes nada disto, a não ser o que todos nós já sabemos?

— Bernie, é isso que eu digo, sim. Deves ter reparado que já o disse várias vezes. Devias pensar que talvez estivesse a dizer a verdade.

— Tudo começou contigo, Marlowe. — Bernie disse isto de olhos baixos, a observar a caixa de fósforos, num tom quase amável. — De certo modo, és a chave de tudo, isso sei eu.

— Como é que eu podia...?

— Cala-te. Não quero saber do Peterson, nem da irmã dele. Nem dos *cucarachos*... que me interessam dois imigrantes ilegais? Ponho de lado aquele maricas do Hanson e também aquele artista às ordens do Canning, do cassetete e do colete às riscas. Mas o Canning é outra história. Ele é o nome que vai surgir em todos os jornais de amanhã, a menos que alguém se meta e lhes aplique uma mordaça.

— Oh! E quem é que poderia fazer isso? — perguntei, mas tive uma súbita ideia de qual seria a resposta e o meu coração começou a mergulhar na ansiedade.

— Acho que uma das muitas coisas que não sabias — disse Bernie, com o seu ar meio zangado, meio presunçoso — é que Wilber Canning é um parceiro de negócios muito próximo de Harlan Potter.

Ele tinha estado a guardar aquela na manga. Olhei para dentro do meu copo e pensei quem teria inventado aquele *cocktail* de gim. E como é que tinha pensado naquele nome? O mundo está cheio de perguntas como esta, e só Ripley sabe as respostas a todas elas.

— Ah — disse eu.

— O que é que isso quer dizer?

— Quer dizer «Ah».

Harlan Potter era proprietário de um grande pedaço desta faixa de costa da Califórnia, bem como de cerca de uma dúzia de jornais importantes, segundo a última contagem. Por acaso, era também o pai de Linda Loring e da falecida Mrs. Sylvia Lennox, o que, evidentemente, fez dele sogro de Terry Lennox. Parecia que em cada esquina da minha vida lá estava Terry, com o seu sorriso tristonho, a rodar um copo de *cocktail* de gim entre os dedos brancos como cal. Engraçado... a maior parte das pessoas pensava que ele tinha morrido, tal como pensava de Nico Peterson, mas não tinha, embora continuasse a assombrar-me como se tivesse.

*Se eu casar com Linda Loring*, pensei, *Harlan Potter será meu sogro*. Esta era uma perspetiva que exigia um terceiro *cocktail*. Fiz sinal ao *barman* e ele respondeu com o seu aceno de cabeça, tão discreto que quase não chegava a ser um aceno.

— Então — disse, soltando um lento suspiro. — Harlan Potter. Bom, bom, o Citizen Kane em pessoa.

— Tem algum respeito! — pediu Bernie, tentando ocultar uma risadinha. — És quase da família. Ouvi dizer que a filha do Potter ainda está embeiçada por ti. Vais deixá-la iluminar a tua vidinha cinzenta?

— Não te estiques, Bernie — disse-lhe numa voz neutra.

Ele levantou as mãos num sinal de paz.

— Ei, acalma-te. Estás a perder o sentido de humor, Marlowe.

Rodei no banco do bar, de forma a ficar de frente para ele. Desviou o olhar do meu. Sabia que tinha pisado o risco, mas continuei.

— Ouve, Bernie, podes esmurrar-me à vontade por causa de coisas de legítimo interesse para ti, mas não te metas na minha vida particular.

— Pronto, pronto — murmurou, a olhar para o chão embaraçado, mas a franzir a testa. — Desculpa.

— Obrigado.

Voltei-me novamente para o balcão, não querendo que ele vislumbrasse a sombra do sorriso afetado que não conseguia afastar do rosto. Não era frequente ter oportunidade de fazer Bernie corar, e quando a conseguia, espremia-o até à última.

Jake trouxe as nossas bebidas. Via que Bernie não queria mesmo outra, mas, atendendo a que tinha posto os pés pelas mãos, não conseguiu recusar.

— De qualquer modo, talvez tenhas razão — disse-lhe, dando-lhe uma folga.

— Quanto a quê?

— Quanto a Potter querer certificar-se de que o amigo Canning não é completamente trucidado nas edições de amanhã.

—hã-hã. — Bebeu um golo do copo e voltou a colocá-lo no balcão, com um esgar de preocupação. Provavelmente, ia ter de se encontrar com Donnelly em breve e não iria cair muito bem se cheirasse a gim, o que iria acontecer, de qualquer modo, porque já despejara dois *cocktails*. Deu um estalo com a língua e disse: — Estou por aqui com esta cidade — pôs a mão, horizontalmente, debaixo do queixo. — Sabes que estou na polícia quase há um quarto de século? Pensa nisso. Isto é uma máquina de picar carne, e eu nem sou bife de primeira.

— Vá lá, Bernie! Não tarda pões-me a chorar.

Olhou para mim com ar taciturno.

— E tu? — perguntou. — Vais fingir que o teu mundo é um pouco mais limpo do que aquele em que eu estou atolado?

— É a mesma coisa por todo o lado — confirmei. — Mas vê a coisa por este prisma. Com tipos como tu e como eu de um lado da balança, ela não vai pender totalmente para o outro lado, onde os Cannings e os Potters estão sentados com os seus sacos de ouro ao colo.

— Com certeza — concordou Bennie. — Esta tarde estás uma verdadeira Pollyanna.

Calei-me, então, não devido à zombaria de Bernie, mas por recear estar a colocar Harlan Potter no mesmo saco que Wilber Canning. Potter era duro, e não se faz aquele tipo de dinheiro — mais de cem milhões, dizem — sem cortar algumas curvas e, talvez, algumas gargantas. Mas um homem que era pai de uma rapariga como Linda Loring não podia ser assim tão mau. Falara com ele uma vez. Começara por me ameaçar, a seguir pregou-me um sermão sobre a desgraça que todos nós éramos, depois ameaçou-me outra vez e terminou com a sugestão eventual de que podia pensar em encaminhar para mim algum negócio, se eu não me metesse em problemas. Agradeci, mas disse que não, obrigado. Pelo menos, penso que disse.

Bernie olhou para o relógio. Era do tamanho de uma batata, mas naquele seu braço até parecia pequeno.

— Tenho de me pôr a mexer — disse e começou a remexer-se para sair do banco.

— Não acabaste a bebida. Os *cocktails* não são baratos, sabes.

— Olha, estou oficialmente de serviço. Toma... — Tirou a carteira do bolso e atirou uma nota de cinco dólares para o balcão. — Bebe por minha conta.

Lancei-lhe um olhar, depois peguei na nota, dobrei-a e enfiei-a no bolso de cima do fato de sarja azul dele.

— Não me insultes, Bernie — adverti-o. — Convidei-te para tomares uma bebida, pago eu. Faz parte do que se chama «contrato social».

— Sim. Eu não sou grande coisa no que se refere a regras de sociedade. — Sorriu e eu respondi com um sorriso. — Não deixarei de te procurar, Phil — disse ele.

— Tens mesmo?

— É o meu trabalho. — Pôs o chapéu, ajustou-o e deu um piparote na aba com um dedo, numa espécie de continência. — Adeus, por agora.

Acabei a minha bebida e pensei acabar com a que o Bernie deixara por beber, mas há limites que os Marlowe não ultrapassam. Paguei a conta e peguei no chapéu. Estava a ver o Jake a preparar-se para me perguntar como estava atualmente a minha amiga, referindo-se a Linda Loring. Para o deter, fingi recordar-me de um encontro urgente noutro lado e escapuli-me.

Estava uma noite clara e fresca e, no céu, pairava baixinho uma grande estrela que lançava um longo estilete de luz até ao coração de Hollywood Hills. Os morcegos andavam à solta, a guinchar e a piscar como pedaços de papel queimado de uma fogueira. Procurei a Lua, mas não a vi. Também a Lua me faz sentir sempre melancólico. Não tinha para onde ir, nem nada a fazer. Lembrei-me de que não tinha carro, fiz sinal a um táxi e disse ao motorista que me levasse a casa. Era um italiano, tão grande como Bernie Ohls e quase tão bem-humorado. Sempre que o semáforo ficava vermelho, ele praguejava baixinho. Os palavrões eram em italiano, mas não precisava de saber o que queriam dizer.

Em casa, o ar estava abafado, como se um grupo de pessoas tivesse estado ali instalado todo o dia, com as janelas fechadas. Iniciei um jogo de xadrez de um livro, Lasker *vs.* Capablanca, em que Capablanca derrubava o mestre alemão com um dos seus mais suaves e mortíferos finais de jogo. Não há melhor do que o xadrez. Mesmo assim, não me sentia com disposição. Ainda me sentia zonzo devido ao gim que emborcara e não queria que se desvanecesse. Há alturas em que desejamos que a nossa mente deixe de funcionar, e esta noite a minha estava a trabalhar demais para me sentir confortável. Tentamos afastar alguns pensamentos, mas eles continuam a surgir.

Saltei para o *Oldsmobile* e dirigi-me ao Barney's Beanery, onde bebi seis uísques de seguida e teria continuado, se não fosse Travis, o meu anjo da guarda atrás do balcão, que se recusou a servir-me mais. Fez-me entregar-lhe as chaves do carro, ajudou-me a chegar à rua e enfiou-me num táxi. A partir dali não me lembro de grande coisa. Não sei como, consegui subir os degraus de sequoia da entrada, e consegui até chegar ao quarto, onde acordei por volta da meia-noite, estendido atravessado na cama, sobre a cara e completamente vestido. Tinha o cheiro de um texugo e tanta sede como um camelo.

Cambaleei até à cozinha e bebi cerca de um litro de água diretamente da torneira. Logo a seguir, cambaleei até à casa de banho, debrucei-me sobre a sanita e vomitei uns dois litros. O primeiro litro foi de água, seguido de outro, de um líquido verde-claro, constituído, calculo, por metade de gim e metade de bílis. Fora um dia longo.

E ainda não tinha terminado. A meio da noite o telefone despertou-me. A princípio julguei que era um alarme de incêndio e teria corrido lá para fora, para a noite, só que, por uma razão qualquer, não consegui que a porta da frente se abrisse. Peguei no auscultador como se fosse a cabeça de uma cascavel. Era Bernie, a ligar para me dizer que Floyd Hanson acabara de ser encontrado na sua cela, pendurado numa das grades da janela. Rasgara os lençóis às tiras e atara-os a formar uma espécie de corda. A janela não era suficientemente alta e ele tivera de se pendurar ali com os pés no chão e os joelhos fletidos. Devia ter levado muito tempo a morrer.

— Então este é um canário que já não vai cantar — comentou Bernie. Disse-lhe que ele era um sentimental e riu-se, sem achar graça. — O que é que tens? Parece que estás com uma mordaça.

— Estou bêbado.

— Estás o quê? Não consigo perceber o que dizes.

— Disse bêbado. Grosso. Com os copos. Borracho.

Ele riu-se outra vez, desta vez com convicção. Calculo que deve ter sido engraçado, ouvir alguém tão transtornado como eu a tentar pronunciar aquelas palavras, sobretudo a última.

Inspirei profundamente, o que me fez sentir tonto, mas depois a minha mente ficou mais clara e perguntei por Bartlett.

— Quem é o Bartlett?

— Credo, Bernie, por favor não grites — pedi, afastando o auscultador do ouvido. — Bartlett é o mordomo... O tipo do cassetete, aquele que alvejei no joelho.

— Ah, esse! Não está grande coisa. Está em coma, foi a última coisa que soube. Perdeu uma pipa de sangue. Estão a fazer-lhe transfusões. Talvez se safe ou talvez não. Estás orgulhoso de ti, Wild Bill?

— Ele quase que me afogou — rosnei.

— Aquele velho? Estás a perder qualidades, Marlowe.

— Lá estás tu a chamar-me Marlowe outra vez.

— Sim, bem, há coisas piores que podia chamar-te. E lá porque me pagaste dois copos não quer dizer que tivesse de me tornar teu amigo e compincha. E a bebida desvaneceu-se mal entrei no gabinete. O Donnelly tinha estado num evento elegante de beneficência e apareceu de *smoking* e laço, a feder a água-de-colónia e a mulheres elegantes. Já reparaste como o cheiro a mulheres está por todo o lado, nesse tipo de festas?

— Nunca fui a esse tipo de festas.

— Põe-nos a cabeça à roda. E tem também efeitos lá em baixo. Adiante. O Donnelly ficou muito arreliado por ter sido obrigado a sair da festa, mas isso não foi nada, comparado com a forma como ficou quando ouviu o que se passou no Cahuilla Club, contigo aos tiros aos mordomos e o Canning a fazer o truque indiano da corda e a evaporar-se.

— Bernie — disse eu, naquela voz de infinita suavidade e de infinito sofrimento, como diz o poeta. — Bernie, estou bêbado e agoniado e há um tipo a martelar com toda a força na parte de trás do meu crânio. Hoje quase me afoguei. Alvejei um tipo que, provavelmente, não se vai safar e que, provavelmente, também não o merece, mas mesmo despachar patifes afeta-nos. Por isso, por favor, posso ir para a cama?

— Sim, vai lá e dorme para esquecer, Marlowe, enquanto todos nós vamos ficar acordados a tentar resolver uma trapalhada destas, que tanto quanto posso entender, foste tu que começaste.

— Lamento que estejas na profissão errada, Bernie. O que é que querias ser, educador de infância?

Ele explodiu então naquele tipo de linguagem que não se encontraria sequer em livros comprados num saco simples castanho, numa loja cujas persianas estão sempre corridas e em que não há letreiro na porta. Deixei-o arengar até acabar por lhe faltar o vapor e calar-se, embora o ouvisse a respirar furiosamente no bocal do telefone. Perguntou-me então o que é que eu fizera à arma.

— Que arma?

— Que arma? A arma com que alvejaste o Bartleby.

— Bartlett. Deitei-a fora.

— Onde?

— Para a buganvília.

— Para o *quê?*

— Os arbustos. No Cahuilla Club.

— Meu grande burro. O que é que estavas a pensar?

— Não estava a pensar em nada. Estava a agir por instinto. Lembras-te do que é instinto, Bernie? É aquilo que mais frequentemente orienta o comportamento dos seres humanos comuns, pessoas que não estão na polícia há um quarto de século.

E desliguei-lhe o telefone na cara.

# 21

Dormi até ao meio-dia. Como é que me sentia quando acordei? Havia uma gata vadia da vizinhança que se aconchegava a mim na esperança de que eu a deixasse entrar e passar a gerir a minha vida. Era uma siamesa decrépita, mas é evidente que achava que era a reencarnação de uma princesa egípcia. No outro dia abri a porta e lá estava ela, a filha do faraó, sentada na varanda, segurando na boca os restos do que fora uma espécie de pássaro. Lançou-me um olhar vitorioso e, delicadamente, depositou o cadáver aos meus pés. Acho que era um presente para mim, uma espécie de pagamento adiantado, antes de se mudar cá para casa.

Bom, aquele pássaro era eu, de olho vítreo e sentindo-me completamente mastigado, ali estava estendido, num emaranhado de lençóis ensopados em suor, a olhar para a instalação de luz no teto que parecia rodar lentamente, sem parar, numa órbita elíptica. Aceitem o meu conselho: nunca bebam seis uísques em cima de três *cocktails* de gim. Quando descolei os lábios o suficiente para abrir a boca, fiquei surpreendido por não sair dela um espesso fumo verde.

Levantei-me e arrastei-me até à cozinha, cuidadosamente, como um velhinho, débil e frágil. Deitei umas colheres de café na cafeteira, coloquei-a no fogão e acendi o lume. Depois fiquei ali de pé muito tempo, inclinado sobre o rebordo do lava-loiça e a olhar vagamente para o quintal das traseiras. A luz lá fora era tão ácida como sumo de limão. Mas a chuva recente tinha reavivado as coisas. A maior parte das flores da erva-moura de Mrs. Paloosa estava agora a transformar-se em bagas, mas o aloendro, por trás do contentor de lixo, era um aglomerado de flores cor-de-rosa, onde meia dúzia de minúsculos beija--flores faziam atarefadamente o seu trabalho de polinização. Ah, a natureza, a ressaca... e eu, a única mancha na paisagem.

A cafeteira começou a roncar, fazendo o mesmo barulho que o meu estômago.

Enfiei um roupão, saí e fui apanhar o jornal que o ardina atirara para o alpendre. Fiquei na sombra fresca e analisei a primeira página. Havia uma notícia na sétima coluna de um «incidente» no Cahuilla Club. Dois intrusos não identificados irromperam pelo clube, foram detetados pelo pessoal da segurança — Bartlett não era referido — e resultaram dois mortos. Parecia que o gerente do clube, Floyd Henson (*sic,* como se diz) fora cúmplice no assalto e morrera depois acidentalmente, quando já estava sob custódia policial. O dono do clube, Wilberforce Canning, partira na noite anterior para destino desconhecido no estrangeiro. Assobiei, acenando a cabeça. Era só pôr as coisas nas mãos de Harlan Potter. Quando deitava abaixo uma história, fazia-o meticulosamente.

Entrei novamente em casa, servi-me de um café da cafeteira e bebi. Estava demasiado forte e tinha um sabor amargo. Ou talvez o azedume já estivesse na minha boca, por causa do que tinha estado a ler.

Um pouco mais tarde, na casa de banho, despi a parte de cima do pijama e fiquei impressionado com as nódoas negras que as cordas de Bartlett tinham deixado nos meus braços, a atravessar-me o peito e o tronco. Quanto à cor, ia do cinzento de massa de vidraceiro e de um carmesim claro até um tom sulfuroso e doentio de amarelo. Doíam-me os pulmões da pressão de ter estado amarrado durante tanto tempo e de ter de lutar tão intensamente para não rebentar quando tinha a cabeça debaixo de água, já para não referir os cigarros que fumei na noite anterior no Beanery, enquanto me afundava cada vez mais naquela garrafa de uísque.

Por muito mal que me sentisse, era melhor do que estar morto, mas apenas um pouco melhor.

Depois de me ter barbeado, tomado duche e esfregado o melhor possível, vesti um fato cinzento e uma camisa branca e pus uma gravata escura. Faz-nos sentir melhor vestirmo-nos sobriamente, depois de uma noite de bebedeira. Servi outra chávena de café lodoso, já estava morno, e levei-a para a sala. Sentei-me no sofá e experimentei acender um cigarro. Sabia a absinto ou a alguma coisa que eu imaginava que seria o sabor do absinto. Suspeito que o pior que podemos fazer quando temos uma ressaca é beber café e misturá-lo com nicotina, mas alguma coisa temos de fazer.

Quando o carteiro meteu a segunda entrega de correio do dia na ranhura da porta e ela caiu nos mosaicos do vestíbulo, saltei quase trinta centímetros com o barulho. Para verem o meu estado. Fui até lá e juntei o maço de envelopes. Contas de serviços. Uma oferta de uma empresa do Nebrasca de fornecimento dos melhores bifes de lombo do mundo, embrulhados em sal e despachados por via aérea. Um aviso da companhia de que a minha conta de eletricidade estava em dívida. E um envelope de cor creme com o meu nome e morada escritos a tinta de cor violeta, numa caligrafia escorreita e elaborada. Cheirei-o. *Langrishe Lace,* leve, mas agora inconfundível.

Levei a carta até ao sofá, sentei-me, levantei-a entre o indicador e o polegar e fiquei a olhar para ela. Recordei Clare Cavendish, junto da mesinha de ferro forjado na estufa, naquele dia, que agora já me parecia tão distante, a escrever no caderno de notas, com a caneta elegante de tinta permanente. Pousei o envelope na mesa de café e fiquei a olhá-lo mais algum tempo, enquanto acabava o cigarro. O que seria? Uma carta do tipo «Querido John», a dar-me o pontapé final, o *coup-de-grâce*? Um bilhete que me acusava de ter mantido relações impróprias com uma cliente? Estaria prestes a ser dispensado? Ou talvez fosse um cheque a saldar as contas, acompanhado de uma curta despedida.

Havia apenas uma maneira de descobrir. Peguei no envelope, meti um dedo por baixo da pestana, e enquanto o fazia pensei em Clare a lambê-la, com a pontinha aguçada da língua carmesim a deslizar e a humedecer a cola.

> *Gostaria de saber se fez algum progresso no assunto para que o contratei para investigar. Já esperava ter, neste momento, um desenvolvimento significativo. Por favor, dê-me notícias, o mais brevemente possível.*
>
> *CC*

Só isto. Nenhum remetente, nenhuma saudação e nenhum nome, apenas iniciais. Ela não arriscava nada. Era uma versão manuscrita de um pontapé no estômago. Comecei por ficar irritado, mas depois disse para comigo que não fosse estúpido. A irritação sobrecarrega o fígado e não faz nada bem.

Pus de lado o curto e frio bilhete de Clare Cavendish e recostei-me no sofá, acendi outro cigarro e, como não havia maneira de evitá-lo, pus-me a pensar. O caso Nico Peterson não tivera grande sentido desde o princípio, mas agora não tinha sentido nenhum. Descobri, recentemente, uma palavra bonita: palimpsesto. O dicionário dizia que era um manuscrito com o texto original parcialmente apagado e um novo, escrito por cima. Aquilo com que eu estava a lidar era uma coisa semelhante. Estava convencido de que por trás de tudo o que acontecera existia outra versão das coisas, que eu não conseguia ler. Mas, mesmo assim, sabia que estava lá. Não se realiza o tipo de trabalho que eu faço, e durante tanto tempo como aquele há que o faço, sem desenvolvermos um faro para os factos em falta.

Reli-o novamente, ali sentado no meu sofá, na tranquilidade do meio-dia. O que há de bom em viver numa rua sem saída é que não há muito trânsito e por isso o nível de ruído mantém-se baixo. Mas o texto era o mesmo e não cheguei a lado nenhum ou, pelo menos, a algo de novo. Aquilo de que tinha a certeza, a única coisa de que tinha a certeza, era de que Clare Cavendish era a peça do *puzzle* que não encaixava. Entendia mais ou menos Nico Peterson. Era o filho de um ricaço, cujo objetivo na vida consistia em enriquecer por si próprio e cuspir na cara do pai, só que não tinha a cabeça do velho, nem a sua ousadia ou implacabilidade, ou fosse lá o que fosse, para fazer um milhão de dólares. Não tivera qualquer sucesso na atividade de agente — até Mandy Rogers conseguiu ver que ele era incapaz — e, provavelmente, metera-se com as pessoas erradas.

Suspeitava também de que fosse qual fosse o contrabando que Nico expediu do México, numa mala, para ser entregue a Lou Hendricks, valia muita massa: não se encena a própria morte por uns trocos. E tinha uma forte certeza de que Floyd Hanson fora conivente com Nico e fornecera um dos seus Rapazes Perdidos como cadáver substituto. Pensava era que Wilbur Canning não sabia o que o Hanson e o Nico tinham cozinhado entre eles e acreditara que o Nico tinha morrido, até eu meter o nariz na história. Quanto a Gómez e López, achava que eram os donos originais do que quer que vinha na mala com que Nico se abotoara e tinham vindo procurá-lo e reclamar a sua mercadoria.

Restava Clare Cavendish. Ela contratara-me para encontrar um namorado que a traíra duplamente de uma forma espetacular, primeiro fingindo que tinha morrido e depois reaparecendo vivo, mas não aceitei essa versão das coisas. Não conseguira acreditar, desde o princípio, que uma mulher como ela se teria envolvido com um homem como Peterson. É verdade que há mulheres que gostam de remexer no lixo — excita-as porem em risco a sua reputação e até talvez a sua saúde. Mas Clare Cavendish não era desse tipo. Estava a vê-la lançar-se nos braços de um rufia, mas tinha de ser um rufia do seu género, com classe, estilo e dinheiro. É certo que tinha ido para a cama comigo, um tipo que nem saberia meter as mudanças num carro desportivo de luxo. Isso não sabia explicar. Como havia de saber, se sempre que pensava nisso só conseguia vê-la na minha cama, naquela noite, inclinada sobre mim, sob a luz do candeeiro, a tocar-me nos lábios com as pontas dos dedos e a deixar o cabelo louro cair em volta da minha cara? Ou talvez estivesse a adoçar-me para poder continuar a usar-me no raio de coisa em que estivesse metida. Isso era uma possibilidade que eu preferia não ter encarado. Mas quando pensamos numa coisa, ela fica lá.

Tinha o telefone na mão e pus-me a marcar o número dela antes de me aperceber do que estava a fazer. Há momentos em que damos connosco a seguir os nossos instintos como um cão bem treinado a trotar na peugada do dono. Atendeu uma empregada que me disse para esperar. Ouvi-lhe os passos num corredor que fazia eco. Uma casa tem de ser tremendamente grande para produzir ecos tão sonoros. Lembrei-me da expressão de assombro de Dorothea Langrishe, quando declarou que fizera uma fortuna graças a pétalas de flor esmagadas. Este mundo é estranho.

— Sim? — disse Clare Cavendish, numa voz capaz de pôr uma fina camada de gelo sobre a superfície do Lago Tahoe. Disse-lhe que queria vê-la. — Ah, sim? Tem alguma coisa a comunicar?

— Tenho uma coisa a perguntar-lhe — respondi.

— Não pode perguntar pelo telefone?

— Não.

Fez-se um silêncio. Não sabia porque estava a ser tão fria. Naquela noite, em minha casa, não nos tínhamos separado de boas relações, mas eu acorrera quando ela me telefonou a pedir ajuda, quando o irmão sofrera uma *overdose*. Isso não fizera de mim um *Sir* Galaaz, mas também não achava que merecesse um tom tão glacial, nem aquele recadinho desagradável que me enviara.

— O que sugere? Não é boa ideia vir cá a casa — disse.

— Que tal um almoço?

Deixou novamente passar uns segundos.

— Está bem. Onde?

— No Ritz-Beverly — sugeri. Foi o primeiro lugar que me ocorreu. — Foi onde me encontrei com a sua mãe, quando tivemos a nossa conversa.

— Sim, eu sei. A minha mãe hoje está fora da cidade. Estou lá dentro de meia hora.

Entrei no quarto e olhei-me no espelho do guarda-fatos. O fato cinzento parecia gasto e, além disso, era quase da cor da minha cara. Troquei-o pelo azul e troquei a gravata que tinha posto por uma vermelha. Até pensei em engraxar os sapatos, mas no meu estado debilitado nem encarei a perspetiva de me inclinar para o fazer.

Quando saí de casa e vi o lugar vazio na berma, a princípio pensei que me tinham roubado o *Oldsmobile*. Depois lembrei-me que Travis me tirara as chaves, na noite anterior, e me mandara para casa de táxi. Caminhei pela rua em direção a Laurel Canyon. O sol batia nos eucaliptos e o ar estava fresco com o seu aroma. Disse para comigo que não me sentia assim tão mal, e quase acreditei. Passou por mim um táxi, assobiei depois de ter passado, mas ele parou. O motorista era do tamanho de um alce e quando olhei para ele fiquei espantado: era o mesmo italiano que tinha apanhado na noite anterior à porta do Victor's. Esta cidade parece estar a ficar cada dia mais pequena. A sua disposição não mudara nada e praguejava infalivelmente a cada semáforo que estava contra nós, como se alguém os mudasse para vermelho sempre que ele se aproximava.

Estava a revelar-se um dia de coincidências. No Beverly fui conduzido à mesma mesa onde me sentara com M.me Langrishe. O empregado era também o mesmo. Lembrou-se de mim e perguntou, num tom preocupado, se Mrs. Langrishe viria ter comigo. Respondi que não e ele sorriu como se tivesse pensado no Natal. Mandei vir uma vodca *Martini* — que se lixe — e pedi-lhe que o fizesse tão seco como Salt Lake City.

— Compreendo — disse baixinho, e não teria ficado surpreendido se me tivesse piscado o olho. Era um tipo experiente e conseguia, sem dúvida, detetar uma ressaca à distância.

Olhei em volta, enquanto esperava a bebida. Nem sequer a frente e as traseiras modeladas das estátuas de Nefertiti me interessaram muito naquele dia. Algumas mesas tinham as habituais senhoras a almoçar, de chapéu e luvas, e havia alguns homens de negócios de fatos sóbrios, aspeto profissional e enérgico. Um casal jovem estava sentado lado a lado num banco, sob uma palmeira inclinada. Estavam em lua de mel. Ele com aquele inconfundível sorriso palerma estampado no rosto, ela com um chupão do tamanho e da cor de uma concha de mexilhão na parte lateral do pescoço. Desejei-lhes, em silêncio, felicidade e sorte. Porque não? Até um homem com uma cabeça tão dura como a de um nabo não podia deixar de sorrir condescendentemente perante uma tal exibição de amor juvenil.

O meu *Martini* chegou numa bandeja brilhante. Estava frio e ligeiramente oleoso e tropeçou alegremente nos meus dentes com um tinir de prata.

Ela não chegou muito atrasada. O empregado conduziu-a à minha mesa. Vestia um fato branco, com uma espécie de corpete e uma saia justa. O chapéu era de palha creme com uma fita preta e uma grande aba ondulante. A minha boca secou. Olhou-me com um ar chocado — calculo qual seria o meu aspeto — e quando inclinei a cara para a dela, beijou o ar rapidamente a dois ou três centímetros da minha cara e murmurou:

— Meu Deus, o que é que aconteceu?

O empregado andava por ali e virei-me para ele.

— A senhora acompanha-me no *Martini.*

Clare começou a protestar, mas fingi não reparar; ia ser um almoço líquido. Pousou a mala de pele envernizada em cima da mesa e sentou-se lentamente, sempre a olhar fixamente para mim.

— Está com um aspeto terrível — disse ela.

— E você está parecida com a conta bancária da sua mãe.

Não sorriu. Não era um bom começo.

— O que é que aconteceu? — perguntou novamente.

— O dia de ontem foi aquilo que descreveria provavelmente como «penoso». Viu a notícia no *Chronicle* desta manhã?

— Que notícia?

Sorri-lhe, mostrando os dentes.

— Aqueles incidentes terríveis no Cahuilla Club. Nem quero crer no que aquele estabelecimento se tornou, com mexicanos mortos por lá e o gerente, que se revelou um crápula. Conhecia Floyd Hanson, é claro.

— Não diria que o conhecia.

O empregado regressou com a bebida e colocou o copo, quase reverentemente, na frente dela. Pude ver que ele lhe fez uma rápida apreciação geral, em que os empregados de mesa são peritos. Talvez a boca dele também tenha ficado seca. Ela brindou-o com um leve sorriso de agradecimento e ele afastou-se, fazendo uma vénia.

— Calculo que o que diz o jornal não foi exatamente o que aconteceu, pois não? — perguntou Clare. Olhava para mim com um olho por baixo da aba descaída do chapéu.

— Raramente é.

— Esteve no clube? Calculo que foi por isso que o seu dia foi... como é que disse?... penoso. — Não respondi. Limitei-me a continuar a fixar aquele olho perscrutador e a manter o meu sorriso de aço. — Porque é que não se referiram a si?

— Tenho amigos bem colocados.

— Refere-se ao pai de Linda?

— Sim, é provável que o Harlan Potter tenha pegado no telefone — disse eu. — A Linda contou-lhe que nos conhecemos muito bem?

Nesse momento sorriu, mas ligeiramente.

— Ela não me contou, mas pela forma como fala de si, calculo. O sentimento é mútuo?

Acendi um cigarro.

— Não vim aqui para falar de Linda Loring — disse num tom mais agreste do que pretendia. Encolheu-se um pouco, mas acho que foi porque achou que devia.

— Desculpe, não queria bisbilhotar.

Abriu a mala e tirou os cigarros, era um dia de *Black Russian,* e meteu um na boquilha de ébano. Inclinei-me sobre a mesa e estendi-lhe um fósforo aceso.

— Bom — disse, soprando o fumo para o teto —, veio aqui para falar de quê?

— Bem, acho que entre nós só há um assunto, Mrs. Cavendish.

Ela ficou em silêncio por um momento, a interiorizar o tom com que eu dissera o nome dela.

— É um pouco tarde, não acha, para voltarmos às formalidades — disse em voz baixa.

— Acho que é melhor mantermos as coisas num tom estritamente profissional — respondi.

Ela lançou-me outra sugestão de sorriso.

— Acha?

— Aquele bilhete que me mandou era, sem dúvida, profissional.

Ela corou um pouco.

— Sim, acho que fui um pouco brusca.

— Ouça, Mrs. Cavendish — repeti —, houve alguns mal-entendidos entre nós.

— Que tipo de mal-entendidos?

Disse para comigo que este não era o momento de me dar ao luxo de me irritar.

— Mal-entendidos que eu gostaria de esclarecer.

— E como é que fazemos isso?

— É consigo. Podia começar por ser sincera comigo sobre Nico Peterson.

O meu copo estava vazio, até comera a azeitona. Chamei a atenção do empregado, ele fez um sinal afirmativo e voltou-se na direção do bar. De repente, senti-me cansado. O peito e os braços ainda me doíam terrivelmente e na cabeça tinha aquele martelar distante e regular, que, naquele momento, me parecia lá ter estado toda a vida. Precisava de me deitar num lugar fresco e à sombra e descansar bastante tempo.

— Aquilo de estou a falar não é difícil, nem confuso, Mrs. Cavendish, embora eu esteja a ter dificuldade em dizê-lo e eu próprio esteja confuso. Encare a coisa do meu ponto de vista. A princípio parecia simples. Vem ao meu escritório e pede-me para encontrar o seu namorado que desapareceu. Não era a primeira vez que uma mulher se sentava naquela cadeira e me pedia a mesma coisa. Geralmente os homens são fracos e, muitas vezes, quando o amor morre, preferem, cobardemente, desaparecer rapidamente, em vez de enfrentarem a sua amada e dizer-lhe que, quanto a ele, ela já passara à história. Ouvi-a e embora, no fundo, tivesse algumas reservas...

— Quais eram?

Estava ansiosamente debruçada sobre a mesa, com a boquilha inclinada, em ângulo agudo, o fumo do cigarro a elevar-se numa linha fina e veloz.

— Como já disse, não conseguia associá-la ao tipo de homem que, segundo a sua descrição, me pareceu que ele era.

— E que tipo era esse?

— Não era o seu. — Ela começou a dizer mais qualquer coisa, mas cortei-lhe a palavra. — Pare. Deixe-me continuar — ordenei. Não era só ela que sabia ser brusca.

O empregado veio com o meu outro *Martini.* Fiquei satisfeito com a interrupção. O som da minha voz estava a parecer um contrabaixo arrastado a juntar-se ao tambor na minha cabeça. Tomei um golo refrescante da bebida e pensei na frase da Bíblia sobre o veado que suspira por água. Foi bom que o salmista não conhecesse a vodca.

Acendi outro cigarro e continuei:

— De qualquer modo, apesar das minhas dúvidas, disse-lhe que sim, que iria encontrá-lo. Depois descubro que ele foi desta para melhor, a seguir vem a saber-se que não, visto que o descobriu a passear na Market Street na moderna e elegante cidade de São Francisco. *Isto é interessante*, penso eu, *na verdade é um triplo problema*, pus o meu chapéu de caçador e parti para a caçada. Quando dou por isso, começam a morrer pessoas à minha volta. E até eu quase fui morto mais de uma vez. Isso fez-me parar. Olhei para trás, para o tortuoso caminho que fizera e vejo-a lá longe, à distância, atrás de mim, no meu ponto de partida, com aquela expressão impenetrável que já conheço tão bem. Pergunto-me: isto poderá ser tão simples como parecia a princípio? Claro que não.

Também eu me debrucei então sobre a mesa, até os nossos rostos não ficarem separados por mais do que uns trinta centímetros. — Então, Mrs. Cavendish, estou a perguntar-lhe: isto é tão simples como parecia? É a isso que me refiro quando lhe digo que quero que seja sincera comigo. Disse-me que, tal como Pascal, fizesse uma aposta. E fiz. Acho que perdi. E, já agora, não tocou na sua bebida.

Recostei-me na cadeira. Clare Cavendish olhou para a esquerda e para a direita e depois franziu o sobrolho.

— Acabei de me aperceber de que esta é a mesa preferida da minha mãe — disse ela.

— Sim. É uma coincidência.

— É claro que foi aqui que se encontraram, não foi?

— Neste mesmo lugar.

Ela acenou com a cabeça distraidamente. Parecia estar a pensar em muitas coisas, a peneirar, a calcular, a decidir. Tirou o chapéu e pousou-o na mesa, ao lado da mala.

— Tenho o cabelo muito mal? — perguntou.

— Está encantador. O seu cabelo — comentei.

E estava a dizer a verdade. Ainda estava apaixonado por ela, de uma certa forma dolorosa e desesperançada. Que parvo eu era.

— O que é que estávamos a dizer? — perguntou.

Acho que ela perdera o fio à meada. Passou-me pela cabeça que podia não saber mais do que eu e que o facto de me ter contratado para procurar Nico Peterson não tinha qualquer ligação com o que se seguiu. Afinal, era possível. A vida é muito mais confusa e desconjuntada do que aquilo que nos permitimos admitir. Por querermos que as coisas tenham sentido, sejam agradáveis e organizadas, continuamos a engendrar cenários e a impô-los à forma como a vida realmente é. Trata-se de uma das nossas fraquezas, mas agarramo-nos a isso durante toda a nossa rica vida, visto que sem isso não existiria vida, rica ou não.

— Estávamos a dizer, ou melhor, estava eu a dizer, estava a perguntar, se me pode explicar como é que o facto de me contratar para ir atrás do Nico Peterson se liga ao facto de a irmã do Peterson ter sido raptada e assassinada e depois de os seus próprios assassinos terem sido assassinados e de Floyd Hanson se ter suicidado, de Wilber Canning fugir do país e de eu acabar por me sentir como se toda esta gente, em corrupio à minha volta, tivesse andado a correr em cima de mim como uma manada de búfalos.

Ela levantou a cabeça de repente e olhou fixamente.

— O que é que disse de Floyd Hanson? O jornal dizia...

— Eu sei o que o jornal dizia. Mas Hanson não morreu por acidente. Rasgou um lençol e fez com ele uma corda que pôs à volta do pescoço como um laço e atou o outro extremo a uma grade da janela e deixou-se cair. Mas a janela não estava suficientemente afastada do chão, por isso teve de fazer as pernas moles e pender ali até não lhe restar fôlego. Imagine o esforço e determinação de que precisou.

O rosto dela ficou cor de cinza, o que fez com que aqueles olhos negros parecessem saltar-lhe da cara, enormes, húmidos e brilhantes.

— Santo Deus — murmurou. — Pobre homem.

Observei-a cuidadosamente. Sei sempre distinguir quando um homem está a representar, mas com as mulheres nunca tenho a certeza.

— Esta é uma história suja — comentei, mantendo a voz tão baixa e suave quanto consegui. — Lynn Peterson morreu de uma forma cruel e dolorosa. O mesmo aconteceu a Floyd Hanson, embora ele talvez tenha merecido. Dois mexicanos foram espancados até à morte e ainda que ninguém sentisse pena deles, foi brutal e feio. Talvez não entenda plenamente toda a dimensão daquilo em que está envolvida. Espero que não esteja ou espero que não estivesse. Agora já não pode fingir. Então? Está pronta para me contar o que sabe? Está pronta para me pôr a par das coisas que, estou convencido, me esteve sempre a esconder?

Ela tinha o olhar fixo em frente, estava a ver horrores e talvez estivesse a vê-los pela primeira vez.

— Não posso... — disse, e a seguir vacilou. — Eu... — Cerrou o punho e levou os nós dos dedos brancos aos lábios. Uma mulher numa mesa ao lado estava a observá-la e falou com o homem que estava na sua frente e que se virou e olhou também.

— Tome um pouco da bebida — disse eu. — É forte, vai fazer-lhe bem.

Abanou rapidamente a cabeça, com o punho ainda a comprimir-lhe a boca com força.

— Mrs. Cavendish... Clare — chamei, inclinando-me para a frente sobre a mesa e falando-lhe num murmúrio urgente. — Mantive o seu nome fora de tudo isto. Um polícia muito duro, aliás, dois polícias, caíram-me em cima com força para lhes dizer quem me contratara para procurar Nico Peterson. Não lhes disse nada. Disse-lhes que o facto de eu andar à procura de Peterson nada tinha que ver com todas as coisas que aconteceram e que fora apenas uma coincidência eu estar envolvido.

Os polícias não gostam de coincidências... elas ofendem o seu sentido de como as coisas são no mundo, tal como eles as conhecem. Por acaso, neste caso, convém-lhes acreditar na minha palavra, por muito que resmunguem. Se se confirmar que estou enganado, não vão acreditar que foi engano, e vão cair-me em cima como a vingança de Jeová. Não me importo... já passei por coisas destas e até piores. Mas se me derem a volta vão chegar a si. E não vai gostar dessa sensação, acredite em mim. Mesmo que por alguma razão não esteja preocupada consigo, pense no que um escândalo desses faria à sua mãe. Ela já viu violência bastante e sofreu um desgosto suficiente para toda uma vida. Não a faça passar outra vez por esse aperto.

Calei-me. Estava terrivelmente enjoado de ouvir a minha própria voz e o tambor que tinha na cabeça passara a ser acompanhado por todo um naipe de percussão, um grupo de amadores que compensava com energia aquilo que lhes faltava em excelência. Ainda não tinha comido nada e a vodca queimava como ácido as minhas entranhas indefesas. Sentada na minha frente, curvada e ainda de olhar fixo em frente, pareceu-me subitamente feia, e desejei estar noutro lado, qualquer lado, menos ali.

— Dê-me tempo — disse ela. — Preciso de tempo para pensar, para...

Esperei. Percebi que ela não ia continuar.

— Para fazer o quê? Tem de consultar alguém?

Levantou rapidamente o olhar para mim.

— Não. Porque é que diz isso?

— Não sei. Pareceu-me que estava a imaginar o que dirá alguém quando lhe relatar aquilo de que falámos hoje.

Era verdade. Parecia mesmo que ela estava a pensar noutra pessoa, na mesma pessoa em que estava a pensar naquela noite no quarto dela, embora eu não soubesse como é que adivinhara. A mente tem portas a que insiste encostar-se e manter firmemente fechadas, até chegar um dia em que não se pode resistir mais ao que está lá fora, as dobradiças cedem, as portas cedem e todas as coisas entram de rompante.

— Dê-me tempo — disse ela novamente. Tinha as duas mãos fechadas em punhos e empurrava-os com força para baixo, lado a lado, em cima da mesa. — Tente entender.

— É precisamente isso que estou a fazer, a tentar entender.

— Eu sei e agradeço. — Olhou novamente para mim, numa espécie de súplica. — Agradeço mesmo.

De repente, ficou muito atarefada, a pegar nos cigarros e na boquilha e a metê-los na mala. Pegou também no chapéu e pô-lo na cabeça. A aba inclinou-se preguiçosamente sobre a testa, como se uma brisa a tivesse apanhado na sua carícia. Como pude achá-la feia, ainda que por um segundo? Como pude achá-la outra coisa senão a criatura mais encantadora que jamais vira ou que nunca voltaria a ver? O meu diafragma levantou-se, como uma ondulação na estrada durante um terramoto. Estava a perdê-la, estava a perder aquela mulher preciosa, ainda que, na verdade, nunca a tivesse tido, e esse pensamento encheu-me de tristeza, uma tristeza a que, julgava, ninguém poderia sobreviver.

— Não vá — disse eu.

Olhou para mim e pestanejou rapidamente, como se tivesse esquecido que eu estava ali ou que não soubesse quem eu era. Levantou-se. Tremia um pouco.

— É tarde — disse. — Tenho... tenho um encontro.

Era evidente que estava a mentir. Não interessava. Fora treinada, desde muito jovem, a dizer mentiras destas, as suaves e sociais, as mentiras que toda a gente aceita, ou, pelo menos, toda a gente do seu mundo. Pus-me de pé, com as costelas a ranger sob o invólucro de carne magoada.

— Telefona-me? — perguntei.

— Sim, claro.

Pensei que não me ouvira. Também não importava.

Ela virou-se para sair. Quis estender uma mão e detê-la, mantê-la ali, conservá-la ali comigo. Vi-me a estender a mão e a tentar segurá-la pelo cotovelo, mas foi só na minha imaginação. Murmurando uma palavra que não entendi, virou-me completamente as costas e afastou-se, serpenteando entre as mesas, ignorando os muitos olhares masculinos que se erguiam à sua passagem.

Sentei-me novamente, embora parecesse mais um colapso. Na mesa ficou a bebida intacta, com uma azeitona solitária afogada. O cigarro dela, no cinzeiro, tinha uma marca de batom. Olhei para o meu próprio copo, semivazio, para um guardanapo amachucado, para um ou dois pedaços de cinza sobre a mesa, que um sopro teria feito voar. Estas são as coisas deixadas para trás, e são essas que recordamos.

Apanhei um táxi para o Barney's Beanery para ir buscar o meu carro. Tinha três talões de estacionamento presos no limpa-para-brisas. Rasguei-os e deitei-os numa sarjeta. Não estava a chover; só aos meus olhos parecia estar.

# 22

Foi a segunda vez que estive à beira de desistir. Doía-me o corpo e o espírito e não via caminho adiante, na vereda por onde avançara durante o que me parecia ser muito tempo, embora não tivesse passado mais do que cerca de uma semana. O calor não dava sinais de abrandar e de manhã pairava sobre as ruas um sudário de neblina que o sol fazia o possível por atravessar, sem grande êxito. A cidade parecia um enorme pulmão congestionado.

Fiquei sentado durante horas no meu escritório, com os pés em cima da secretária, sem casaco e de colarinho desabotoado, apático, a olhar para o ar ou a observar um pequeno esquadrão de moscas a circular sem parar em volta da lâmpada que pendia do teto. Senti-me mais de uma vez tentado a tirar a garrafa da gaveta, mas sabia o que aconteceria, se o fizesse.

Apareceram alguns potenciais clientes, mas nenhum deles ficou. Um era uma mulher, convencida de que o vizinho do lado estava a tentar envenenar-lhe o gato. Havia nela algo de familiar, e depois apercebi-me que já viera procurar-me, há uns anos, com a mesma queixa, e eu correra também com ela. Acho que já tinha percorrido toda a série de detetives particulares da lista telefónica e estava agora a percorrê-la pela segunda vez. Creio que deveria tê-la enxotado, mas tive pena dela. Afogado também eu em tristeza, sentia pena de tudo, até do bonsai, um bordo japonês que comprara um dia num impulso, para alegrar o meu escritório e fazer-me companhia durante as longas horas em que nada acontecia e em que ninguém aparecia, e que estava a morrer, apesar dos meus esforços para o salvar ou, talvez, por causa deles.

Numa manhã especialmente arrastada em que até as moscas pareciam aborrecidas, liguei a Bernie Ohls, para lhe perguntar como iam as coisas quanto àquilo em que os jornais se tinham interessado durante um dia ou dois, porque Harlan Potter o permitira, e a que chamaram o caso do Cahuilla Club. Não havia novidades, disse Bernie. Parecia tão apático como eu. A voz dele era áspera e pensei que teria continuado a fumar depois daquela noite no Victor's em que saiu do trilho. Eu ajudara-o a descarrilar e agora sentia-me culpado.

— Não há sinal do Canning. O Bartlett não fala porque não pode... trataste-lhe bem da saúde, Marlowe, com a tua rapidez no gatilho. Parece que a bala que lhe meteste no joelho abriu um buraco na artéria. Não dão muito por ele. E os *cucarachos* continuam por identificar.

— Voltaste a falar com os teus amigos da patrulha de fronteira de Tijuana?

— Para quê? Esses tipos não sabem nada e ainda se interessam menos. Acho que aquele par andava atrás de alguma coisa com que o teu amigo Peterson se pirara e depois cometeram o erro de se enredarem com o Canning e com aquele mordomo dele.

Parou para tossir. Parecia um velho sedan *Nash* com sérios problemas no carburador.

— E tu? — perguntou. — Ainda estás em contacto com o tipo misterioso que te contratou para encontrares o Peterson?

— Contactamos de vez em quando. Ainda não me pagou.

— A sério? E pensar em todo o trabalho a que te tens dado por ele.

— Tem cuidado, Bernie. Não quero que te engasgues com tanta simpatia — comentei.

Soltou um risinho, mas isso fê-lo tossir outra vez.

— Defende a tua massa — grasnou, quando lhe passou o ataque de tosse. — Os copos e os cigarros não estão a ficar mais baratos.

— Obrigado pelo conselho. Não vou esquecer-me.

Riu-se outra vez.

— Adeus, palerma — disse, e ouvi-o ofegar enquanto desligava.

Mal tinha pousado o auscultador no descanso quando o telefone tocou, fazendo-me saltar, como de costume. Pensei que era Bernie outra vez, com alguma piada. Mas não era.

— Marlowe? — perguntou uma voz de homem, baixa e velada.

— O próprio.

— Philip Marlowe?

— Exatamente.

— O detetive particular?

— Durante quanto tempo vai durar este interrogatório, pá? — perguntei.

Houve um silêncio.

— Fala Peterson. Nico Peterson.

Era hora de ponta na Union Station. O terminal principal parece-me sempre uma gigantesca igreja de tijolo. Estacionei em Alameda Street e juntei-me à multidão apressada. Era como mergulhar num rio caudaloso e revolto, exceto quanto ao calor e à mistura de cheiros de suor, de cachorros-quentes e de comboios. O sistema de altifalantes guinchava qualquer coisa que ninguém conseguia entender. Um carregador de bagagens atravessou à minha frente, passou-me por cima do pé com a roda traseira do carrinho de bagagens e nem sequer pediu desculpa.

Tinha chegado um pouco adiantado e, para gastar tempo, comprei uma caixa de pastilhas elásticas num quiosque de jornais. Não masco pastilha elástica, mas não me lembrei de pedir outra coisa. Já vira jornais que chegassem para muito tempo. O tipo que geria o quiosque era gordo e tinha a cara untada de suor. Concordámos um com o outro quanto ao calor e ele ofereceu-me um exemplar do *Chronicle,* que, por delicadeza, não recusei. Mal saí da vista dele, deitei-o numa papeleira.

Sentia-me tão tenso como uma colegial a caminho do seu primeiro concerto do Sinatra.

Ainda estava bem longe quando avistei Peterson através de uma brecha na multidão. Soube imediatamente que era ele. Não havia que enganar: aquele bigodinho ténue, o cabelo ondulado e com brilhantina, o casaco de um azul demasiado vivo e as calças claras de pregas. Estava sentado num banco sob o enorme painel das partidas, que fora onde tinha dito que esperava. Parecia muito assustado. Tinha uma mala pousada ao lado e estava agarrado à pega como se pensasse que aquilo podia ganhar asas de repente e fugir.

Fiquei para trás, debatendo-me com uma onda de surpresa e confusão que me atingiu como um golpe baixo. O choque foi porque reconheci a mala. Era de pele de porco, desbotada pelo tempo e tinha aplicações de metal amolgadas. Não a via há bastante tempo, mas não havia dúvida.

Avancei pelos lados, através da multidão, e parei em frente dele.

— Olá, Mr. Peterson — saudei-o.

Levantou os olhos para mim, com desconfiança e hostilidade no olhar. Era tudo o que eu esperava e ainda mais. Estava muito bronzeado e um único caracol preto e brilhante pendia-lhe sobre a testa, muito engraçado, como se tivesse sido ali esculpido, e provavelmente tinha. O colarinho da camisa estava aberto e as duas abas elegantemente dobradas sobre as lapelas do casaco. Ao pescoço tinha um fio de ouro, com um crucifixo quase escondido no pelo preto e emaranhado do peito.

— Sou Marlowe — disse.

— Ah, sim?

Olhou para trás de mim, para ver se eu trouxera proteção, calculo.

— Vim sozinho, como me disse que devia vir — informei-o.

— E que tal exibir alguma identificação? — Não se levantara, limitara-se a ficar ali sentado, a olhar para mim de olhos semicerrados. Tentava parecer descontraído e insolente, mas agarrava a pega da mala com tanta força que os nós dos dedos estavam brancos sob o bronzeado. Tinha os olhos verdes da irmã. Era estranho olhar para os dele e ver os dela.

Quando meti a mão dentro do casaco, não conseguiu evitar retrair-se. Tirei lentamente a minha licença e mostrei-lha.

— Está bem — disse ele. — Vamos aí a qualquer lado para falar. — Levantou-se e retesou os ombros para fazer o casaco assentar bem. Vi que era um homem alegremente apaixonado por si próprio.

Estávamos prestes a sair dali, quando os números do painel mudaram, chocalhando ruidosamente, e ele encolheu-se outra vez. Quando se está no estado em que ele estava, o estalido de uma tijela de cereais parece o som de um pelotão de fuzilamento a preparar as espingardas. Ele era um tipo preocupado.

Pegou na mala.

— Isso parece pesado — disse-lhe. — Porque é que não deixa o carregador levá-la?

— Não diga piadas, Marlowe — disse entre dentes. — Não estou com disposição para brincadeiras. Traz uma arma?

— Não.

— Que raio de detetive é você?

— Sou aquele que não anda com uma arma para todo o lado. Além disso, dois mexicanos roubaram-me a arma.

Mas ele não reagiu da maneira que pensei que iria reagir. Não reagiu sequer.

Descobrimos um café afastado do átrio central e sentámo-nos numa mesa de canto, de frente para a porta. O local não era demasiado concorrido. Os clientes não paravam de olhar para o relógio, levantar-se de um salto e correr lá para fora, outros entravam, então, mais calmamente, para os substituir. Peterson empurrou a mala contra a parede, atrás da cadeira em que se sentou.

— Bela mala — comentei.

— O quê?

— A mala. Bela peça, com as aplicações a ouro e tudo.

— Não é minha. — Ele olhava para a porta. Os seus olhos verdes eram penetrantes e um pouco salientes, como os de uma lebre.

— Com que então não está morto — disse eu.

— É muito perspicaz — respondeu com um sorriso maldoso.

O empregado chegou e pedimos café. Peterson estava de olhos postos num tipo de aspeto duro, encostado ao balcão, de chapéu cinzento estilo *borsalino* e uma gravata com um dragão pintado.

— Porque é que me telefonou? — perguntei.

— O que quer que diga?

— Porquê eu?

— Tinha ouvido o seu nome e depois vi-o referido no jornal, quando estavam a dar notícias sobre a Lynn.

— Então sabia que andava atrás de si.

— O que quer dizer com atrás de mim?

— Tenho andado a investigar as circunstâncias da sua triste morte.

— Ah, tem? Em nome de quem?

— Não calcula?

O rosto dele teve um trejeito amargo.

— Claro que posso calcular.

O tipo ao balcão com o chapéu *borsalino* bebeu o resto do café e saiu calmamente a assobiar. Senti que Peterson reduziu a sua tensão em um ou dois pontos.

— Falei com Mandy Rogers — informei-o.

— Ah, sim? — respondeu com indiferença. — Uma miúda simpática. — Era evidente que Mandy já não era uma peça importante no cenário. Se é que alguma vez o fora.

— Lamento pela sua irmã.

Ele encolheu acentuadamente os ombros.

— Sim, ela nunca teve sorte.

Tive vontade de lhe bater, mas, em vez disso, perguntei-lhe:

— O que é que quer de mim, Peterson?

Coçou o maxilar com uma unha, fazendo um som de raspagem.

— Preciso que me faça um recado. Pago cem dólares.

— Que recado?

Estava a olhar outra vez para a porta e disse:

— É fácil. Preciso que entregue a mala a um certo parceiro.

— Ah, sim? E porque é que não a entrega você?

— Muito atarefado. — Soltou outra risadinha. Era o tipo de som que me irritava, se tivesse de ouvi-lo muitas vezes. — Quer o trabalho ou não?

— Quero saber alguns pormenores.

O nosso café chegou, naquelas grandes chávenas esbranquiçadas que só vemos nas estações de comboio e com a menos gordurosa das colheres gordurosas. Provei o café e arrependi-me de o ter feito.

— Pronto — disse Peterson baixando a voz —, o acordo é este. Eu levanto-me e saio, deixando a mala encostada à parede. Você espera, digamos, meia hora, depois pega nela e leva-a a um tipo chamado...

— Lou Hendricks?

Ele olhou para mim outra vez com aquele olho de lebre.

— Como é que sabia?

— Porque Mr. Hendricks me convidou para dar um passeio no seu grande carro preto e proferiu ameaças, garantindo-me que me partia as pernas, se eu não lhe dissesse onde você estava.

Ele franziu o sobrolho.

— Não foi ele que o contratou para me encontrar?

— Não.

— Ele só o apanhou na rua?

— Exatamente.

Franziu a testa e, por um momento, chupou um nó do dedo.

— Então o que é que lhe disse? — perguntou por fim.

— Disse que não sabia do seu paradeiro e que mesmo que soubesse, não lhe diria. Disse que, tanto quanto sabia, você estava morto. Ele não engoliu essa. Alguém o mantivera ao corrente.

Peterson fez um sinal afirmativo com a cabeça, enquanto meditava. Havia uma leve camada de suor na sua testa. Tocou com os dedos no bigode, salpicado com algumas pérolas de humidade. Não me agradava olhar para aquele bigode. A pior coisa nele era o pequeno espaço vazio no meio, um entalhe claro que parecia uma parte demasiado íntima para ser mostrada publicamente.

Empurrei o café para o lado e acendi um cigarro.

— Nico, quer contar-me o que aconteceu?

Tornou-se imediatamente fanfarrão.

— Não preciso de lhe dizer nada! Estou a oferecer-lhe cem dólares por um trabalho e é tudo. Está disposto a fazê-lo?

Fingi que estava a pensar.

— Se se refere ao dinheiro, posso passar sem ele. Quanto ao trabalho, vamos ver.

Tirou do bolso do casaco uma caixa de comprimidos prateada e de lá tirou um pequeno comprimido branco que meteu por baixo da língua.

— Tem dor de cabeça? — perguntei.

Não pareceu achar que valesse a pena responder.

— Ouça, Marlowe. Estou com um bocado de pressa agora. Vai levar a mala e entregá-la à pessoa que referimos ou não?

— Ainda não sei. E você pode abrandar o ritmo. Está assustado, está em fuga e se eu sou o único em quem pensou para o ajudar, então é óbvio que está numa situação grave. Tenho andado no seu rasto já há um tempo e há algumas coisas que quero esclarecidas. Então, está pronto para falar?

Fez beicinho e pareceu-me um miúdo amuado.

— O que é que quer saber? — murmurou.

— Quase tudo. Vamos começar pela mala. O que é que há nela, a que Lou Hendricks está tão ansioso de deitar a mão?

— Apenas material.

— Que tipo de material?

— Olhe, Marlowe...

Agarrei-lhe no pulso que estava pousado na mesa e apertei-o até os ossos estalarem. Tentou soltar-se, mas eu segurei-o.

— Sim, e vou magoá-lo muito mais se não começar a falar. O que é que há na mala?

Tentou novamente libertar-se, mas apertei com mais força.

— Largue-me — gemeu. — Por amor de Deus, eu digo-lhe!

Abri os dedos e ele abateu-se sobre a cadeira como se, de repente, se tivesse esvaziado de ar.

— Tem um fundo falso — disse em voz baixa e lúgubre. — Por baixo há dez quilos de cavalo, em vinte bolsas de celofane.

— Heroína?

— Fale baixo! — Olhou rapidamente em redor. Ninguém estava a reparar em nós. — Sim, heroína, foi o que eu disse.

— Para entregar a Lou Hendricks. Vinda de quem?

Encolheu os ombros.

— Um tipo qualquer. — Massajava o pulso com a outra mão. Tinha os olhos cheios de raiva. Disse para comigo que devia lembrar-me de nunca o deixar ficar em vantagem em relação a mim.

— Que tipo? — perguntei.

— Um tipo do Sul.

— Diga-me o nome.

Tirou um lenço branco do bolso de peito do casaco e limpou a boca com ele.

— Conhece Mendy Menendez?

Fiquei calado. Aquele não era o nome que eu esperava. Menendez era um *gangster* tido como muito importante por estes lados, um dos maiores, aliás. Mas mudara-se para o México e a última coisa que ouvi dizer dele foi que estava a operar em Acapulco. Um bom trabalho, se me entendem, e se optarem por lhe chamar trabalho.

— Sim, conheço — confirmei.

— Ele e Hendricks têm um negócio entre eles. Menendez manda-nos uma encomenda de dois em dois meses, mais ou menos, e Hendricks gere a distribuição.

— E você é o correio.

— Fi-lo algumas vezes. Dinheiro fácil.

— Traz sempre essa quantidade de produto?

— Mais ou menos.

— Quanto valem dez quilos de heroína?

— Na rua? — Franziu os lábios e depois sorriu. — Dependendo da procura, cerca de tanto como um pé-descalço como você ganha na vida inteira.

Os lábios dele eram rosados e quase tão desenhados como os de uma mulher. Este não era o homem por quem Clare Cavendish estava apaixonada, aquele de quem falara com tanta paixão, naquela noite, no quarto dela, sentada na cama ao lado do irmão inconsciente. Só tinha de olhar para Peterson, ver aqueles olhos maldosos e ouvir o seu tom choramingas para saber que ela não lhe tocaria, nem com a boquilha de ébano. Não, havia outra pessoa, e agora sabia quem era. Acho que já o sabia há algum tempo, mas é possível saber algo e ao mesmo tempo não o saber. É uma das coisas que nos ajudam a suportar o nosso fardo na vida e a não endoidecermos.

— Sabe quantas vidas essa quantidade de droga vai destruir?

Ele fez um sorriso trocista.

— Acha que vale a pena salvar a vida a um drogado?

Observei a ponta do meu cigarro. Tinha esperança de que a dada altura, antes de nos separarmos, pudesse ter a oportunidade de enfiar o punho no rosto bonito e bronzeado de Peterson.

— Então o que é que fez? Decidiu guardar o produto para si e fazer o seu negócio com outra pessoa?

— Há um tipo que conheci em Frisco. Ele disse que, por uma fatia, podia ficar com tudo o que eu tinha e vender à malta, sem fazer perguntas.

— Mas não resultou.

Peterson engoliu em seco. Ouvi-o engolir. Pensei que ia chorar. Deve ter-lhe parecido tão simples, a velha manobra. Ele agarrava-se à mala e deixava o sócio vender a droga a um cliente que nem Lou Hendricks, se viesse a saber do negócio, se atreveria a desafiar. Entretanto, Peterson estaria a caminho de qualquer lado distante e seguro, com os bolsos a abarrotar de massa, como nunca sonhara.

— O tipo que eu conhecia teve um acidente mortal — explicou Peterson. — A patroa apanhou-o a traí-la e deu-lhe um tiro na cara e a seguir rebentou com os próprios miolos.

— Uma história trágica — disse eu.

— Sim, com certeza. Trágica. E eu fiquei entalado com vinte pacotes de cavalo e ninguém a quem vender.

— Não podia ir você mesmo procurar a malta?

— Eu não tinha os contactos. E, além disso — soltou uma pequena gargalhada triste —, tinha demasiado medo. Depois ouvi falar da Lynn e fiquei ainda mais assustado. As coisas pareciam estar... estar a fechar-se à minha volta. Sabia o que aconteceria se o Hendricks me pusesse as mãos em cima.

— Porque é que simplesmente não desistiu, não telefonou ao Hendricks, disse que estava arrependido e lhe entregou a mala?

— Oh, claro. O Hendricks iria agradecer, aliviar-me do produto e depois mandar um dos seus rapazes arrancar-me as unhas com um alicate. E isso seria para começar. Não conhece esta gente.

Nisso estava enganado, mas não valia a pena contradizê-lo. O café na minha chávena tinha criado uma película brilhante, como se fosse um pequeno derramamento de petróleo. O fumo do cigarro sabia-me mal. Podemos sentir-nos contaminados apenas por estarmos próximos de um aldrabão de meia-tigela como o Peterson.

— Recuemos um pouco. Diga-me como é que encenou a sua morte.

Soltou um suspiro furioso.

— Quanto tempo vai manter-me aqui, Marlowe, a responder às suas perguntas tolas? — perguntou.

— O tempo que for necessário. Sou um homem curioso. Satisfaça a minha curiosidade.

Começara outra vez a massajar distraidamente o pulso. Já começavam a ver-se marcas de hematoma. Não sabia que tinha umas garras de aço.

— Conhecia o Floyd Hanson — disse com o seu ar tristonho. — Ele costumava deixar-me entrar no clube quando o velhote não estava.

— O que quer dizer?

Contorceu novamente o rosto daquela maneira em que deixava de ser bonito.

— O meu pai tinha-me renegado, proibido de aparecer em qualquer sítio onde estivesse ou no seu precioso Cahuilla Club. Eu gostava de lá ir, de me embebedar e de me atirar para cima dos seus tapetes indianos.

— O que é que tinha com o Hanson?

— Tinha de ter alguma coisa com ele?

— Acho que sim. Ele estava a correr um grande risco, ao deixá-lo lá entrar. Conheci o seu pai. Não parecia um homem tolerante. Você pagava ao Hanson?

Ele riu-se. Foi a primeira gargalhada genuína que lhe ouvi.

— Não. Não precisava de pagar-lhe. Havia coisas que sabia sobre ele. Ele atirara-se a mim uma vez, quando eu era mais novo. Depois disse que não sabia o que lhe tinha dado e implorou-me que não dissesse ao velho. Eu disse que não diria, com certeza que não dizia. Mas fiz saber ao Hanson que dali em diante tínhamos um acordo. — Sorriu para consigo, orgulhoso da sua esperteza.

— O corpo que vestiu com as suas roupas naquela noite e que deixou na berma da estrada, de onde veio? Quem era?

— Um vagabundo qualquer que trabalhava no clube.

— Matou-o?

Ele recuou, afastando-se de mim, olhando-me fixamente.

— Está a brincar?

— Então deve ter sido o Hanson. — Fiz uma pausa. — Estranho, não o tomei mesmo por um assassino. Achei que não era dele.

Peterson estava a pensar melhor.

— Não lhe fiz perguntas sobre o corpo — disse com tom petulante. — Acho que pensei que quem quer que fosse tinha morrido de causas naturais. Não lhe vi marcas. Floyd e eu vestimo-lo com o meu fato, nas traseiras do clube, depois levámo-lo para a estrada num carrinho de mão. Eu tinha andado toda a noite a fazer de bêbado e a certificar-me de que todos me viam...

— Incluindo Clare Cavendish.

— Sim — acenou a cabeça afirmativamente. — A Clare estava lá. Eu tinha também combinado com a Lynn, para identificar o corpo e organizar a cremação. Estava tudo combinado, estava tudo a postos. Tinha um carro estacionado ao fundo da estrada e mal Floyd e eu despachámos o corpo acelerei para norte, com a mala na bagageira. Devia ter resultado. — Bateu com o punho na palma da outra mão. — Devia ter resultado.

— O seu pai sabe alguma coisa sobre isto?

— Acho que não. Como havia de saber? O Floyd não teria dito nada. — Tirou um pau de fósforo do cinzeiro e rolou-o entre dois dedos e o polegar. — Como é que o conheceu?

— Quem? O seu pai? Fui ao clube perguntar por si. Falei com o Hanson, que não foi nada prestável. Depois, mais tarde, apareceram os dois mexicanos, os que mataram a sua irmã, também à sua procura, e o seu pai e Bartlett, o mordomo, deitaram-lhes a mão e espremeram-nos até lhes saltar o caroço. Eu cometi o erro de fazer uma segunda visita, enquanto isso estava a acontecer, e quando dei por mim estava a ser mergulhado na piscina, para me fazerem dizer tudo o que sabia de si e do seu paradeiro. Um homem impressionante, o seu pai. Enérgico. Entendo porque você e ele não se davam bem.

Estava a observar a empregada no seu lugar junto ao balcão, a fazer uma pausa à socapa. Era uma loura deslavada de olhos tristes e uma boca infeliz. Não parava de esticar o lábio inferior a soprar para cima, para que a franja de cabelo húmido caída sobre a testa se levantasse e voltasse a cair. Senti subitamente uma ferroada de pena dela, pela vida mesquinha a que fora condenada, a correr de um lado para o outro, todo o dia ali, entre o barulho, os cheiros e a constante investida de gente apressada, impaciente e maldisposta. Depois pensei: quem sou eu para ter pena dela? O que sei sobre ela e a sua vida? O que sabia eu sobre quem quer que fosse?

— Odeio o sacana — disse Peterson num tom distante. — Estragou-me a vida, desde o princípio.

*Oh, claro*, apeteceu-me dizer-lhe*, é tudo culpa do velho... É sempre, com gente como você*. Mas não disse.

— Sabe que ele está em fuga, o seu pai.

Isso alegrou-o um pouco.

— Está? Porquê?

— Matou aqueles mexicanos ou mandou matá-los.

— Sim? — Parecia divertido. — Para onde foi?

— Isso é o que muita gente quereria saber.

— Deve estar algures na Europa. Tem massa lá escondida. Deve estar a operar sob um nome falso. — Soltou uma risada, quase de admiração. — Nunca irão encontrá-lo.

Ficámos ambos em silêncio durante uns momentos. Então Peterson remexeu-se.

— Tenho de me mexer, Marlowe. Como é que vai ser? Vai levar o produto ao Hendricks?

— Está bem, eu levo o produto — confirmei.

— Bom. Mas não tenha ideias. Eu vou fazer saber ao Hendricks que a mala está na sua mão.

— Faça o que quiser.

Enfiou uma mão dentro do casaco, tirou uma carteira e colocou-a no colo, abaixo do nível da mesa, e começou a contar um monte de notas de dez dólares. Havia muitas. Esperava que não tivesse feito nenhuma falcatrua com a droga do Mendy Menendez, como tirar uma parte para si e substituí-la por uns pacotes de gesso. Hendricks não seria assim tão parvo para se deixar enganar por um velho truque.

— Não quero o seu dinheiro, Peterson — disse eu.

Deitou-me um olhar de lado, desconfiado e calculista.

— Porquê? Está a fazer caridade?

— Essas notas passaram por mãos em que eu não quereria tocar.

— Então porque é que...?

— Gostei da sua irmã — respondi em voz baixa. — Ela tinha garra. Digamos que faço isto por ela. — Teria rido, se não fosse a expressão do meu olhar. — E quanto a si, quais são os seus planos? — perguntei. Não que isso me interessasse, só queria ter a certeza de que não voltaria a vê-lo.

— Tenho um amigo.

— Outro?

— Trabalha para uma empresa de cruzeiros da América do Sul. Pode arranjar-me trabalho. Depois, quando chegarmos ao Rio ou a Buenos Aires ou a um lugar semelhante, saio do navio e começo uma vida nova.

— Que tipo de trabalho lhe oferece o seu amigo?

Sorriu.

— Nada de muito exigente. Ser simpático para os passageiros, ajudá-los nos pequenos problemas que possam surgir. Esse tipo de coisas.

— Então o seu pai tinha razão. Será oficial.

— O que quer dizer com isso?

— Vai ser um membro genuíno e remunerado da respeitável ordem dos *gigolos*.

O sorriso desvaneceu-se.

— Essa é boa, vinda de um tipo que espreita os outros. Mas pense assim: ainda há de andar por aqui a gastar solas e a espiar os maridos para os apanhar enrolados com as namoradas quando eu já estiver numa rede a gozar o sol do Sul.

Começou a levantar-se, mas segurei-o outra vez pelo pulso e impedi-o.

— Tenho uma última pergunta — disse.

Lambeu aqueles lindos lábios rosados, olhou impacientemente para a porta e voltou a sentar-se, lentamente.

— O que é?

— A Clare Cavendish diz que vocês estavam envolvidos afetivamente.

Esbugalhou de tal modo os olhos, que quase lhe saíram das órbitas.

— Ela disse isso? — Soltou uma gargalhada. — A sério?

— Está a dizer-me que não é verdade?

Abanou a cabeça, não a negar, mas numa espécie de espanto.

— Não estou a dizer que a recusasse... ou melhor, quem a recusaria? Mas ela nunca olhou para mim. Uma dama daquelas estava muito longe do meu nível.

Soltei-lhe o pulso.

— Era tudo o que eu queria saber. Agora pode ir-se embora.

Mas ficou onde estava, com os olhos semicerrados.

— Foi ela que o contratou para ir atrás de mim, não foi? — perguntou acenando a cabeça afirmativamente. — Sim, está a ver-se.

Estava a olhar para mim da mesma maneira que eu olhara para a empregada, com a piedade espelhada nos olhos.

— Mandou-a ter consigo, não foi? Ele costumava falar de si. Foi assim que ouvi o seu nome pela primeira vez. Sabia que ia deixar-se levar por ela, por aqueles olhos, aquele cabelo, aquela cena de donzela de gelo. Você era do tipo que não conseguia resistir-lhe. — Recostou-se na cadeira, com um sorriso largo a espalhar-se pela cara, como melaço. — Céus, Marlowe, pobre diabo! — Então levantou-se e saiu.

Havia uma cabine telefónica ao lado da caixa registadora. Esgueirei-me para dentro dela e fechei a porta de correr atrás de mim. O ar lá dentro cheirava a suor e a baquelite quente. Através da vidraça da porta via a sala até à mala debaixo da mesa, junto da parede. Talvez estivesse com esperança de que alguém a agarrasse e fugisse com ela, mas sabia que isso não ia acontecer. Coisas dessas nunca acontecem quando queremos que aconteçam.

Liguei para Langrishe Lodge. Foi Clare que atendeu.

— Fala Marlowe. Diga que quero vê-lo.

Senti-a recuperar o fôlego.

— Quem?

— Sabe muito bem quem. Diga-lhe que apanhe um avião, o próximo que sair. Eu quero-o cá esta noite. Ligue-me quando ele chegar.

Começou a dizer mais qualquer coisa, mas eu desliguei.

Voltei à mesa e a empregada aproximou-se. Sorriu para mim, com ar cansado, e juntou as duas chávenas.

— Não bebeu o seu café — disse ela.

— Não faz mal. Aliás, o meu médico diz-me que bebo demasiado café. — Dei-lhe uma nota de cinco dólares e disse-lhe que ficasse com o troco. Olhou para mim e o sorriso tornou-se desconfiado.

— Compre um chapéu.

# 23

Devia saber como esperar, atendendo à forma como escolhi ganhar a vida — se é que a escolhi, e não caí nela como quem cai num buraco de esgoto aberto na rua — mas não tenho o enquadramento mental certo. Posso perder tempo, não faz mal. Posso ficar sentado no escritório durante horas, na minha cadeira giratória, a olhar pela janela para a secretária do outro lado da rua, curvada sobre o dictafone, sem sequer a ver durante metade do tempo. Posso demorar-me sobre uma Abertura de Rei até as peças ficarem turvas e o desenho do tabuleiro de xadrez pôr a minha cabeça a rodopiar ao retardador. Sou capaz de ficar sentado, sem bocejar, a afagar uma cerveja em qualquer bar bolorento, enquanto o *barman* me diz quanto a mulher é estúpida e como os filhos não têm respeito por ele. Um autêntico esbanjador de tempo, esse sou eu. Mas dêem-me uma coisa específica por que tenho de esperar e cinco minutos depois começo a contorcer-me.

Naquele dia almocei cedo no Rudy's Bar-B-Q em La Cienega: entrecosto, todo ele brilhante como verniz vermelho-escuro e a saber também a verniz. Bebi uma cerveja mexicana. Parecia apropriado, de uma certa forma macabra. O México fora sempre a melodia principal, se, ao menos, eu tivesse sido suficientemente esperto para a ouvir... Depois voltei para o escritório, na esperança de que aparecesse algum cliente. Até teria ficado satisfeito por ver aquela senhora de idade, cujo vizinho andava a tentar envenenar-lhe o gato. Mas passou uma hora, uma hora que pareceu três, e ainda continuava sozinho. Surripiei um ou dois tragos da garrafa do escritório e fumei outro cigarro. *Miss Remington*, do outro lado da rua, desligara o gravador e estava a cobrir a máquina de escrever. A seguir iria tirar o compacto e empoar o nariz, a olhar para o pequeno espelho e a franzir os lábios, depois ia passar um pente no cabelo, fechar a mala e ir para casa. Sim, acabei por conhecer muito bem os seus hábitos.

Vi as listas dos filmes. No Roxie ia uma reposição de *Horse Feathers*. Parecia mesmo a coisa certa — Groucho e os irmãos seriam uma forma alegre de eu passar uma ou duas horas. Por isso fui até lá, comprei um bilhete para o balcão e a arrumadora indicou-me o lugar. Era uma ruiva de franja, com uma boca bonita e olhar amigável. Lá em baixo, na plateia, estava outra rapariga bonita, parada em frente do palco com um tabuleiro de gelados, doces e cigarros. Vestia uma espécie de farda de criada de quarto, com uma saia curta, uma gola de renda branca e um pequenino chapéu branco semelhante a um barquinho de papel voltado ao contrário. Não havia mais de uma dúzia de espectadores, almas solitárias como eu, sentados tão afastados uns dos outros quanto possível.

As cortinas carmesim abriram-se, as luzes apagaram-se e surgiu a apresentação do filme *Bride of the Gorilla,* com Lon Chaney e Barbara Payton, com Raymond Burr no papel de capataz de uma plantação nas profundezas das selvas da

América do Sul, que fora amaldiçoado por uma bruxa nativa e que todas as noites se transformava já-se-sabe-em-quê e fazia com que belas mulheres soltassem gritos e os homens se escondessem. Seguiram-se uns anúncios à Philip Morris e ao *Clorox* e coisas do género. Então a cortina fechou-se novamente e um foco incidiu sobre a rapariga dos gelados, lá em baixo na plateia. Ela fez a sua pose, fletindo um joelho, inclinando a cabeça para o lado e mostrando-nos os dentes num sorriso a dizer venham cá, mas, mesmo assim, não houve clientes e, um minuto depois, o foco apagou-se com um clique desalentado, as cortinas abriram-se e o filme começou.

Eu ali fiquei, à espera de que os irmãos saltitantes exercessem a sua magia sobre mim, mas não resultou. Não me ri; nem ninguém se riu. Os filmes cómicos só são cómicos com casa cheia. Quando a sala está quase vazia reparamos como entre cada piada há uma pausa deliberada na ação para permitir uma onda de gargalhadas do público e, como naquela noite ninguém se ria, tudo aquilo começou a parecer triste. A meio levantei-me e saí. Fora da porta basculante, a arrumadora ruiva estava sentada numa cadeira a limar as unhas com uma lixa própria para o efeito. Perguntou se me sentia mal e eu respondi que não, que só queria apanhar ar. Exibiu o seu sorriso doce, mas isso ainda fez parecer tudo mais triste.

Começava a escurecer cedo e o ar cheirava a fumo e estava quente, como o ar de uma estação de metro. Deambulei pela alameda não pensando em nada de especial. Estava naquele estado de suspensão que acontece quando aguardamos ser submetidos a uma cirurgia. O que viesse, viria; o que acontecesse, aconteceria. De qualquer modo, o que a noite traria seria sentir-me numa situação muito semelhante ao rescaldo de qualquer coisa que já acontecera. Pensava que não havia muito mais danos que pudessem causar-me do que aqueles que já tinham sido causados. Vamos endurecendo com as pancadas que a vida nos vai dando, a partir do momento em que temos idade suficiente para sentir desgosto, mas então vem uma pancada maior do que alguma que já levámos e apercebemo-nos de quanto somos fracos, de quanto sempre o fomos.

Parei junto de uma caixa de correio, verifiquei as horas de recolha e vi que acabara de ser esvaziada. Tirei um envelope do bolso de dentro do casaco, enfiei-o na ranhura e ouvi-o cair lá no fundo.

O Edifício Cahuenga estava deserto, apenas com o segurança da noite na sua guarita de vidro e o porteiro, um negro muito alto chamado Rufus. Este tinha sempre uma palavra para mim. Por vezes eu dava-lhe palpites para os cavalos, mas não sei se alguma vez fez uma aposta. Quando saí do elevador, ele lá estava no corredor, a arrastar uma esfregona para trás e para a frente no chão, com o seu ar pensativo. Devia ter, pelo menos, um metro e noventa, com uma grande e bela cabeça africana.

— Esta noite trabalha até tarde, Mr. Marlowe? — perguntou.

— Estou à espera de uma chamada — respondi. — E você está bem, Rufus?

Abriu um grande sorriso.

— Já me conhece, Mr. Marlowe. O velho Rufus está sempre fino como a chuva.

— Pois claro. Pois claro — concordei.

No escritório não acendi a luz. Sentei-me no escuro e rodei a cadeira para poder olhar pela janela as luzes da cidade e a Lua suspensa sobre as colinas azuis, lá ao longe. Tirei a garrafa da gaveta, mas voltei a guardá-la. A última coisa de que precisava naquela noite era de uma cabeça estonteada.

Liguei para Bernie Ohls. Não estava no gabinete. Procurei na minha agenda de cantos revirados e encontrei o número de casa. Não gostava que lhe ligassem para casa, mas eu não quis saber. Atendeu a mulher e, quando lhe disse o meu nome, pensei que ia desligar-me o telefone, mas não o fez. Ouvi-a chamar Bernie e, mais baixo, ouvi o Bernie berrar-lhe em resposta e depois o barulho dele a descer as escadas.

— É o teu amigo Marlowe — ouvi Mrs. Ohls dizer num tom azedo, e Bernie atendeu.

— O que é que queres, Marlowe? — resmungou.

— Olá, Bernie. Espero não estar a incomodar.

— Vamos deixar-nos de conversa fiada. O que há?

Contei-lhe que me encontrara com o Peterson. Quase que consegui ouvir as suas orelhas a arrebitarem.

— Viste-o? Onde?

— Union Station. Ele ligou-me e disse-me para lá ir. Escolheu a estação porque tinha uma mala com ele e não queria dar nas vistas.

Houve um silêncio.

— Que espécie de mala? — perguntou.

— Apenas uma mala. Fabrico inglês, pele de porco, aplicações de ouro.

— E o que tinha dentro?

— Uma montanha de dólares, em heroína, pertencente a um certo Mr. Menendez. Lembras-te do nosso velho amigo Mendy, agora a residir a sul da fronteira?

Bernie fez outro silêncio. Tive a impressão de que era um homem a desatarraxar a tampa de uma panela de pressão.

Com os anos, o feitio de Bernie tornara-se cada vez pior. Achei que ele tinha de fazer alguma coisa quanto a isso.

— Certo, Marlowe — disse numa voz tão vazia como a carteira de Jack Benny —, começa a explicar.

Expliquei. Ele ouviu em silêncio, excetuando um ou outro ronco de surpresa ou repulsa. Quando terminei, respirou fundo. Isso fê-lo começar a tossir. Afastei o auscultador do ouvido até ele terminar.

— Deixa ver se eu entendi bem — disse, a arfar um pouco. — Peterson era uma mula da droga do Menendez, vinda do México e para ser entregue ao Hendricks, até ele ter a brilhante ideia de guardar um carregamento para si e vendê-lo a uns cavalheiros de ascendência italiana. Mas o negócio ficou esquisito e Peterson perdeu a coragem e contratou-te...

— Tentou contratar-me.

— ... para entregares a mala a Hendricks.

— Sim, é mais ou menos isso. — Ouvi remexer e depois o som de riscar um fósforo.

— Bernie, estás a acender um cigarro? — perguntei. — Não tossiste já o suficiente?

Ouvi-o inalar e depois expirar.

— Então, onde está agora a mala?

— Está num cacifo na estação de caminho de ferro e a chave do cacifo está numa caixa de correio na South Broadway. Vai chegar-te amanhã na segunda distribuição. E, antes que perguntes, fi-lo porque prometi ao Peterson que lhe dava tempo para se sumir.

— E onde está ele?

— Foi num cruzeiro à América do Sul.

— Muito engraçado.

— Não vale a pena persegui-lo, Bernie. Não percas tempo, nem fiques aborrecido mais do que já estás.

— E o Hendricks?

— O que há com ele?

— Devia trazê-lo para termos uma conversinha.

— E vais detê-lo com que base? A droga não foi entregue. És tu que a tens, ou vais ter, quando essa chave cair no teu tapete amanhã ao meio-dia. Não há nada que ligue Hendricks a isto.

Bernie puxou outra fumaça do cigarro. Ninguém desfruta um cigarro como aquele que supostamente deixou de fumar.

— Estás a ver? Depois de tudo isto com (quantas foram?) cinco pessoas mortas, incluindo o torcionário do Canning, já agora... como é que ele se chama?

— Bartlett.

— Incluindo esse... ele morreu esta tarde.

— É pena — respondi como se fosse verdade.

— Depois de todos aqueles crimes e do caos, não consegui fazer uma acusação, nem meter um suspeito na choça.

— Podias acusar-me da morte do Bartlett, se isso te faz feliz. Mas não seria um grande caso.

Bernie suspirou. Era um homem cansado. Pensei sugerir-lhe que começasse a pôr a hipótese de se reformar, mas não o fiz. Após um silêncio, perguntou-me:

— Costumas assistir a combates, Marlowe?

— Referes-te à televisão?

— Sim.

— Às vezes vejo.

— Esta noite estava a assistir a um. Quando telefonaste, o Sugar Ray estava a limpar o chão com o Joey Maxim. Ouvi agora mesmo, lá em cima no meu covil, onde tenho o meu aparelho, o som de uma campainha e grandes aplausos. Isso quer dizer, provavelmente, que o Joey está no chão, a cuspir sangue e dentes no tapete. Gostava de o ter visto cair pela última vez. Não tenho nada contra o grande Joey, é um tipo bem-parecido e um pugilista valente. Aposto que deu um grande espetáculo antes de ir ao tapete. Foi uma pena não ter conseguido ver o resto do combate. Percebes o que quero dizer?

— Desculpa, Bernie. Não te teria afastado da tua diversão por nada deste mundo, só que pensei que quisesses saber do Peterson e o resto da história.

— Tens razão, Marlowe. Agradeço-te por me informares do que está a passar-se, agradeço sinceramente. Só que agora sabes o que podes fazer? Sabes o que podes fazer?

— Não sei bem, mas calculo que vais dizer-me.

Tinha razão. Ele disse. As suas sugestões foram em voz alta, gráficas e a maior parte delas anatomicamente impraticáveis.

Quando terminou, desejei-lhe boa noite, delicadamente, e desliguei. Não é mau tipo, este Bernie. Tal como disse, ele tem o pavio curto e está a ficar cada vez mais curto.

Levantei os pés e pousei-os na secretária. Ainda conseguia ver pela janela. Porque é que as luzes da cidade, vistas ao longe, parecem piscar? Quando olhamos para elas de perto, têm um brilho fixo. Deve ter alguma coisa que ver, talvez, com o ar pelo meio, com os milhões de partículas minúsculas de pó que rodopiam nele. Tudo parece fixo, mas não é; está a mover-se. Por exemplo, a secretária em que tinha os pés não era nada sólida, mas sim um aglomerado de partículas tão pequenas que nenhum olho humano conseguirá ver alguma delas. O mundo, quando pensamos nisso, é um local assustador. E isso sem contarmos com as pessoas.

Pensava que Clare Cavendish podia destroçar-me o coração. Não me tinha apercebido de que ele já estava destroçado. Vive e aprende, Marlowe, vive e aprende.

# 24

Passava um pouco das dez horas quando ela telefonou. Eu tinha cedido e tirado outra vez a garrafa do seu esconderijo, lá no fundo da gaveta da secretária, e servi-me de uma modesta quantidade de dois dedos de uísque. De certa forma, o álcool não parece uma coisa tão prejudicial quando é bebido em copo de papel. O uísque picou-me na língua, que já estava áspera devido a todos os cigarros que fumara durante aquele longo dia. Eu não era, com certeza, a pessoa indicada para dizer a Bernie Ohls que devia abandonar o vício.

Sabia que o telefone ia tocar um segundo antes de ter tocado. A voz dela era baixa, quase um murmúrio.

— Ele está aqui — disse ela. — Venha da maneira habitual, através da estufa. E não se esqueça de desligar os faróis.

Não me lembro do que respondi. Talvez não tenha dito nada. Ainda estava naquele estado estranhamente sonhador e de suspensão como se flutuasse fora de mim, a observar as minhas próprias ações, mas, não sei como, sem tomar parte nelas. Creio que era o efeito de tanta espera e perda de tempo.

Rufus fora para casa e o chão que ele andara a limpar já secara há muito, embora as solas dos meus sapatos chiassem ao pisá-lo como se ainda estivesse molhado. Lá fora, a noite estava agora fria e o fumo do dia tinha-se, finalmente, desvanecido. Deixara o carro estacionado na Vine, por baixo de um candeeiro de rua. Parecia um animal grande, ali agachado junto do passeio, e os faróis pareciam lançar-me uma luz funesta. Levou também algum tempo a pegar, a tossir e a cuspir antes de ressuscitar e começar a chocalhar. Provavelmente devido a uma mudança de óleo, ou coisa parecida.

Conduzi devagar, mas, mesmo assim, não tardou muito a avistar o mar. Virei à direita e segui a autoestrada, com as ondas, uma linha branca, turbulenta e fantasmagórica na escuridão à minha esquerda. Com um piparote, liguei o rádio. Era uma coisa que raramente fazia e, na verdade, durante muito tempo até me esquecia de que ali estava. O posto sintonizado transmitia um tema antigo da banda de Paul Whiteman, música intensa tornada suavemente moderna para as massas. Fico perplexo por um tipo com o nome de Whiteman ter tido, alguma vez, coragem de tocar *jazz*.

Uma lebre atravessou a estrada à minha frente, com a cauda a brilhar à luz dos faróis. Poderia ter feito alguma comparação entre o animal e eu, mas sentia-me demasiado desinteressado para me preocupar.

Quando cheguei ao portão, desliguei os faróis, tirei o pé do acelerador e deixei o carro deslizar até parar. A Lua tinha-se escondido e havia escuridão por todo lado. As árvores emergiam como enormes colossos cegos a abrirem caminho na noite. Fiquei ali sentado, durante algum tempo, a ouvir o tiquetaque do motor. Sentia-me como um viajante chegado ao fim de uma longa e cansativa viagem. Queria descansar, mas sabia que ainda não podia.

Saí do carro e fiquei ali, ao lado dele, um minuto, a aspirar o ar. Havia um cheiro a chamuscado vindo do motor, mas tirando isso a noite estava perfumada com o aroma da relva, das rosas e de outras plantas cujos nomes desconhecia. Comecei a caminhar pelo relvado. A parte da frente da casa estava às escuras, exceto algumas janelas do primeiro andar. Cheguei à zona de gravilha por baixo da porta principal e infleti à esquerda. Aqui o cheiro a rosas era intenso, enjoativo, quase avassalador. Houve uma agitação algures ali perto e eu parei, mas na escuridão não consegui ver nada. Então vislumbrei algo azul, um azul profundo e brilhante e houve um som sibilante que rapidamente se desvaneceu. Devia ter sido o pavão. Esperava que não soltasse o seu grito, os meus nervos não o suportariam.

Quando virei a esquina da casa e me aproximei da estufa, ouvi o som de um piano e parei a escutar. Chopin, pareceu-me, mas provavelmente estava enganado. Ao piano tudo me parece Chopin. A música, tímida à distância, parecia lancinantemente maravilhosa... bom... apenas lancinante. Imagine-se, pensei, imagine-se se eu era capaz de produzir um som destes numa grande caixa preta de madeira e marfim com arames esticados.

As portadas que davam para a estufa estavam fechadas à chave, mas utilizei aquela engenhoca de confiança que trazia no meu porta-chaves e uns segundos depois estava lá dentro.

Segui o som da música. Na penumbra, atravessei o que me lembrava ser a sala e caminhei por um pequeno corredor alcatifado, ao fundo do qual havia uma porta fechada, que eu pensei dar para o que devia ser a sala de música. Avancei arrastando os pés, tentando não fazer barulho nenhum, mas ainda estava a uns bons cinco metros da porta quando a música parou, no meio de uma frase. Parei também e fiquei à escuta, mas não ouvi nada, a não ser um zumbido leve de uma lâmpada avariada, num candeeiro alto, ao meu lado. De que é que estava à espera? Estava à espera de que a porta se escancarasse e uma multidão de melómanos surgisse para me conduzir lá para dentro e sentar-me na primeira fila?

Não bati, limitei-me a rodar a maçaneta da porta, empurrei-a e entrei.

Clare estava sentada ao piano. Estava a fechar a tampa e virou-se no banco para olhar para mim. Devia ter-me ouvido no corredor. O seu rosto não tinha expressão. Nem sequer pareceu surpreendida por ter aparecido sem me fazer anunciar. Tinha um vestido azul-escuro até aos pés e de gola alta. O cabelo apanhado e brincos e colar de pequenos diamantes brancos. Parecia vestida para um concerto. Onde estava o seu público?

— Olá, Clare. Não deixe que eu interrompa a sua música.

Os cortinados das duas janelas altas por trás do piano estavam corridos. A única luz da sala provinha de um candeeiro de latão em cima da tampa do piano. Tinha um globo de vidro branco e a base era moldada com a forma de uma pata de leão. Era o tipo de coisa que a mãe de Clare acharia o último grito em estilo. Em volta dele havia uma dúzia de fotografias em molduras de prata de diversos tamanhos. Numa delas reconheci Clare em criança, com uma tiara de flores no cabelo louro curto. Ela levantou-se e o tecido sedoso do vestido produziu um leve roçagar. Era o tipo de som feminino que põe sempre o coração de um homem a palpitar, sejam quais forem as circunstâncias. O rosto dela continuava a não mostrar nada do que estava a sentir.

— Não ouvi o seu carro. Se calhar, estava a tocar demasiado alto.

— Deixei-o no portão — respondi.

— Sim, mas, geralmente, oiço quando um carro para seja onde for aqui à volta.

— Então foi a música.

— Sim. Estava distraída.

Ficámos ali de pé, com uns quatro metros de soalho a separar-nos, a olharmos um para o outro, numa espécie de desamparo. Não me apercebera de como isto ia ser difícil. Estava de chapéu na mão.

— Onde está ele? — perguntei.

Ela puxou os ombros para trás e levantou a cabeça, com as narinas a vibrar como se eu tivesse dito alguma coisa ofensiva.

— Porque é que veio aqui?

— Disse-me para vir. Ao telefone.

Ela franziu o sobrolho, enrugando a testa.

— Disse?

— Disse, sim.

A sua mente parecia não estar ali. Estava distraída, pronto. Quando falou novamente a voz tornara-se invulgarmente alta, como se quisesse ser ouvida.

— O que quer de nós?

— Sabe que mais? Agora que pergunta, não tenho a certeza absoluta. Acho que julguei que podia ver algumas coisas esclarecidas, mas, de repente, parece que não me lembro exatamente quais eram.

— Parecia muito zangado, quando ligou.

— Isso era porque estava. E ainda estou.

A boca dela contorceu-se no que poderia ter sido um sorriso.

— Não parece.

— Isso é o que nos ensinam na escola de detetives. Acho que é aquilo a que chamam «mascarar emoções». Você também não é má nisso.

— Importa-se de me dizer porque é que está zangado?

Ri-me, ou emiti um som de riso, e abanei a cabeça.

— Ah, minha querida, por onde hei de começar?

Ouviu-se um som do meu lado esquerdo, uma espécie de ronco estrangulado, e quando me virei para ver de onde viera fiquei surpreendido ao ver Richard Cavendish, o marido, esparramado num sofá, não consegui perceber se adormecido ou desmaiado. Como é que não tinha dado por ele, quando entrei na sala? Não reparar num corpo no sofá não é o tipo de coisa que se espera que eu faça. Estava deitado de costas, com os braços e pernas abertos. Vestia jeans, botas de *cowboy* brilhantes e camisa de xadrez. O seu rosto tinha uma palidez cinzenta e a boca estava aberta.

— Entrou por aqui dentro, há uns momentos, completamente bêbado — disse Clare. — Vai dormir durante horas e de manhã não se lembrará de nada. Acontece muitas vezes. É atraído pelo som do piano, creio, embora a música o afaste, ou, pelo menos, é o que me diz. — Voltou a fazer aquele sorriso tenso. — Acho que é como a traça e a chama.

— Importa-se que me sente? Estou um bocado cansado.

Ela apontou uma cadeira trabalhada, de costas em forma de lira e estofo de seda amarela. Parecia demasiado delicada para suportar o meu peso, mas, ainda assim, sentei-me nela. Clare voltou ao banco do piano e acomodou-se ali, com um joelho cruzado sobre o outro, sob o vestido comprido, e um braço repousado sobre a tampa do piano. Sentou-se com as costas muito direitas. Não sei como, mas até ali nunca tinha reparado como o seu pescoço era alto e esbelto. Os diamantes no seu colo brilhavam, fazendo-me lembrar as luzes da cidade que eu estivera a contemplar da janela do meu escritório, enquanto esperava que ela me telefonasse.

— Vi o Peterson — informei.

Isso provocou uma reação. Inclinou-se rapidamente para a frente, como se fosse pôr-se de pé num salto, e vi os nós dos dedos da sua mão esquerda, que estava sobre a tampa do piano, tornarem-se brancos. Os olhos negros estavam bem abertos e uma luz quase febril surgiu neles. Quando falou, foi com voz sufocada.

— Porque não me disse?

— Acabei de dizer.

— Antes, quero dizer. Quando é que o viu?

— Hoje. Cerca do meio-dia.

— Onde?

— Não importa onde. Telefonou-me e disse-me que se queria encontrar comigo. Encontrei-me com ele.

— Mas... — Ela pestanejou rapidamente e teve um leve estremecimento que a percorreu até às pontas dos pés, a espreitarem sob a bainha do vestido azul.

— O que é que ele disse? Deu... alguma explicação sobre a razão por que fingiu estar morto? Não pode ter simplesmente aparecido assim, com um telefonema e um pedido para se encontrar consigo. Conte-me, conte-me.

Peguei na cigarreira. Não lhe perguntei se se importava que fumasse; não me apetecia ser delicado.

— Ele nunca foi seu amante, pois não? Isso foi apenas uma história que impingiu, para ter um pretexto para me contratar para o procurar. — Ela começou a dizer qualquer coisa, mas eu sobrepus-me. — Não vale a pena mentir — disse-lhe. — Olhe, a verdade é que não me interessa. Aliás, nunca acreditei na conversa do encontre-o-meu-namorado-por-favor. Só pela sua descrição dele sabia que Peterson era o tipo de fulano com quem você não iria perder tempo.

— Então porque é que fingiu que acreditava em mim?

— Senti curiosidade. Além disso, para ser honesto, não me agradava a perspetiva de vê-la sair do meu escritório e nunca mais voltar. Patético, não acha?

Ela corou. Isso deixou-me confuso e fez-me pensar se deveria rever, ainda que apenas em certa medida, todas as duras conclusões a que tinha chegado sobre ela e o seu carácter, desde que falara com Peterson naquela manhã. Talvez fosse o tipo de mulher que se deixa facilmente manipular pelos homens. Quem era eu para a julgar? Mas depois pensei nas mentiras que ela me contara, ainda que apenas por omissão, pensei em todas as maneiras como me enganara desde o princípio e a irritação invadiu-me novamente.

Agora estava sentada com o rosto virado para a esquerda, mostrando-me o perfil perfeito. Podemos odiar uma mulher e mesmo assim sabermos que bastar-lhe-á acenar para nos lançarmos a seus pés e cobrir-lhe os sapatos de beijos.

— Por favor, conte-me o que aconteceu quando se encontrou com ele — pediu.

— Tinha uma mala com ele. Queria que eu a entregasse a um homem chamado Lou Hendricks. Conhece este nome?

Ela encolheu os ombros desinteressadamente.

— Acho que já o ouvi.

— Com certeza que ouviu. Esse é o tipo a quem Peterson devia entregar a droga.

— Que droga?

Soltei uma risadinha. Ainda tinha a cara virada, a mostrar-me o perfil clássico, muito melhor do que o de Cleópatra.

— Vá lá. Agora já pode parar de fingir... a charada acabou. Não tem nada a perder por ser sincera... ou já se esqueceu de como isso se faz?

— Não é preciso insultar.

— Não, concordo, mas dá um certo prazer.

Tinha estado a sacudir o cigarro para a mão em concha e, então, Clare levantou-se, pegou num grande cinzeiro de vidro que estava em cima da tampa do piano, aproximou-se e entregou-mo. Despejei nele a cinza que tinha na mão e depois pousei-o no chão ao lado da minha cadeira. Virou-se com outro roçagar da seda, afastou-se e voltou a sentar-se no banco do piano. Embora estivesse furioso com ela, louco de fúria, doía-me saber que perdera para sempre qualquer pequeno fragmento dela, que, por breves momentos, me permitira pensar que era meu.

— Diga-me uma coisa — pedi. — Foi tudo um embuste?

Reparei que os cortinados da janela do lado esquerdo se mexeram um pouco, embora não sentisse a mínima corrente de ar.

— O que quer dizer com tudo?

— Sabe o que quero dizer.

Ela olhou para as mãos, entrelaçadas sobre o colo. Eu estava a pensar no candeeiro ao lado da minha cama, com as rosas vermelho-sangue pintadas, nos gemidos dela nos meus braços, nas suas pálpebras a tremer e nas unhas a cravarem-se no meu ombro.

— Não — disse ela numa voz tão débil e suave que mal consegui ouvi-la. — Não, nem tudo.

Levantou o olhar, que encontrou o meu, e com uma expressão de súplica levou o dedo aos lábios e abanou minimamente a cabeça num gesto rápido. Devolvi-lhe um olhar inexpressivo. Não precisava de se preocupar, não iria dizer em voz alta aquilo que silenciosamente estava a pedir-me que não dissesse. Qual seria o interesse? Para quê aumentar os danos que já tinham sido causados? Além disso, estava desesperado para acreditar que ela fora para a cama comigo porque quisera, e que não era mais uma coisa que tinha feito pelo homem que amava realmente.

Os cortinados mexeram-se outra vez.

— Está a pedir-me muito, Mrs. Cavendish — disse, suficientemente alto para que toda a gente na sala pudesse ouvir. Esmaguei o cigarro no cinzeiro que estava no chão e levantei-me. — Pronto, Terry — chamei. — Já podes sair daí. Acabou-se a brincadeira.

A princípio nada aconteceu, apenas Clare Cavendish soltou um guinchinho cómico, abafado, como se tivesse sido picada por alguma coisa, e tapou a boca com a mão. Então os cortinados, que se mexeram misteriosamente, abriram-se e o homem que eu conheci como Terry Lennox entrou na sala, com aquele sorriso que eu recordava tão bem: pueril, envergonhado, um pouco pesaroso. Usava um fato escuro de casaco assertoado e um laço azul. Era alto, magro e elegante, elegância que se destacava ainda mais pelo seu aparente alheamento dela. Tinha cabelo escuro e um bigode bem aparado.

Lembrei-me de que nunca vira o seu verdadeiro rosto. Quando travámos conhecimento, há uns anos, o cabelo dele era branco e tinha a face e o maxilar direitos paralisados, a pele morta marcada por longas e finas cicatrizes. Fora apanhado por um morteiro, na guerra, e depois capturado pelos Alemães, que o tinham cosido de qualquer maneira. Pelo menos, era essa a história que pusera a circular. Depois, mais tarde, quando a mulher dele foi assassinada e parecia que ele ia ser acusado, fugira para o México, com a minha ajuda, devo dizê-lo, onde encenou o seu suicídio e mandou fazer uma grande cirurgia plástica, um trabalho de especialista muito caro na altura, e transformou-se num *Suramericano*. Vira-o uma vez sob a nova identidade e depois desaparecera da minha vida. Agora estava de volta.

— Olá, camarada — disse ele. — Podes dar-me um cigarro? Senti o cheiro do teu e tive um desejo súbito.

Não o podia negar a Terry: quem mais teria ficado escondido atrás de um cortinado durante meia hora e saído de lá tão controlado e tão calmamente trocista como Cary Grant? Dei um passo em frente, puxei da minha cigarreira, abri a tampa com o polegar e estendi-lha.

— Serve-te — disse. — Deixaste de fumar, ou quê?

— Sim — respondeu, tirando um dos meus cigarros e rolando-o com ar apreciador entre os dedos. — Estava a afetar-me a saúde. — Levou a mão ao peito. — O ar seco lá de baixo não é bom para mim.

É estranho, não é, como, mesmo num momento como este, as pessoas entram imediatamente em conversa fiada? Clare ainda estava sentada no banco do piano, com a mão sobre a boca. Nem sequer se voltara para olhar para Terry, não precisava.

Estendi um fósforo e Terry inclinou-se para a chama.

— Como foi o voo? Vieste de Acapulco, não foi?

— Não. Estava em Baja, numas pequenas férias, quando a Clare me ligou. Felizmente, consegui apanhar uma avioneta local de pulverização de colheitas para Tijuana e depois um voo da Mexicana Airlines para cá. O avião era um *DC-3,* agarrei-me com tanta força ao braço da cadeira que ainda tenho os dedos dormentes.

Fez aquele truque que costumava fazer, puxando uma grande fumaça e deixando-a ficar no lábio inferior até a inalar.

— Ah — soltou com um suspiro —, sabe bem! — Inclinou a cabeça para um lado e lançou-me um olhar crítico. — Estás com um ar muito foleiro, Phil — disse. — Tens passado um mau bocado com esta história do Nico, etc.? Lamento... lamento sinceramente.

Estava a ser sincero. Terry era assim... era capaz de te roubar a carteira, atirar-te ao chão, espezinhar-te e, um segundo depois, ajudar-te, sacudir-te o pó e pedir-te as maiores desculpas. E acreditarias nele. Acabarias até por dar contigo a perguntar se ele estava bem e a dizer que esperavas que ele não tivesse torcido o pulso ou outra coisa qualquer por ter mantido aquela arma de aspeto tão pesado apontada a ti, enquanto te vasculhava os bolsos. Estarei a ser injusto. Talvez um pouco. Antigamente, quando achava que o conhecia, ele era bastante honesto. Não aguentava bebida, não guardava dinheiro e tinha sempre problemas com mulheres, mas nunca soube que fosse um rematado patife. Esta última parte agora mudara.

— Como está o Menendez? — perguntei.

Ele esboçou um sorriso astuto.

— Oh, conheces o Mendy. Ele é como o gato, cai sempre de pé.

— Vê-lo muito?

— Vai mantendo o contacto. Devo-lhe muito, como sabes.

Sim, eu sabia. Fora o Menendez, juntamente com outro amigo de Terry do tempo da guerra, Randy Starr, que o ajudara a desaparecer e a encontrar uma nova identidade, depois do suposto suicídio em Otatoclán. Os três tinham estado juntos numa toca algures em França quando aquele morteiro caiu, e foi Terry que salvou a vida a todos, agarrando a bomba, correndo lá para fora e atirando-a ao ar como um defesa central a fazer uma jogada desesperada. Ou, pelo menos, era assim que rezava a história. Nunca sabia no que podia acreditar sobre Terry e as suas aventuras e ainda não sei. Por exemplo, descobri mais tarde que ele não era Terry Lennox de Salt Lake City, como afirmava ser, mas sim Paul Marston, um canadiano nascido em Montréal. Mas quem mais poderia ter sido antes disso? E quem seria, pensei, a próxima vez que o encontrasse, se é que iria voltar a encontrá-lo? Quantas camadas tem uma cebola?

— O Mendy está baseado em Acapulco, certo? Que é onde estás também?

— Sim, é um sítio agradável, junto ao mar.

— Como é que vocês se chamam? Esqueci-me...

— Maioranos — disse ele e pareceu acanhado. — Cisco Maioranos.

— Outro nome falso. Não condiz contigo, Terry. Eu diria...

— *Por amor de Deus!* — gritou Clare subitamente, levantando-se do banco do piano num turbilhão e virando-se para nós pálida de fúria. — Vão ficar aí a *tagarelar* toda a noite? É grotesco. Vocês são como dois rapazitos que fizeram alguma maldade e se safaram.

Virámo-nos e olhámos para ela. Acho que me tinha esquecido de que estava ali.

— Calminha, menina — disse Terry, numa tentativa nada bem-sucedida de aligeirar. — Somos apenas dois velhos amigos a porem a conversa em dia. — Lançou-me uma rápida piscadela de olho. — Não é, Phil?

Clare ia dizer algo mais, visto que era óbvio que ele tinha muito para dizer, mas, nesse momento, bateram levemente à porta, esta abriu-se um pouco e uma estranha aparição entrou por ela. Era uma cabeça, com um rosto tão branco como a máscara de um ator de teatro nô e muito cabelo apanhado e puxado para cima, numa espécie de malha apertada. Ficámos os três a olhar para aquela coisa e depois aquilo falou:

— Estava à procura de um livro na biblioteca e ouvi vozes. Não tens cama para onde ir?

Era a mãe de Clare. Agora já estava totalmente dentro da sala. Vestia um robe de lã cor-de-rosa e calçava chinelos da mesma cor com pompons também cor-de-rosa. O branco do rosto era uma máscara de beleza qualquer. A destacar-se na máscara, os olhos bordejados de vermelho pareciam os de um bêbado e os lábios dela eram da cor de carne crua.

— Oh, mãe — disse Clare num tom desesperado, levando uma mão à testa —, por favor, volte para a cama.

Mrs. Langrishe ignorou-a, avançou pela sala e fechou a porta atrás de si. Estava a olhar para Terry e a franzir o sobrolho.

— Posso perguntar quem é este?

Terry não hesitou e avançou para ela suavemente, a sorrir e com uma mão magra estendida.

— Lennox é o meu nome — disse ele. — Terry Lennox. Não creio que já tenhamos sido apresentados.

A mamã Langrishe observou-o um momento, tentando fixá-lo, e depois, subitamente, sorriu. Ninguém, nem novos, nem velhos, conseguia resistir a Terry, quando ele lhes apontava o seu encanto, como uma pulverização de um frasco de perfume. Pegou na mão dela entre as suas.

— É amigo de Richard? — perguntou Mrs. Langrishe.

Terry hesitou.

— Humm, sim... acho que sou.

O olhar dele desviou-se na direção do sofá, e então a mamã Langrishe olhou também para lá.

— Olha, ali está ele! — exclamou e o seu sorriso rasgou-se e tornou-se ainda mais delicado. — Ah, olhem para ele, dorme como um bebé. — Virou-se para Clare e a escabrosa fenda da boca ficou tensa. — E estão todos aperaltados para quê? — perguntou. — Estamos a meio da noite.

— Por favor, volte para a cama, mãe — disse novamente Clare. — Sabe que, de manhã, temos aquela reunião com a gente do Bloomingdale. Vai estar exausta.

— Irra! Deixas-me em paz? — berrou a mãe. Virou-se novamente para Terry com uma piscadela de olho brejeira. — Você e o Richard andaram numa noitada, não foi? O pobrezinho não devia beber. Sobe-lhe logo à cabeça. — Voltou-se e olhou outra vez, indulgentemente, para a figura estendida no sofá. — Ele é um homem terrível, lá isso é. — Como se a tivesse ouvido, Cavendish remexeu-se a dormir e soltou um grande ronco. A velhota cacarejou, divertida. — Oiçam-no! Não é um rematado traste?

Finalmente, reparou em mim. Franziu a testa. — Lembro-me de si — disse, apontando um dedo ao meu peito. — Você é... Como é que se chama? Aquele tipo detetive. — Os lábios curvaram-se para cima, num sorriso matreiro e maldoso, e a máscara branca abriu uma série de fendas minúsculas em redor da boca. Por um momento, ficou estranhamente parecida com um palhaço. — Encontrou as pérolas de Sua Senhoria? — perguntou, numa sugestiva voz de cantor romântico. — É por isso que está aqui?

— Não, ainda não as encontrei. Mas estou muito próximo disso — respondi.

O sorriso do palhaço desvaneceu-se imediatamente e voltou a apontar o dedo, desta vez com um tremor de fúria.

— Não esteja a fazer pouco de mim, meu caro — disse com voz áspera.

— Creio, Mrs. Langrishe — interrompeu suavemente Terry —, creio que Clare tem razão, acho que devia voltar para a cama. Não deve perder o seu sono de beleza.

Ela olhou para ele e franziu os olhos. Acho que, ao longo dos anos, já lidara com demasiadas falinhas mansas como as de Terry, para se deixar levar durante muito tempo pelo vago encanto dele.

Clare avançou e pôs levemente a mão no braço da mulher.

— Venha mãe, Mr. Marlowe e Terry são velhos amigos e foi por isso que os convidei esta noite. É uma espécie de encontro de velhos compinchas.

Pensei que a velha ave astuta sabia que estava a ser enganada, mas, provavelmente, estava cansada e sentiu-se feliz por aceitar a mentira e despedir-se. Sorriu outra vez docemente para Terry, e franziu o cenho para mim, e a seguir permitiu ser conduzida até à porta. Enquanto a acompanhava, Clare olhou para trás, para Terry e para mim. Pensei se algum dia teria o aspeto que a mãe tinha agora.

Depois de as duas mulheres saírem, Terry soprou entre os lábios franzidos e riu-se baixinho.

— Que senhora! Aterrorizou-me.

— Não me pareceste muito aterrorizado — comentei.

— Bom, já me conheces... um mestre do disfarce. — Foi até onde eu estivera sentado, inclinou-se e esmagou o cigarro no cinzeiro, a seguir enfiou as mãos nos bolsos, foi até ao sofá e ficou a olhar para baixo, para Cavendish, esparramado como uma imagem de bêbado de desenho animado. — Pobre Dick — comentou. — A mãe de Clare tem razão: ele não devia beber.

— Já o conhecias? — perguntei. — Antes de hoje, quero dizer.

— Oh, sim. Ele e Clare iam muitas vezes ao México. Conhecíamo-nos todos. O Nico, o nosso amigo Mendy e outros. Há um bar à beira-mar onde costumávamos reunir-nos para uns *cocktails* ao fim da tarde. Um lugar agradável. — Virou-se e olhou para mim por cima do ombro. — Devias lá ir um dia. Estás com um ar de quem precisa de algum sol e descontração. Esforças-te demasiado, Phil, sempre te esforçaste.

No dia seguinte ao do homicídio da mulher, eu levara Terry de carro até ao aeroporto de Tijuana, onde este apanhara um voo para sul. Quando regressei, tinha o Joe Green à minha espera. Sabiam que Terry fugira e acusaram-me de cumplicidade. Fui maltratado pelo chefe de Joey, um brutamontes chamado Gregorius, e passei duas noites na choça, antes de me mandarem embora, depois de saberem do tão conveniente suicídio de Terry. Escapei por pouco, eu e a minha dita reputação. Sim, Terry devia-me um favor.

Voltou para trás e postou-se na minha frente, sempre com as mãos nos bolsos. Exibia o seu ar mais bajulador.

— Por acaso trouxeste a mala? — perguntou. — Acho que foi por isso que o Nico quis encontrar-se contigo, para ta entregar. O Nico nunca foi muito perseverante. Assusta-se facilmente. Tenho de admitir que sempre o desprezei um pouco.

— Não o suficiente para deixares de o usar como tua mula.

Ele escancarou os olhos.

— *Minha* mula? Oh, não, pá, não pensas que eu estou no negócio, pois não? É demasiado sujo para mim.

— Pela primeira vez, concordaria contigo. Mas tu mudaste, Terry. Vejo-o nos teus olhos.

— Enganas-te, Phil. — Abanou lentamente a cabeça de um lado para o outro. — É claro que mudei... tive de mudar. A vida lá não é só guitarras, *margaritas* e frango com molho *mole*. Tive de fazer algumas coisas que nunca sonhara fazer aqui.

— Estás a dizer que gastaste o dinheiro que herdaste da Sylvia? Era o dinheiro que Harlan Potter lhe tinha deixado. Devia ser muito.

Voltou a franzir os lábios, creio que para evitar sorrir.

— Digamos que fiz alguns investimentos mal calculados.

— Com o Mendy Menendez?

Não respondeu, mas percebi que tinha acertado.

— Então estás empenhado com o Mendy, deves-lhe muito. Por isso, mandaste a Clare ter comigo... em nome do Mendy. Estou certo, ou não?

Terry virou-me as costas e afastou-se de mim de pernas rígidas, a olhar para o chão, depois virou-se novamente, percorreu o mesmo caminho e parou na minha frente.

— Como eu disse, conheces o Mendy. Ele não tem grande clemência quando se trata de dinheiro, dívidas e coisas do género.

— Pensei que eras o seu amigo íntimo e o seu herói, por o teres salvado a ele e ao Randy Starr de uma morte sangrenta no campo de batalha.

Terry soltou uma risadinha.

— Os heróis perdem o brilho ao fim de algum tempo — disse ele. — E, depois, sabes tão bem como eu como as pessoas são... cansam-se de estar gratas. Até começam a ficar ressentidas por terem de estar em dívida para connosco.

Meditei naquilo. Ele tinha razão. Sempre me surpreendera o facto de Mendy ter começado por ajudá-lo. Tinha suspeitado de que Terry tinha qualquer tipo de ascendente sobre ele. Pensei perguntar-lhe agora se tinha sido esse o caso, mas não consegui abordar a questão.

— É claro — prosseguiu — que a Clare teria ficado satisfeita por me ajudar. Ela tem muito dinheiro, sabes? Quis dar-me algum para pagar ao Mendy — exibiu aquele sorriso condescendente —, mas ainda mantenho intactos uns resquícios de honra.

— E a história dos dois mexicanos?

— Sim — respondeu Terry, com uma ruga entre as sobrancelhas. — Isso foi um mau negócio. A irmã do Nico... nunca a vi, mas acho que não merecia morrer.

— Ela estava implicada com o Nico. Identificou o corpo — disse eu.

— Sim, mas mesmo assim, ser assassinada daquela maneira... — Fez uma careta. — Juro que não sabia que o Mendy mandara os mexicanos atrás do Nico. Pensei que ele ia esperar até a Clare ter... ter falado contigo, até teres tido tempo de encontrar o Nico, como tenho a certeza que terias conseguido se o Mendy tivesse esperado um pouco mais. Mas o Mendy é uma infeliz mistura de impaciência e desconfiança. Por isso mandou cá aqueles gorilas, para começarem a procurar o Nico. Um erro triste.

— A verdade é que ninguém, nem tu, nem o Mendy, nem qualquer outra pessoa, teria sabido da encenação do desaparecimento se Clare, um dia, por acaso, não o tivesse descoberto na rua em São Francisco.

— Sim, isso é verdade. Sabes... — Rodou nos calcanhares e fez um pouco daquela caminhada de perna esticada e, agora, as mãos entrelaçadas atrás das costas. — Não posso deixar de desejar que ela não o tivesse visto. Tudo teria sido mais simples.

— Isso é verdade, provavelmente. Mas a culpa foi dela? Ela não disse ao Mendy que o tinha visto, pois não? Calculo que te disse a ti e tu disseste ao Mendy. E foi assim que a máquina se pôs em marcha. Estou certo?

— Não posso mentir-te. — Isto fez-me rir e, quando ri, Terry pareceu magoado... pareceu mesmo. — De qualquer modo, agora não estou a mentir-te — disse num tom ofendido. — Sim, eu disse ao Mendy. Sei que não devia. Mas, tal como disse, tenho razões para lhe estar grato...

— E precisavas também de ficar bem perante ele, trazendo-lhe o recorte principal das notícias, a de que Peterson estava afinal a fingir-se morto e ainda andava à solta, com a mala cheia de droga do Mendy.

— Ah, sim... essa mala — disse Terry.

— Deste-ma para ta guardar e devolver, um dia.

— É verdade, foi o que fiz. Foi naquela noite em que me levaste de carro a Tijuana, depois da morte da pobre Sylvia? Não consigo lembrar-me. Quando viste o Peterson com ela, reconheceste-a, é claro.

— Não há dúvida de que passou por muito, essa mala.

— Fabrico inglês, sabes. Os Ingleses produzem para durar.

Parou de andar de um lado para o outro e sentou-se no banco do piano, cruzou um joelho sobre o outro e levou uma mão ao queixo, como o *Pensador* de Rodin. Terry tinha as pernas mais esguias que eu jamais vira. Parecia uma cegonha.

Começou a dizer alguma coisa, mas nesse momento Richard Cavendish sentou-se direito no sofá e olhou para nós, humedecendo os lábios com a língua e piscando os olhos.

— O que é que se passa? — perguntou com voz grossa.

Terry mal olhou para ele.

— Está tudo bem, Dick. Volta a adormecer — disse ele.

— Oh, está bem — murmurou Cavendish, e caiu na posição em que estava antes, com as pernas e os braços atirados para cada lado. Um segundo ou dois depois, começou a ressonar baixinho.

Terry estava a dar palmadinhas nos bolsos. Não sei o que esperava lá encontrar.

— Ia pedir-te outro cigarro, só que não quero voltar a fumar a toda a hora. — Olhou-me de soslaio. — Vais dizer-me onde está a mala? — perguntou.

— Claro. Está num cacifo na Union Station e a chave do cacifo vai a caminho de um amigo meu... bom, uma espécie de amigo, chamado Bernie Ohls. Ele é subchefe dos Homicídios e trabalha no gabinete do xerife.

A sala ficou, de repente, silenciosa. Terry ficou ali sentado, todo contorcido, de pernas cruzadas, com uma mão no queixo e outra a apoiar-lhe o cotovelo. Fui até à janela, passei pelo espaço entre os cortinados e olhei lá para fora. Não havia nada para ver, apenas escuridão e a minha sombra turva no vidro.

— Não me parece — disse Terry atrás de mim. — Não me parece que isso fosse sensato, meu caro. — Não parecia zangado, nem ameaçador, nem nada de especial, realmente, exceto talvez melancólico... sim, é essa a palavra: melancólico.

Virei-me da janela. Terry ainda estava sentado no banco do piano, de costas para mim. Para lá dele, o irmão de Clare, Everett, estava de pé, à porta já aberta, com aquele caracol pesado a pender-lhe sobre a testa. Não parecia em muito melhor forma do que da última vez que o vira. Mas pelo menos estava consciente. Vestia pijama e um robe de seda com dragões bordados. Calçava mocassins, que pareciam estranhos com o pijama, e tinha uma pistola na mão. Era uma pequena peça elegante, uma espécie de *Colt,* pensei. Vi que tinha uma coronha de madrepérola. Nem parecia a sério, mas todas as armas, mesmo as mais delicadas, podem abrir um buraco no coração mais duro.

Olhou para mim quando eu avancei, saindo da sombra dos cortinados, e os seus olhos tornaram-se desconfiados. Eu era aquilo que ele não esperava.

— Olá, Everett — saudei-o. — Acordámo-lo? A sua mãe esteve aqui agora mesmo. — Ele olhou-me. Parecia mais novo do que era, porque o seu aspeto era débil. Calculo que a mãe o mimara, apaparicara e protegera do grande mundo mau. Pelo menos era o que ela pensava que estava a fazer.

— Quem é você? — perguntou. Tinha os olhos encovados, contornados com círculos roxo-escuros.

— Chamo-me Marlowe. Já nos encontrámos em duas ocasiões. A primeira vez, estava acordado e falámos no relvado. Lembra-se? Pensou que talvez eu fosse o novo motorista. A segunda vez, não sabia que eu estava ao pé de si.

— O que é que está a dizer?

— Perguntou-me quem eu sou. Eu estava a explicar.

Forcei um sorriso. Estava a ganhar tempo. Everett Edwards Terceiro podia ser um copinho de leite, como diria Wilber Canning, mas era também um viciado em heroína e tinha uma arma na mão.

— Ah, sim — disse num tom de repugnância. — Agora lembro-me, você era o tipo que andava à procura da Clare naquele dia. Uma espécie de detetive, não é? — Subitamente, soltou uma risadinha. — Essa é muito boa.

Virou a atenção para Terry.

— Tu — disse, agora sem risada —, porque é que estás aqui?

Terry pensou.

— Bom, sou uma espécie de amigo da família, Rett. Conheces-me. — Só conseguia ver as costas de Terry e a parte de trás da cabeça dele, mas parecia muito calmo. Fiquei satisfeito. Toda a gente iria estar muito, muito calma, durante os próximos minutos.

Terry continuou:

— Lembras-te dos bons tempos que passámos em Acapulco? Lembras-te do dia em que te ensinei a fazer esqui aquático? Foi um dia bom, não foi? E depois jantámos todos naquele local, o Pedro's. Ainda existe. Vou lá muitas vezes e, quando vou, penso em ti e nos bons tempos que lá passámos.

— Grande sacana — disse Everett em voz baixa. — Foste tu que me meteste nisto. Foste tu que me deste aquela porcaria a primeira vez. — A mão dele tremia e a arma que tinha na mão tremia também. Isso não era bom. Uma arma a tremer pode facilmente disparar. Já vi isso acontecer. Everett estava à beira das lágrimas, mas eram lágrimas de raiva. — Foste tu, *o tal.*

— Oh, não sejas tão melodramático, Rett — disse Terry com uma gargalhadinha. — Naquela época eras um rapaz nervoso e eu pensei que uma pitada de pó de felicidade te faria bem. Lamento, se me enganei.

— Como te atreves a vir aqui, a esta casa? — rosnou Everett, e a mão tremeu-lhe ainda mais e o cano gemeu de uma forma que me fez cerrar os dentes.

— Olhe, Rett, porque é que não me dá a arma? — sugeri.

O jovem olhou-me fixamente por um momento e a seguir soltou um guincho estridente de riso.

— É assim que os detetives falam mesmo? Pensei que isso só acontecia nos filmes. — Fez uma cara séria de troça e tornou a voz mais grave, para ter alguma parecença com a minha: — Porque é que não me dá a arma, Everett, antes que alguém fique ferido? — Virou os olhos para o teto. — Não percebe, seu estúpido? A ideia é essa... alguém vai ficar ferido. Alguém vai ficar gravemente ferido. Não é, Terry? Não é isso, meu velho camarada de paródia dos tempos de Acapulco?

Foi então que Terry cometeu o seu erro. Em situações destas, alguém sempre o faz. Alguém faz sempre o movimento estúpido e errado, e depois é o inferno. Subitamente, saltou do banco do piano e atirou-se para a frente, como um nadador a dar um mergulho rasante para dentro da onda que avança, aterrou em cima da barriga e agarrou o cinzeiro de vidro que estava no chão ao lado da cadeira onde eu estivera sentado. Tencionava atirá-lo a Everett, como um disco letal. Não se apercebeu de que quando se está deitado de barriga para baixo não se tem força no arremesso. Além disso, Everett era demasiado rápido para ele, e ainda Terry estava a puxar o braço atrás já Everett dera um passo em frente, de arma levantada e braço estendido, e, apontando-a à cabeça de Terry, puxara o gatilho.

A bala acertou na testa de Terry, mesmo abaixo da linha de inserção do cabelo. Por um momento, ficou como estava, deitado ao comprido, com o cinzeiro numa das mãos e a outra ao seu lado, apoiada no chão, enquanto tentava levantar-se. Mas não ia levantar-se, nunca mais. Tinha dois buracos na cabeça, um na testa e outro, maior, atrás, na base do crânio. Havia muito sangue a sair do segundo buraco e também uma massa cinzenta de aspeto pegajoso.

Everett parecia ir disparar outra vez, mas alcancei-o antes que conseguisse dar um segundo tiro. Não tive muita dificuldade em tirar-lhe a arma. Aliás, ele entregou-ma, praticamente. Ficara tão hesitante como uma rapariga, e ficou ali, com o lábio inferior a tremer, a olhar para Terry, no chão, a sangrar. Um dos pés de Terry, o direito, contraiu-se várias vezes e depois ficou parado. Reparei, como já tivera oportunidade de reparar antes, como a pólvora cheira a *bacon* frito.

A porta abriu-se atrás de Everett e, desta vez, entrou Clare. Parou à entrada e olhou para a cena que tinha à sua frente, com uma expressão de horror e incredulidade. Depois avançou, empurrou o irmão para o lado e caiu de joelhos. Levantou a cabeça de Terry e embalou-a no colo. Não disse nada. Nem sequer chorou. Ela amava-o mesmo. Via isso agora. Como poderia não ver?

Levantou os olhos para mim.

— Foi você...?

Abanei a cabeça.

Virou-se para o irmão.

— Foste tu? — Ele nem olhava para ela. — Nunca te perdoarei — disse-lhe, numa voz calma, quase num tom formal. — Nunca te perdoarei e espero que morras. Espero que apanhes uma *overdose* em breve, entres em coma e nunca mais saias dele. Sempre te odiei e agora sei porquê. Sabia que um dia havias de destruir a minha vida.

Everett ainda não olhava para ela, não respondeu, não disse uma palavra. Afinal, não havia muito a dizer.

Atrás de nós, Richard Cavendish levantou-se e avançou em passo arrastado. Ao ver Terry e o sangue vivo que ensopava o vestido azul da mulher, parou. Por uns segundos nada aconteceu, depois, subitamente, riu-se.

— Bom, bom, um tipo abatido, hein? — E riu-se outra vez. Pensei que devia julgar que estava a sonhar e que nada do que via era real. Avançou mais e, passando por cima do corpo de Terry, estendeu uma mão, deu uma palmadinha na cabeça de Clare e a seguir saiu a cambalear, a cantarolar para si, e desapareceu.

Clare começou, por fim, a chorar. Pensei aproximar-me dela, mas o que poderia fazer? Era tarde demais para fazer alguma coisa.

# 25

Não liguei a Bernie. Calculava que ficara farto de mim por algum tempo e eu ficara, sem dúvida, farto dele. Não o queria outra vez a gritar-me do outro lado da linha, a chamar-me nomes e a dizer para eu fazer coisas comigo que nem o maior contorcionista do mundo conseguiria fazer. Por isso, telefonei a Joe Green, o bom velho Joe, que bebia uma cerveja connosco, partilhava uma piada, se esganiçava a falar de um jogo de futebol e ficava com as cuecas todas enroladas nas virilhas quando o tempo estava quente.

Joe estava de serviço, como de costume, e, vinte minutos depois de ter recebido o meu telefonema, chegou a Langrishe Lodge com dois carros-patrulha a uivar atrás de si. Naquela altura, Everett Edwards estava enrolado como um ouriço no sofá que o cunhado, bêbado, tinha deixado desocupado. Chorava amargamente, não com remorsos, parecia, mas com uma espécie de frustração, embora eu não percebesse porque havia de sentir-se frustrado. Talvez achasse que Terry tinha morrido demasiado depressa, sem ter sofrido o suficiente. Talvez gostasse de ter vivido uma cena grandiosa com um duelo à espada, discursos e cadáveres espalhados por todo o lado, como qualquer coisa que o outro Marlowe, o dramaturgo, aquele que vira o sangue de Cristo correr não sei lá onde, podia ter escrito para ele.

Joe ficou parado no meio da sala, a olhar em volta com a testa franzida de preocupação. Ali, sentia-se como peixe fora de água. Estava habituado a trepar escadas de edifícios, arrombar portas ao pontapé e a encostar à parede rufias de camisola interior manchada de suor e a enfiar-lhes o cano da sua *.38 Special* na boca para os fazer parar de gritar. Era esse o mundo de Joey. O que ele tinha ali parecia um jogo de salão entre o grupo do *country club* que tinha corrido espantosamente mal.

Acocorou-se e, de olhos semicerrados, observou os buracos de bala no crânio de Terry, olhou para Everett Edwards encolhido no sofá e depois para mim.

— Santo Deus, Phil! Que diabo é isto? — perguntou em voz baixa.

Estendi as mãos e encolhi os ombros. Por onde havia de começar?

Joe pôs-se de pé com um gemido e virou-se para Clare Cavendish. Clare, com uma expressão aflita, as mãos manchadas de sangue caídas ao longo do corpo e a parte da frente do vestido azul ensopada e a brilhar com sangue coagulado, era uma figura de um tipo de peça mais antigo, escrito há muito tempo, por um grego da Antiguidade. Joe começou por tratá-la por Mrs. Langrishe, que foi a deixa para eu intervir e emendá-lo.

— Cavendish, é esse o nome, Joe. Mrs. Clare Cavendish.

Clare não parecia dar por nada: limitava-se a estar ali como uma estátua. Estava em choque. O irmão, no sofá, deixou escapar um soluço molhado. Joe olhou novamente para mim, a abanar a cabeça, desorientado.

Por fim, entregou Clare a um dos homens da patrulha, um matulão irlandês com cabelo ruivo e sardas, que lhe lançou um sorriso à Barry Fitzgerald e lhe disse que não tinha nada, mesmo nada, com que se preocupar. Encontrara um cobertor em qualquer lado, lançou-lho sobre os ombros e conduziu-a solicitamente para fora da sala. Ela saiu, sem a mínima resistência, deslizando para a porta com o vestido ensanguentado, graciosa como sempre, de costas direitas, inexpressiva, exibindo o encantador perfil.

Colocaram as algemas a Everett e conduziram-no lá para fora também, de pijama e mocassins. Ele não olhou para ninguém. Tinha os olhos vermelhos de chorar e manchas de ranho na face. Pensei se faria ideia do que o esperava nas próximas semanas e meses, já para não referir os anos depois disso que teria de passar em San Quentin, a menos que a mãe arranjasse um advogado duro e suficientemente inteligente que o safasse por algum alçapão legal a que ninguém se lembrara ainda de prestar atenção. Não era a primeira vez que um filho de família rica se safava de um crime.

A seguir, depois do filho e da filha terem saído, quem havia de aparecer novamente senão a mamã Langrishe, de rede no cabelo e máscara de argila branca. Olhou para o corpo que estava no chão e que alguém cobrira com uma manta, mas não pareceu saber o que era aquilo. Olhou para mim e depois para Joe. Não conseguia entender nada. Era apenas uma velha, confusa e perdida.

Quando tudo acabou e os carros-patrulha já tinham partido, Joey e eu ficámos lá fora, na gravilha, ao pé do carro dele, e fumámos um cigarro juntos.

— Santo Deus, Phil, já alguma vez pensaste em mudar de emprego? — perguntou Joey.

— A toda a hora — respondi. — A toda a hora.

— Sabes que vais ter de ir ao centro da cidade para prestares declarações.

— Sim. Eu sei. Mas escuta, Joey, faz-me um favor. Deixa-me ir agora para casa dormir e amanhã vou, logo de manhã.

— Não sei, Phil — disse ele, esfregando o queixo, com o seu ar preocupado.

— À primeira hora... dou-te a minha palavra.

— Bem, então vai lá.

— És um compincha.

— Sou um mole, é o que sou.

— Não, Joey — disse eu, esmagando o cigarro na gravilha e pisando-o com o calcanhar. — Eu é que sou o mole.

Fui para casa, tomei um duche, caí na cama e dormi o que restava da noite. Às sete horas o meu despertador tocou. Levantei-me como pude, tomei uma chávena de café a escaldar, fui até à esquadra como tinha prometido a Joey e prestei depoimento ao agente de serviço.

Não disse grande coisa, apenas o suficiente para manter Joey satisfeito e para satisfazer o tribunal quando chegasse a altura do «Estado da California *vs.* Everett Edwards Terceiro». Eu seria convocado como testemunha, evidentemente, mas isso não me importava. O que me custava era a perspetiva de ter de depor no banco de testemunhas e ver Clare Cavendish ali sentada na primeira fila do tribunal, a olhar para o irmão, agora denominado réu, aquele que lhe assassinara o amante. Não, essa era uma perspetiva que não me agradava. Recordei a mãe dela, naquele dia no Ritz-Beverly, a dizer como as pessoas se podiam prejudicar neste caso. Julgava que estava a referir-se ao facto de eu poder magoar a filha, mas não era disso que ela falava: era eu que ia ficar com as cicatrizes e, não sei como, ela nessa altura já o sabia. Devia ter-lhe dado ouvidos.

Quando saí da esquadra, o velho *Oldsmobile* estava ao sol e o calor saído da capota tremeluzia. Aquele volante ia estar tremendamente quente.

Pensam que vou dizer que, mais tarde, naquele dia, fui ao Viktor's beber um *cocktail* de gim em memória do meu amigo que morrera. Mas não fui. O Terry que eu conhecia tinha morrido muito antes de Everett Edwards lhe ter metido uma bala na cabeça. Nunca lho teria dito, mas Terry Lennox fora o meu conceito de cavalheiro. Sim, apesar de beber, das mulheres e das pessoas com quem se dava, como Mendy Menendez, apesar de quando lhe convinha não querer saber de ninguém senão dele, Terry era, de uma forma improvável, um homem de honra.

Aquele era o Terry que eu conhecia ou, pelo menos, pensava que conhecia. O que é que lhe aconteceu, o que é que o impediu de ser decente, honesto e leal? Ele costumava culpar a guerra, costumava dar umas palmadinhas no peito e dizer que, desde que voltara do combate, não ficara nada vivo dentro de si. Eu não engolia aquela; havia naquilo um toque romântico-decadente. Talvez a vida lá no México, com o esqui aquático e os *cocktails* à beira-mar, e ter de ser o assistente e o corruptor, tivesse destruído algo dentro dele, de modo que o estilo, o polimento superficial permanecia, enquanto o metal lá por baixo estava todo roído pelo ácido, a ferrugem e o cancro. O Terry que eu conhecera nunca teria agarrado à heroína um miúdo como Everett Edwards. Nunca se teria ligado a um patife como Mendy Menendez. Acima de tudo, nunca teria feito com que a mulher que o amava seduzisse outro homem para sua conveniência.

Decidi excluir esse ato de traição. Vou acreditar que Clare Cavendish caiu na minha cama por opção sua. Penso nela, naquela noite, com Terry ainda atrás dos cortinados, a baixar a voz e a levar um dedo aos lábios para me impedir de dizer que tínhamos ido para a cama. E, mesmo que não fosse a mim que quisesse, mesmo que tivesse dormido comigo apenas para me envolver na busca do Nico Peterson, vou acreditar que foi tudo obra dela e que não foi Terry que a fez entrar naquilo. Há coisas em que temos de nos obrigar a acreditar. O que é que ela dissera? Faça a aposta de Pascal. Foi isso que fiz. Ainda não tenho bem a certeza daquilo em que Pascal apostava, mas acho que devia ser uma coisa importante.

Agora mesmo, abri a gaveta da minha secretária e procurei até encontrar um horário antigo de linhas aéreas e comecei à procura de voos para Paris. Não há hipótese de lá ir, mas é uma coisa agradável com que sonhar. Mas continuo a recordar-me daquela aliança de casamento no fundo da piscina no Cahuilla Club e a perguntar-me se não terá sido uma espécie de aviso.

Fiz um gesto simbólico ao retirar o candeeiro com rosas pintadas que estava na mesa de cabeceira. Levei-o até ao quintal, deitei-o no caixote do lixo, voltei para dentro e enchi o cachimbo. Aquilo foi para mim o fim de Clare Cavendish. Entrara na minha vida, fizera com que me apaixonasse por ela — bom, talvez não o tivesse feito, mas, mesmo assim, sabia o que estava a fazer — e agora desaparecera.

Não posso dizer que não senti, que não sinto, a falta dela. O seu tipo de beleza não nos passa pelos dedos sem os deixar chamuscados. Sei que estou melhor sem ela. É o que não paro de dizer a mim próprio. Eu sei que é assim e um dia vou também acreditar nisso.

Estava a tocar piano para Terry, naquela noite, quando cheguei lá a casa. Acho que não é vulgar, tocar para alguém que se ame.

Não chegou a pagar-me por aquilo para que me tinha contratado.

## NOTA DO AUTOR

Nos seus arquivos, Raymond Chandler guardou uma lista de títulos possíveis para futuros romances e contos. Entre eles estavam *The Diary of a Loud Check Suit, The Man with the Shredded Ear,* e *Stop Screaming — It's Me.* Na lista estava também *The Black-Eyed Blonde* [A Loura de Olhos Negros].

Em todos os romances de Marlowe, o seu criador apresentava a traços largos a topografia do Sul da Califórnia e permiti-me a mesma liberdade. Porém, houve muitos pormenores em que tive de ser preciso e dos quais não estava seguro. Por isso, contei muito com os conselhos de um quinteto de informadores que conhecem de perto a região. São eles: Candice Bergen, Brian Siberell, Robert Bookman e os meus agentes Ed Victor e Geoffrey Sanford. Quero expressar a minha mais profunda gratidão pela sua sabedoria, generosidade, paciência e bom humor. Estou especialmente grato pelo cuidado, atenção e criatividade que Candice Bergen dedicou ao texto e pelas numerosas armadilhas de que me desviou. E peço desculpa por o pavão ter tido apenas uma participação fugaz.

Outros a quem devo calorosos agradecimentos são: María Fasce Ferri, Rodrigo Fresan, Graham C. Greene e o Legado de Raymond Chandler, Dr. Gregory Page, Maria Rejt, Fiona Ruane, John Sterling e a incomparável revisora do meu manuscrito, Bonnie Thompson.

Por fim, um afetuoso agradecimento ao meu irmão, Vincent Banville, que me apresentou Marlowe e cujos romances policiais me mostraram como se podia fazer.